NON È FINITA

LA SERIE "L'ARTE DELLA VENDETTA"
LIBRO 3

DAN PETROSINI

DAN PETROSINI
MYSTERY & SUSPENSE AUTHOR
www.danpetrosini.com

ISBN edizione cartacea: 978-1-960286-63-5

Stampato a Naples, FL, USA

PARTE I

QUATTORDICI ANNI PRIMA

Assassinare - verbo transitivo: uccidere una persona illegalmente e senza giustificazione, con dolo premeditato.

1

___

«9-1-1, QUAL È LA SUA EMERGENZA?»

Tyler Crane disse: «Mia madre ha bisogno di aiuto!»

«Che cosa le sta succedendo?»

«È per terra e c'è sangue dappertutto. Ho provato a tirarla su, ma non si alza.»

«Stiamo inviando un'ambulanza e delle pattuglie.»

«Presto! Presto!»

«Si trova al 9943 di Hunters Road?»

«Sì, è casa nostra. Fate presto!»

«Rimanga in linea con me. È in pericolo?»

«No. Non sono io, è mia mamma.»

«Capisco. C'è qualcun altro lì?»

«No. Nessuno.»

«Che cosa pensa sia successo?»

«Qualcuno l'ha accoltellata.»

«Sta respirando?»

«No. Non credo. Presto, per favore.»

«Cerchi di calmarsi e la guiderò nella rianimazione cardiopolmonare.»

«Non so cosa fare.»

«Va bene, la aiuto io.»

L'operatore della centrale guidò Tyler mentre cercava di rianimare la madre.

Tyler disse: «Non funziona!»

«Non è insolito. Rimanga calmo e ricominciamo.»

L'operatore rimase in linea con Tyler mentre lui cercava di far reagire la madre.

«Non respira! Che cosa devo fare? Mi aiuti!»

«È sicuro di eseguire le compressioni correttamente?»

«Credo di sì.»

«Usi entrambe le mani, le metta al centro del torace. Si assicuri di tenere i gomiti bloccati e prema verso il basso. Non abbia paura di farle male; a quello si rimedia. Il torace deve abbassarsi di almeno due pollici.»

«Due pollici?»

«Sì. Deve fare molte compressioni, circa cento al minuto, ma si assicuri che il torace ritorni alla posizione normale prima di eseguire la successiva.»

«Sento le sirene, stanno arrivando.»

Una volante dell'Ufficio dello Sceriffo della Contea di Collier inchiodò davanti alla casa di Livingston Estates.

Tyler Crane corse alla porta d'ingresso, spalancandola. «Di qua!»

Un agente in uniforme raggiunse di corsa l'ingresso. «C'è qualcun altro, oltre a sua madre, in casa?»

«No, è in cucina, per terra.»

«Rimanga fuori finché non la chiamo.»

Entrando in casa, l'agente Goodwin portò la mano alla fondina. «Ufficio dello Sceriffo della Contea di Collier!»

Attraversò il soggiorno e andò in cucina. Accanto all'isola giaceva il corpo di una donna. La camicetta gialla era macchiata da diverse, grandi chiazze rosse.

Goodwin si inginocchiò e le tastò il collo in cerca del polso. Era fredda al tatto. L'agente stimò che fosse morta da parecchie ore.

«L'ambulanza è qui!»

Goodwin si rialzò e andò alla porta.

Tyler disse: «Starà bene?»

Evitando lo sguardo del ragazzo, Goodwin disse: «Aspettiamo e vediamo cosa diranno i sanitari.»

Indicò ai tecnici EMT la cucina mentre arrivava una berlina scura. Il detective della Omicidi Mark Donovan scese dall'auto civetta proprio mentre sopraggiungeva un'altra pattuglia.

Goodwin si avvicinò al detective Donovan e lo mise al corrente. Donovan disse: «Allestisca un perimetro. Veda se il ragazzo ha un padre e trovi qualcuno, un vicino, chiunque, che possa restare con lui.»

«Ha detto di aver chiamato suo padre, ma è a un'ora di distanza.»

«Allora senta un vicino.»

«Resto io con il ragazzo.»

Donovan gli porse le chiavi dell'auto. «Metta il ragazzo nella mia auto. Devo vedere la scena del crimine prima di parlargli.»

Si avviò verso la casa e si voltò. «Metta il ragazzo in macchina e la sposti sul vialetto.»

Donovan sparì all'interno. Il detective si fermò sulla soglia della cucina. Due sanitari, in piedi, stavano parlando. Dall'angolo dell'isola spuntava un piede nudo.

Donovan disse: «È deceduta?»

Scossero il capo e il tecnico più alto disse: «È morta da un po'.»

«D'accordo. Potete andare.»

Mentre gli operatori EMT riponevano l'attrezzatura, Donovan si infilò copriscarpe e guanti e girò attorno all'isola. Il corpo era riverso, a faccia in giù. Senza reggiseno, indossava una T-shirt e dei pantaloni della tuta leggeri. Sembravano esserci almeno tre diverse origini della pozza di sangue in cui giaceva.

Il detective tirò fuori il cellulare e chiese via telefono l'intervento del medico legale e della scientifica. Rimesso il telefono in tasca, si inginocchiò accanto al corpo. Si tirò bene il guanto e sfiorò la guancia della donna col dorso della mano.

La pelle era soda e fredda e le braccia erano coperte di ferite da arma da taglio di difesa. Aveva combattuto, ma l'aggressore l'aveva sopraffatta. Donovan ritenne che l'aggressione fosse personale.

Donovan si alzò e passò in rassegna la cucina. La macchina del caffè sembrava inutilizzata. Nessuna tazza sul piano o nel lavello. Aprì la lavastoviglie. Due contenitori Tupperware e un paio di utensili aspettavano di essere lavati.

La richiuse e scrutò il piano di lavoro. Una fessura del ceppo portacoltelli era vuota. Donovan ne estrasse uno ed esaminò la lama. La vittima aveva forse colto di sorpresa un intruso, che poi aveva usato il coltello contro di lei?

Posò lo sguardo sulla portafinestra scorrevole che dava su una piccola veranda schermata. Girò attorno al tavolo della cucina e tirò la maniglia della portafinestra: scorse aperta. Uscì. Una chaise longue, un tavolino da caffè e alcune sedie delimitavano lo spazio.

Donovan si avvicinò alla porta a zanzariera: non era chiusa a chiave. Una stretta striscia di prato era l'unico cuscinetto prima di una riserva boschiva. Fece il giro della casa; non c'erano segni di effrazione.

Raggiunse il limite della proprietà e scrutò nel bosco. L'assassino era entrato o uscito da lì? Promettendosi di controllare meglio cosa ci fosse sul retro, rientrò.

Con la macchina fotografica a tracolla, il fotografo del dipartimento entrò in cucina. «Come va, Donovan?»

«Preferirei di gran lunga non essere qui.»

«Ricevuto.»

«Indossate i copriscarpe e non toccate nulla.»

«Capito.»

«Il medico legale e la Scientifica sono in arrivo. Vado fuori a parlare con il ragazzino che ha trovato la vittima».

Donovan sgusciò attorno alla barella che i paramedici stavano facendo passare per la casa. Andò dritto verso una borsa su un tavolo. Tirò fuori il portafoglio ed estrasse una patente di guida. La vittima era Ana Crane, di quarantadue anni. La rimise a posto e uscì.

Una piccola folla di curiosi si era radunata attorno alla casa isolata. Un furgone di WINK News era parcheggiato dall'altro lato della strada.

Donovan tenne la testa bassa mentre si sfilava i guanti. Aprì la portiera della sua auto e salì sul sedile posteriore accanto a Tyler Crane. L'agente Goodwin scese dall'auto e Donovan disse: «Ehi, campione».

Tyler chiese: «Come sta mia madre?».

Cercò le parole giuste. «Le stanno prestando soccorso».

Il ragazzino indicò fuori dalla finestra. «Ma quelli dell'ambulanza se ne stanno andando».

Donovan guardò il ragazzino negli occhi. Vide il filo di

speranza che si allontanava e gli posò una mano sulla spalla. «Mi dispiace, campione, ma... tua mamma non ce l'ha fatta».

Il mento di Tyler tremò. Si passò il dorso della mano sul labbro superiore e le lacrime cominciarono a scendere. Donovan gli accarezzò la schiena e, dopo un paio di minuti, smise di singhiozzare.

Donovan disse: «Mi dispiace davvero, campione. Ma ora dobbiamo essere forti. Dobbiamo prendere chi ha fatto questo».

Tyler annuì.

«Quanti anni hai?».

Tyler raddrizzò le spalle. «Ho appena compiuto dieci anni».

«Be', sei molto maturo per avere dieci anni».

Tyler sorrise.

«Se te la senti, ho un paio di domande da farti».

«Me la sento di parlare».

«Sei sicuro?».

«Sì».

Il detective tirò fuori un taccuino. «A che ora sei arrivato a casa?».

«Qualche minuto prima di chiamare i soccorsi».

«Dov'eri prima di tornare a casa?».

«Ieri siamo stati agli Universal Studios e siamo tornati stamattina».

«Con chi sei andato?».

«La mamma di Drew ha portato me e Jimmy».

«Come si chiamano di cognome?».

«Brandenberg».

Donovan lo annotò e disse: «Ho capito dall'altro agente che tuo padre è in arrivo».

«Sì, sta arrivando in macchina da casa di un suo amico».

«Dov'è?».

«Eh, non ne sono sicuro, ma oltre Fort Myers, credo a Charlotte Park».

«Tua madre non è andata con lui?».

«No, sono divorziati».

«E tu vivi con tua madre?».

«Sì, però papà vive qui nella strada accanto. Non è poi così male».

«Bene. I miei genitori hanno divorziato quando sono uscito dall'accademia. Da quanto tempo i tuoi sono divorziati?».

«Da circa due anni».

«Sai se tua madre avesse dei nemici?».

«No. Tutti volevano bene a mamma, è... era, la migliore».

Il volto di Tyler si contrasse. Donovan gli passò un braccio attorno alle spalle e lo strinse a sé.

2

Il detective Donovan aspettò che il dottor Bilotti finisse la telefonata. Il medico legale riagganciò e Donovan disse: «Non Le porterò via troppo tempo, dottore. Vorrei solo sapere che cosa ha rivelato l'autopsia di Ana Crane».

«È stata accoltellata più volte, mi pare sette, per l'esattezza; ma uno dei colpi le ha reciso l'aorta, facendola dissanguare».

«Ha trovato qualcosa sotto le unghie?»

«Purtroppo, no. Aveva ferite da difesa, ma non sembra che sia riuscita a mettere le mani addosso all'aggressore. La vittima aveva un livido sopra l'orecchio destro, che potrebbe essere stato causato da un pugno o da un oggetto non brandito con particolare forza. È possibile che il colpo l'abbia stordita, rendendola incapace di opporsi all'assalitore».

«E l'ora del decesso?»

«La collocherei tra le undici di sera e le tre del mattino».

«C'era qualcosa nel suo organismo?»

«Stiamo eseguendo il pannello tossicologico, ma non è stato rilevato né alcol né alcuna sostanza evidente».

«Io penso che sia stato personale. Che ne dice?»

«Altamente probabile».

«Non c'erano segni di effrazione. O conosceva il killer, oppure è stata raggirata e l'ha fatto entrare».

«Vedo che dà per scontato che l'autore sia un uomo».

«Conosce le statistiche quanto me: tre quarti delle donne uccise conoscevano il loro assassino e una quota significativa è costituita da partner intimi attuali o passati».

«Era divorziata, giusto? Aveva un compagno?»

«Sì, in entrambi i casi. Tra poco parlerò sia con il suo ex marito sia con il fidanzato».

———

DONOVAN SVOLTÒ da Livingston Road imboccando Old Livingston Road. Lanciò un'occhiata a Hunters Road, dove Ana Crane era stata pugnalata a morte, e girò a sinistra su Sable Ridge Road. C'era una sola strada a separare il luogo dell'omicidio dall'isolato in cui viveva l'ex marito della vittima.

Il detective della Omicidi sbirciò tra le case mentre avanzava verso la villetta a un piano che Atlas Crane chiamava casa. Il giardino sul davanti presentava un allestimento di tipo desertico, trasandato, e una coppia di esili palme tigre.

Mentre Donovan si avvicinava, il cane di un vicino iniziò ad abbaiare.

Suonò il campanello e alla porta si presentò un uomo robusto, alto un metro e ottanta e passa.

Atlas Crane disse: «Detective Donovan?».

Donovan sollevò il distintivo.

«Prego, entri».

Il detective indicò con un cenno alcune scatole di cartone allineate nell'ingresso. «Si è appena trasferito?».

«No, è solo che non mi sono ancora messo a disfare».

Donovan tirò fuori un taccuino. «Da quanto tempo è qui?».

«Nove mesi. Quasi quasi butto via tutto quello che c'è in quelle scatole. Non ne ho sentito la mancanza, quindi che senso ha?».

Il detective lo seguì in cucina. «Vero, ma potrebbero contenere ricordi di famiglia».

Crane tirò fuori una sedia. «Già, però, adesso non è il momento di mettersi a guardare roba del genere».

Donovan si sedette e posò il taccuino sul tavolo. «Il dipartimento Le porge le sue condoglianze».

«Tyler sentirà la sua mancanza».

«E Lei?».

«Tra noi era finita da un po'. Sa com'è, ci siamo semplicemente allontanati. Succede».

«Quanto siete stati sposati?».

«Tredici anni, più o meno».

«Deve essere difficile andare avanti dopo così tanto tempo».

«Sa cosa dicono degli uomini: andiamo avanti in fretta».

«Che lavoro fa?».

«Monto il cartongesso».

«Deve avere parecchio da fare con tutti i cantieri aperti».

«Già, ma, sa com'è, tutti questi clandestini che abbiamo quaggiù si prendono un sacco di lavori e fanno crollare i prezzi. È un maledetto disastro. Qualcuno deve fare qualcosa».

«Ha qualche idea su chi possa aver fatto questo ad Ana?».

Si appoggiò allo schienale e indicò Donovan. «Dovete cominciare dal suo nuovo ragazzo, Fred Foster».

«Perché lo dice?».

«È una sensazione che ho».

«L'ha mai incontrato?».

«Sì, un sacco di volte, sa, quando vado a prendere Tyler».

Donovan consultò il taccuino. «Che cosa non Le piace del signor Foster?».

«È uno stronzo presuntuoso. Ogni volta che vado là, ha quell'atteggiamento da saputello, si crede migliore di me o chissà cosa. Voglio dire, il tizio sta a casa *mia*, porca miseria. Un po' di rispetto, diamine. Devo aspettare fuori come un fattorino per vedere mio figlio?».

«Avete l'affidamento condiviso?».

«Io ho solo un fine settimana sì e uno no, e ci dividiamo le feste. I tribunali danno sempre alla madre quello che vuole. Per loro i padri non contano un cazzo».

«A parte il signor Foster, Le viene in mente qualcun altro che potrebbe aver fatto una cosa del genere ad Ana?».

«È un mondo di matti, la gente fa ogni sorta di schifezze. Dovrebbe saperlo».

«Devo chiederglielo: dov'era tra la sera di sabato 31 maggio e la mattina di domenica primo giugno?».

«A Charlotte Park, lassù. Sono tornato quando Tyler mi ha chiamato. Ero tipo sotto shock e ho guidato come un pazzo per arrivare qui».

«Che cosa faceva a Charlotte Park?».

«A trovare un amico».

«Come si chiama?».

«Pete Storch. Siamo amici da una vita. Abbiamo fatto insieme la scuola elementare».

Donovan annotò i recapiti dell'alibi e se ne andò.

————

PERCORRENDO AIRPORT PULLING ROAD, Donovan svoltò a destra su Naples Boulevard e infilò l'auto in un posto davanti al Vitamin Shoppe. Entrò nel negozio, chiedendo di Fred Foster.

La cassiera lo accompagnò nel retro del negozio di integratori. Bussò a una porta e la aprì. La zona era piena di pile di scatoloni di cartone. Nell'aria c'era un odore terroso.

Un uomo con pantaloni chino e una T-shirt con la scritta *Ricordati di prendere le vitamine* sedeva dietro una scrivania metallica. Donovan scorse un pacchetto di sigarette sulla scrivania, riflettendo sulla contraddizione.

Il detective entrò nello spazio non rifinito e si presentò.

Foster balzò in piedi. «L'avete preso?»

«Non ancora. Devo farle alcune domande.»

Si lasciò cadere sulla sedia. «Non riesco ancora a crederci. Sapevo che quel bastardo avrebbe fatto una pazzia.»

«A chi si riferisce?»

«All'ex di Ana, Atlas Crane. È stato lui, alla fine l'ha uccisa.»

«Che cosa la porta a crederlo?»

«Quanto tempo ha?»

Tirando fuori il taccuino, Donovan disse: «Quanto le serve. Mi dica quello che sa.»

«Per cominciare, non la lasciava in pace. Si faceva

sempre vedere in giro, cercando di tornare con lei. E minacciava Ana in continuazione.»

«L'ha mai sentito minacciarla?»

«No. Ma me ne ha parlato lei. Almeno una decina di volte l'ha minacciata. Ana aveva paura di lui.»

«Perché non ha chiesto un ordine restrittivo contro di lui?»

«Per via di Tyler. Diceva che non voleva creare situazioni strane per il ragazzo. Non volevo insistere, ma, mi creda, vorrei averla spinta a chiederlo.»

«Sa se il signor Crane sia mai passato alle maniere forti con Ana?»

«Eccome. Non è che l'abbia presa a pugni, ma lei diceva che l'aveva spinta così forte da farla cadere un paio di volte.»

«Ha idea di quante volte sia successo?»

«Almeno due, se non tre volte, è passato alle maniere forti. Una volta l'ha spinta da dietro e lei ha sbattuto contro l'isola della cucina così forte da farsi un livido enorme. Era come una grande frittella viola. Proprio qui.» Indicò il fianco. «E un'altra volta l'ha spinta al petto e lei è caduta all'indietro, slogandosi il polso nel tentativo di attutire la caduta. Quel vigliacco è uno da cui stare alla larga.»

«Quando sono successi questi episodi?»

«Quello in cui ha sbattuto contro l'isola non è di molto tempo fa. Atlas è passato dicendo che voleva vedere Tyler, e intanto sapeva che il ragazzo era a scuola e che Ana era da sola. Dopo che si è fatta male, lui ha detto che le era inciampato addosso, o una stronzata del genere. Dopo quell'episodio ha smesso di farlo entrare in casa, anche quando era legittimamente lì per prendere Tyler.»

«Chi considera i migliori amici di Ana?»

Foster gli diede due nomi e i relativi numeri di telefono.

Donovan disse: «Dove si trovava quando Ana è stata uccisa?»

«Ero a casa. Di solito passavamo i fine settimana insieme, ma avevamo avuto un battibecco e me ne sono andato verso le due di sabato.»

«Per cosa avete litigato?»

«Non era una lite vera e propria, più una divergenza.»

«Mi serve qualcosa di più.»

«Senta, andavamo d'accordo alla grande e pensavo che dovessimo andare a vivere insieme, ma lei non voleva.»

«Per quale motivo?»

«Per via di Tyler. Le sembrava troppo presto dopo il divorzio, ma erano passati due anni e continuavo a dirle che Tyler non è più un bambino.»

3

DONOVAN RISPOSE AL TELEFONO SULLA SUA SCRIVANIA.
«Omicidi, detective Donovan.»

«Salve, detective. Sono Pete Storch. Mi ha scritto che stava cercando di mettersi in contatto con me.»

Il detective disse: «Sì. Grazie di aver richiamato.»

«Mi dispiace, ma non rispondo se non riconosco il numero.»

«Neanch'io, per questo ho mandato un messaggio.»

«Cosa vuole da me lo sceriffo della Contea di Collier?»

«È amico di Atlas Crane?»

«Sì, siamo amici d'infanzia, ci conosciamo da sempre. Perché?»

«Ha detto di essere stato con Lei da sabato notte fino a domenica mattina.»

«Davvero?»

«Sì. Non è corretto?»

«Eh, più o meno.»

«Che significa "più o meno"? O era con Lei oppure no.»

«Questo c'entra con quello che è successo con la sua ex?»

«Può darsi. Era con lui da sabato 31 maggio fino alla mattina di domenica 1° giugno?»

«Atlas è venuto a trovarmi, siamo usciti, abbiamo cenato, ci siamo fatti un paio di drink e siamo tornati a casa mia.»

«A che ora è arrivato sabato?»

«Nel tardo pomeriggio, verso le cinque.»

«E quando se n'è andato?»

«Abbastanza tardi.»

«A che ora?»

«Credo fosse intorno a mezzanotte.»

«Quindi Atlas è arrivato verso le cinque ed è ripartito intorno a mezzanotte?»

«Sì, più o meno.»

«Bene. La ringrazio per il suo tempo. Buona giornata.»

Donovan estrasse il cassetto più in basso della scrivania. Si appoggiò allo schienale della sedia, poggiando i piedi sul cassetto aperto. Il detective meditò la prossima mossa, dato che l'alibi di Atlas Crane era crollato.

Allungò la mano verso il telefono che squillava sulla scrivania. «Omicidi, detective Donovan.»

Era un agente in divisa che aveva incaricato di bussare alle porte. Disse: «Pare che abbiamo un testimone nell'omicidio Crane.»

Donovan rimise i piedi a terra. «Che cos'ha?»

«Un vicino dall'altra parte della strada. Ha detto di aver visto l'ex marito, Atlas Crane, usare la tastiera del garage per entrare in casa nel cuore della notte.»

«Perfetto. Lo porti qui.»

«Aspetti, c'è dell'altro.»

Donovan si alzò. «Avanti.»

«Questo tizio, Owen Reale, era fuori a portare a spasso il cane, dice che il cane aveva la diarrea o qualcosa del genere, e ha dovuto riportarlo fuori circa un'ora dopo, e ha visto l'ex marito uscire dal garage. E senta questa: pensa che avesse un coltello.»

«A che ora è successo?»

«Dice che la prima volta è uscito alle due e un quarto, e la seconda circa un'ora dopo.»

«È certo che fosse Atlas Crane?»

«Sì, ha detto che non ha alcun dubbio. Vive lì da dieci anni e lo conosce bene.»

«Ha detto altro su Crane?»

«Ha detto che ogni tanto socializzavano, ma poi ha preso le distanze: Crane ha un brutto carattere.»

«Lo faccia venire il prima possibile. Dobbiamo mettere a verbale la sua deposizione.»

«Pensa che sia stato il marito, vero?»

«Vediamo come reagisce Crane a questo.»

———

DONOVAN GUARDÒ il feed video della sala interrogatori. Con le gambe divaricate, Atlas Crane sedeva con una mano a coprirsi l'inguine. Con la dichiarazione giurata e il portatile in mano, il detective spalancò la porta e prese posto di fronte a Crane.

«Ehi, quanto ci vorrà? Devo andare a prendere Tyler.»

«Dipende da Lei, signor Crane.»

«Di cosa sta parlando?»

«Lei ha dichiarato di essere stato con il suo amico Peter

Storch a Charlotte Park la notte in cui la sua ex moglie è stata uccisa.»

«Ero con lui.»

«Non secondo il suo amico. Ha detto che Lei se n'è andato prima di mezzanotte.»

«Già, me ne sono andato più o meno a quell'ora.»

«Be', questo Le lasciava tutto il tempo per arrivare a casa della sua ex all'ora della morte.»

«Non le ho fatto niente. Non ero lì.»

«Dov'era tra mezzanotte e la telefonata di suo figlio?»

«Sono uscito da casa di Pete: era tardi e avevamo bevuto un po'. Ero stanco, mi sono accostato in un'area di sosta e ho dormito. Mi sono svegliato solo quando mi ha chiamato Tyler. Immagino fossi più stanco di quanto pensassi.»

«Mi sta dicendo che si è addormentato in un'area di sosta per... che, dieci ore?»

«Come ho detto, ero stanco morto.»

«Quale area di sosta?»

«Eh... la prima sulla 75, appena imboccata.»

«Ne è sicuro?»

«Sì, abbastanza sicuro che fosse la prima.»

«Ha avuto contatti con qualcuno lì?»

«No. Stavo dormendo.»

Donovan aprì il fascicolo davanti a sé e fece scivolare un documento verso Atlas Crane. «Abbiamo una dichiarazione giurata di qualcuno che L'ha visto usare la tastiera del garage per entrare in casa di sua moglie all'ora in cui è morta.»

«Stronzate.»

Donovan aprì il portatile e picchiettò sulla tastiera. Girò lo schermo e premette Invio. «Abbiamo un video del campanello Ring dalla casa di fronte a quella di sua moglie. È Lei che inserisce il codice del garage.»

Atlas si sporse in avanti. «Impossibile. Non si vede un cazzo.»

Donovan allungò il braccio e aprì un secondo video. «Qui è Lei che se ne va. Sono le 2:15 del mattino. Il medico legale ha stabilito l'ora del decesso tra l'una e le due del mattino, domenica mattina, primo giugno.»

«Ma dai. Come può dire che sono io? Non si vede un cazzo.»

Donovan richiuse di scatto il portatile. «Lo ammetta, signor Crane, ha ucciso la sua ex moglie.»

«Non le ho fatto niente.»

«Senta, questa è la sua unica possibilità di ottenere clemenza. Se confessa, farà risparmiare ai contribuenti i soldi di un processo e i pubblici ministeri saranno più indulgenti con Lei.»

«Non confesso un bel niente. Voglio un avvocato.»

———

DONOVAN PRESE una sedia di fronte alla scrivania del procuratore O'Leary. «Voglio un mandato di arresto per Atlas Crane per l'omicidio della sua ex moglie, Ana.»

«Esponga il movente dell'omicidio.»

«Come sa, hanno divorziato da poco e la decisione di lasciarsi è stata di lei. Si è messa con un fidanzato e, a quanto pare, la cosa stava diventando seria. Si parlava di andare a vivere insieme. Questo ha sconvolto Atlas Crane, che riteniamo sia stato il movente per toglierle la vita.»

«Ritiene che sia stato premeditato?»

«È andato a casa sua nel cuore della notte. C'è la minima

possibilità che sia andato lì per provare a riconquistarla, ma perché usare il garage? E nega di essere stato lì, il che fa cadere l'ipotesi della riconciliazione.»

«Potrebbe configurare la premeditazione.»

«Abbiamo un amico della vittima che ci ha detto che Ana e Atlas Crane hanno avuto una brutta lite il giorno prima.»

«D'accordo. Che cosa abbiamo a carico del marito come autore?»

«Abbiamo un testimone, un vicino che, mentre portava a spasso il cane, lo ha visto entrare e uscire dal garage. Ha detto che era Crane e che teneva in mano quella che riteneva fosse un coltello. Abbiamo anche un video del campanello in cui si vede qualcuno vicino al garage. L'orario combacia, ma è difficile fare un'identificazione certa, però la corporatura dell'uomo coincide con quella di Crane. Ah, e Crane si è fabbricato un alibi.»

«Il testimone testimonierà?»

«Senz'altro. Conosce bene Crane e non è un suo estimatore, ha detto che ha problemi di gestione della rabbia.»

«Sarebbe utile approfondire, magari ci sono altri che possono testimoniare sui suoi problemi di rabbia.»

«Stiamo lavorando per raccogliere altre prove.»

«Ci sono altri sospetti?»

«No. Abbiamo escluso chiunque altro, compreso l'attuale fidanzato di lei, che secondo Crane avremmo dovuto prendere in considerazione.»

«Va bene, continui a lavorare per ottenere ulteriori prove.»

«Ci stiamo lavorando. Sono fiducioso di riuscire a ottenerne altre.»

«D'accordo, procediamo con il mandato di arresto.»

PARTE II

UN ANNO DOPO L'OMICIDIO DI ANA
CRANE

Processo - sostantivo: esame formale delle prove da parte di un giudice, di norma davanti a una giuria, per decidere la colpevolezza nell'ambito di un procedimento penale o civile.

4

IL DETECTIVE DONOVAN SI AVVICINÒ AL TRIBUNALE. ERA IL secondo giorno del processo per omicidio a carico di Atlas Crane. Entrambe le parti avevano presentato le dichiarazioni di apertura la mattina precedente e, più tardi quel pomeriggio, l'accusa aveva iniziato a esporre il proprio caso.

Donovan si era sentito soddisfatto della propria deposizione e di quelle rese il giorno prima dagli altri testimoni.

Oggi avrebbe testimoniato il vicino che portava a spasso il cane, il quale aveva visto Atlas Crane entrare e uscire dal garage. Avrebbero deposto anche diversi altri, incluso il fidanzato della donna uccisa, sui litigi della coppia.

La dozzina di giornalisti appostati fuori dall'ingresso adocchiò Donovan e cominciò a stringersi attorno a lui, urlando domande.

«Andiamo, ragazzi, lo sapete che non commenterò.»

Donovan si infilò oltre la porta e si mise in fila per il controllo al metal detector. Tirò fuori il telefono, che stava squillando. Era l'ufficio.

Il detective disse: «Pronto, che cosa succede?»

«Brutte notizie, capo.»

Donovan si irrigidì. «Che cosa è successo?»

«Owen Reale è rimasto ucciso in un incidente d'auto stamattina.»

Un testimone chiave era morto. Donovan uscì dalla fila. «Mi sta prendendo per il culo?»

«No. È successo intorno alle 8:00, su Livingston Road. Tutti vanno fin troppo forte su quella strada…»

Donovan si coprì il microfono del telefono con la mano. «Siamo fregati.»

«È quello che ho pensato anch'io.»

«Devo parlare con O'Leary.»

Donovan tirò fuori il distintivo e si portò in testa alla fila. «Mi scusi. È una questione di servizio.»

Il procuratore O'Leary era seduto al tavolo dell'accusa, sulla destra. Donovan varcò il cancelletto e toccò O'Leary su una spalla.

«Abbiamo un grosso problema.»

«Che cosa è successo?»

Donovan abbassò la voce. «Owen Reale è morto in un incidente d'auto stamattina.»

O'Leary girò la testa, scrutando i dintorni. «Cristo! Questo apre una falla gigantesca nel nostro caso.»

«C'è qualche modo per far ammettere come prova la sua deposizione giurata?»

«No.»

«È sicuro? Quest'uomo è morto proprio stamattina.»

«Gli imputati hanno il diritto di controesaminare i propri accusatori. Non c'è alcun modo che un giudice lo ammetta.»

«Che cosa possiamo fare?»

«Niente. Andremo avanti e spereremo che quello che abbiamo sia sufficiente.»

«Pensa che sarà sufficiente per ottenere una condanna?»

«Dipende sempre dalla giuria. Non si sa mai con certezza che cosa stiano pensando.»

«Che cosa le dice l'istinto?»

«Senza il testimone oculare che collochi Crane in casa all'ora della morte, direi cinquanta e cinquanta, nella migliore delle ipotesi.»

5

Due giorni dopo, Atlas Crane schizzò fuori dalle porte del tribunale alla luce del sole. Con i microfoni in mano, una dozzina di giornalisti gli si precipitò incontro, chiedendo commenti sul verdetto.

Si chinò verso un microfono con il logo di WINK News. «Oggi la giuria ha dato ragione a ciò che sostenevo da sempre. Non ho avuto nulla a che fare con quello che è successo ad Ana, e il verdetto dimostra che sono stato preso di mira ingiustamente dalla polizia. L'assassino di Ana è ancora là fuori. Spero che lo sceriffo finalmente recepisca il messaggio e, ehm, muova il fondoschiena per trovare chi ha fatto questo».

«Che cosa farà adesso?»

Atlas passò un braccio attorno alle spalle del figlio, Tyler. «Sarò il miglior padre possibile. Questa farsa di processo ha messo a dura prova me e mio figlio. Ora è il momento di andare avanti con le nostre vite».

«Le sono state attribuite, almeno due volte, dichiarazioni in cui diceva di voler fare causa alla contea. Intende davvero andare fino in fondo?»

«Vogliamo solo che l'assassino di Ana sia assicurato alla giustizia. Se le autorità lo faranno, allora volteremo pagina».

«Tyler! Come si sente riguardo al verdetto?»

«Sapevo che papà non aveva fatto nulla di male, e sono così felice che sia finita».

«Andiamo, figliolo, togliamoci di qui».

Mentre Atlas e Tyler si dirigevano verso il parcheggio, il procuratore O'Leary uscì dal tribunale. Il capannello di giornalisti gli si riversò addosso.

«È sorpreso dal verdetto?»

«Siamo delusi. Riteniamo di aver presentato un caso abbastanza solido, ma la giuria non è stata d'accordo».

«C'è qualcosa che farebbe diversamente?»

«Beh, siamo stati penalizzati dalla morte improvvisa di un testimone cruciale, un testimone oculare che avrebbe potuto collocare il signor Crane sulla scena. Se avesse potuto testimoniare, crediamo che la giuria sarebbe giunta a una conclusione diversa».

PARTE III

OGGI

Vendetta, sostantivo: atto o episodio di ritorsione per pareggiare i conti.

6

Sfrecciai lungo la Route 41, rallentando per svoltare a Pelican Marsh. Ray Larson voleva vedermi, e stavo cercando di incastrarlo prima di una giornata al mare con Laura.

La guardia mi fece passare e raggiunsi un'enclave di villette chiamata The Arbors. Abbassai l'aletta parasole per bloccare il riflesso del lago e svoltai a sinistra nella strada di Larson.

Larson non era solo un amico e il mio avvocato, era anche il responsabile della maggior parte degli incarichi che avevo accettato. La sua discreta rete di contatti procurava casi in cui la giustizia aveva fallito miseramente. Inoltre aveva agganci affidabili a cui ricorrere quando avevo bisogno di aiuto.

La sua casa era sobria, proprio come lui. Larson aveva guadagnato un onorario a otto cifre da una causa di malasanità vinta per un cliente, ma viveva ben al di sotto delle sue possibilità e traeva piacere dalle cose semplici. Era difficile capire come si fosse adattato alla vita dopo che sua moglie era morta di cancro. Il modo in cui evitava l'amarezza della perdita era qualcosa da cui imparare.

Larson aprì la porta con un sorriso. «Ciao, Beck, entra.»

«Come va, Ray?»

«Benissimo, un'altra splendida giornata in paradiso.»

Lo seguii in cucina. «Come mai non sei in spiaggia?»

«Ho la partenza a mezzogiorno a La Playa. Gioco con John Morgan.»

L'avvocato specializzato in lesioni personali era ovunque in TV. «Ugh. Non sopporto i suoi spot.»

«Neanch'io, ma è tornato utile. Ti ha indirizzato gli ultimi due casi che hai seguito.»

«Davvero?»

«Sì. Vuoi qualcosa da bere?»

«No, grazie. Di cosa volevi parlarmi?»

Larson prese una cartellina spessa dal piano bianco dell'isola. «Un'amica di un amico mi ha chiesto di parlare con un certo Tyler Crane.»

Larson sapeva essere liscio come l'olio, ma qualcosa non tornava. «Che amica di un amico?»

«Un'amica.»

«Sei uscito per un appuntamento?»

«Sì, ma era una cosa sociale, non romantica.»

Ridacchiai. «Va bene, Ray. Sto solo scherzando.»

«Sono serio, da quando Kay è morta non ho davvero più interesse.»

«Non puoi fare il monaco.»

«Non lo sono. Esco sempre. È solo che, per quanto riguarda le donne, nessuna può sostituire Kay.»

«Non devi sostituirla, si tratta, sai, di avere compagnia.»

Larson sbuffò. «Guarda chi si mette a dare consigli sentimentali. Non lasci entrare nessuno.»

«Io e Laura stiamo bene. Oggi andiamo a Clam Pass.»

«Ottimo. Mi piace, dovresti trovare un modo per farla funzionare. Siete fatti l'uno per l'altra.»

Indicai la cartellina. «Di che cosa parla il fascicolo?»

«Come dicevo, Tyler Crane è arrivato a me tramite un'amica, ed è una storia triste. Sua madre è stata uccisa quattordici anni fa e la polizia ne ha fatto ricadere la colpa su suo padre, Atlas Crane.»

Mi si irrigidirono le spalle. Anche mia madre era stata uccisa, ma per mano di un criminale incallito, non da mio padre. «E?»

Mi porse il fascicolo. «Dovrai leggere la trascrizione del processo, ma il padre non fu condannato.»

«E quattordici anni dopo, il figlio vuole vendicarsi?»

Lui annuì. «Leggi il fascicolo e incontra Tyler. È un bravo ragazzo e ha i fondi grazie a un'eredità. Credo che lo troverai interessante.»

———

PRESI a noleggio ombrellone e lettini e mi sistemai su un lettino. Soffiava una brezza leggera e, all'ombra dell'ombrellone, non si poteva chiedere di meglio.

Laura allungò una mano e prese la mia. «Vedi com'è bello?»

«Meno male che abbiamo preso l'ombrellone.»

«Ti va di fare un tuffo?»

«Magari dopo.»

«Vuoi fare una passeggiata?»

«Non adesso.»

«Dove vuoi mangiare più tardi?»

Era una mitragliatrice carica di domande. «Dove vuoi tu.»

«Magari andiamo da True Food. Che ne dici?»

«Se ti va, ma se vuoi qualcosa di buono, griglio io a casa.»

«Mi piace. Vogliamo fermarci da Whole Foods al ritorno?»

Quello che volevo era che smettesse di fare domande.

«Certo.»

Aprii il fascicolo che mi aveva dato Larson.

«Che stai facendo?»

«Devo leggere una cosa per lavoro.»

Scattò a sedere. «Vado a fare una passeggiata.»

Volevo dirle di crescere, ma l'ultima volta che l'avevo fatto c'erano voluti mesi per rimarginare la ferita. Laura era fantastica. Ero io il problema? Me l'ero sempre cavata da solo da quando mi avevano sbattuto in affidamento. L'unico con cui fossi legato era il mio fratello affidatario, Mario, e nell'ottanta per cento dei casi dovevo badare a lui.

A una lunghezza d'auto, una giovane coppia scavava nella sabbia con il loro bimbo piccolo. Scacciai l'idea che un giorno potessi essere io e mi misi a leggere.

———

PRESI PINE RIDGE ROAD verso ovest, dove diventava Seagate Drive. Serpeggiando lungo Seagate, accostai poco prima del divieto di accesso pubblico.

Percorsi qualche metro lungo l'orlo di Venetian Bay e scorsi Tyler Crane seduto su una panchina affacciata sull'acqua.

Quando gli arrivai alle spalle e dissi: «Tyler?», trasalì.

«Mi hai fatto prendere un colpo.» Si alzò. «Signor Beck?»

«Già. Però solo Beck. Siediti.»

«Non sapevo che esistesse questo posto. Quaggiù è tranquillo.»

«Ma in stagione si riempie.»

«E cosa non lo è?»

«Hai ragione. Dimmi cosa hai in mente.»

«Be', ho raccontato tutto al signor Larson.»

«Vorrei sentirlo direttamente da te.»

«Tutto?»

«Sì.»

Tyler spiegò come avesse trovato sua madre morta. Condividevamo un'esperienza che non augurerei a nessuno. Non mi buttavo mai a capofitto in un caso, ma sapevo che sarebbe stato difficile non aiutarlo.

«Mi dispiace per tua madre.»

«Grazie. Non voglio mentire, è stata dura, e poi i poliziotti hanno arrestato mio padre.»

«Ho letto la trascrizione del processo. Ma tu che cosa ne hai pensato?»

«All'epoca, non potevo in nessun modo credere che mio padre avesse ucciso la mamma. Avevo solo dieci anni e, sai, la mia vita era stata stravolta.»

Sapevo cosa si prova. «Allora vivevi con tua madre quando è successo. Dopo sei andato a vivere con tuo padre?»

«Sì, cioè, casa nostra era una scena del crimine, e chi avrebbe voluto restarci, comunque? E mio padre abitava proprio lì vicino. Mia zia Pamela, la sorella di mia madre, voleva che stessi da lei, ma mio padre disse di no.»

«Chi pensavi che avesse ucciso tua madre?»

«All'epoca non lo sapevo. Faceva paura, pensavo fosse stato un caso o qualcosa del genere.»

«E adesso?»

Corrugò la fronte. «È stato mio padre.»

«Cosa ti ha fatto cambiare idea?»

«Non volevo crederci, e poi ero solo un ragazzino. Voglio dire, di tuo padre ti fidi, no?»

«Certo. Ma quando e perché hai cambiato idea?»

«Be', crescendo ho cominciato a capire com'era davvero mio padre. Era cattivo e aveva un brutto carattere. Perdeva la testa per le cose più banali.»

«Questo non lo rende un assassino.»

«Prima di entrare nel merito, ora vedo che ho ignorato un sacco di segnali. È naturale, no? Ero troppo giovane per mettere insieme i pezzi.»

«Certo. Che tipo di cose?»

«Be', litigavano spesso, e lui passava alle mani, capisci? E, tipo, due anni dopo la morte di mia madre, mio padre iniziò a uscire con una donna, Katy. Era gentile e tutto, ma anche con lei litigavano parecchio e, una volta, io ero in garage a lavorare sulla bici, loro se le stavano dicendo di santa ragione e lui le disse qualcosa tipo: *«Faresti meglio a stare fottutamente attenta, o farai la fine della mia ex»*.

«Cos'altro ti ha fatto cambiare idea?»

«Gli chiedevo sempre perché la polizia pensasse che fosse stato lui, e lui diceva che non avevano niente contro di lui. Che era quello che facevano i poliziotti, perché la maggior parte delle volte, quando una donna viene uccisa, è il marito o il fidanzato. Ho controllato su Internet ed era vero, quindi non l'ho mai messo in dubbio. Credo che fosse quello che volevo credere. E poi al processo non avevano davvero niente di più. La ripresa del videocitofono non era granché, non si capiva chi fosse.»

«Sembra che ci sia dell'altro.»

«Be', ho ricevuto una telefonata da un giornalista del *Daily News* perché si avvicinava il quattordicesimo anniversario dell'omicidio, e quello che mi ha detto mi ha fatto capire che era stato mio padre.»

«Che cosa ti ha detto?»

7

Tyler mi guardò negli occhi. «Non sapevo che ci fosse un testimone oculare morto prima di poter deporre. Ha avuto un incidente ed è rimasto ucciso, credo, il giorno in cui stava per salire sul banco dei testimoni. Sono rimasto, tipo, di sasso e ho chiamato il procuratore che seguì il caso.»

«Hai parlato con O'Leary?»

«Sì. E ha detto che il testimone era un vicino. Me lo ricordavo. Abitava di fronte a casa di mia madre. Il suo cane stava male quella notte e lui lo portava fuori spesso. Vide mio padre aprire la porta del garage in piena notte e poi lo vide andarsene subito dopo che mia madre era stata uccisa. In più, disse che mio padre aveva in mano un coltello.»

«Sarebbe stata una testimonianza molto incisiva.»

«Non riesco a credere che il giudice non abbia permesso alla giuria di sapere cosa aveva visto il nostro vicino. Il procuratore ha detto che bisogna poter confrontarsi con chi ti accusa. Lo capisco, ma questa era una follia, è così ingiusto.»

«Avrebbe collocato tuo padre lì all'ora della morte, ma la

difesa avrebbe cercato di screditarlo. Quanti anni aveva quest'uomo?»

«Penso che adesso avrebbe circa ottant'anni.»

«Quindi, allora doveva avere sui sessantacinque. Portava gli occhiali?»

«Sì.»

«E questo era di notte, e sono certo che l'abbia visto da lontano. La difesa ci si sarebbe buttata a capofitto.»

«Ma c'era quel video del campanello di quella notte. Non è il massimo, però conferma l'ora in cui il vicino ha detto di aver visto mio padre lì.»

Tyler porse il telefono e avviò un video sgranato. Lo presi e feci zoom. «Non si riesce a capire chi sia.»

«Lo so, ma io lo riconosco, è mio padre. E guarda l'ora. Deve essere per forza lui.»

Mi venne un'idea. «Mi invio una copia via email.»

«Certo. A cosa stai pensando?»

«Per ora, a niente. Devo fare un po' di ricerche prima. Dimmi qualcosa di tuo padre.»

«Tipo cosa?»

«Interessi, hobby. Che cosa gli piace fare?»

«Oh, facile: stare sull'acqua. Ama pescare e andare in giro in barca.»

«Ha una barca?»

«Sì, niente di grande. Penso sia una diciotto piedi. L'ha comprata usata. Su quella ci sono uscito solo due volte.»

«Ci va proprio matto?»

«Sì, mi costrinse perfino a uscire con lui sulla barca che avevamo allora, tipo due giorni dopo che la mamma era stata uccisa. Io non volevo, ma disse che doveva schiarirsi le idee. Secondo me uscì per sbarazzarsi del coltello con cui l'ha uccisa.»

«Che te lo fa pensare?»

«Quel giorno si comportava in modo strano e l'ho visto immergere la mano in acqua. Sembrava che stesse lasciando cadere qualcosa.»

«Dove è successo?»

«Ecco il punto. Sai, per tutta la vita mio padre ha sempre detto che l'acqua va rispettata e che nessuna barca è più grande dell'oceano. Io volevo sempre uscire nel Golfo, ma a meno che l'acqua non fosse uno specchio, non ci andavamo mai. Ma quel giorno, appena dopo la morte di mia madre, l'acqua non era affatto calma, eppure uscì fino a Gordon's Pass, ed è lì che l'ho visto lasciar cadere qualcosa in acqua. Doveva essere il coltello.»

«Hai visto il coltello?»

«No. Però sono davvero convinto che fosse quello. Ci ho pensato molto in questi anni e ne sono sicuro al novantanove per cento.»

Le correnti di marea, avanti e indietro, nel passaggio che porta al Golfo avrebbero trascinato e seppellito qualunque cosa ci finisse dentro. Cercare un'arma del delitto sarebbe stato inutile.

«Diresti che tuo padre è uno sveglio?»

«Non ha fatto l'università, ma è sicuramente uno sveglio, molto sveglio.»

———

IL MIO FRATELLO di un'altra madre, Mario, era seduto a uno dei tavoli all'aperto della Taberna Burntwood.

Mi avvicinai, tirando fuori una sedia. «Come va?»

«Non mi lamento. Beviamoci qualcosa.»

Aveva gli occhi vitrei. Dissi: «Hai iniziato senza di me?»

«No. Non ho bevuto niente.»

«Vai piano con l'erba, bro.»

«Non ti preoccupare per me.»

«Sai cosa ti hanno detto in rehab.»

«Okay, papà.»

«Dai, Mario. Penso solo a te. Dobbiamo proteggerci a vicenda.»

«Non ho più un problema. L'ho affrontato, quindi lasciami in pace, okay?»

Annuii, sperando che non si stesse illudendo.

Mario alzò la mano per chiamare un cameriere e disse: «Che è successo con il ragazzo che hai incontrato?»

Un cameriere arrivò subito. Mario ordinò una birra e, anche se mi sarei preso volentieri una vodka Tito's con ghiaccio, io chiesi un seltz.

«Il caso del ragazzo ha qualche somiglianza con quello che è successo a noi.»

«Tipo?»

«Hanno ucciso sua madre e sembra sia stato il padre. Considerato che mia madre è stata ammazzata da un criminale incallito in libertà su cauzione, capisco quel ragazzo.»

«E mia madre era una tossica.»

Forse è lì che Mario ha sviluppato la sua tendenza a esagerare. «Credo stessi cercando di dire che ha perso la madre da piccolo, come noi. Comunque, il padre è finito a processo per l'omicidio ed è stato assolto, ma, se ci credi, un testimone oculare è morto la mattina in cui doveva deporre.»

Ci portarono le bevande. Mario si fece una lunga sorsata della sua birra prima di chiedere: «Sembrava sospetto?»

«È stata la mia prima reazione, ma si trattava di un incidente d'auto. E l'altra conducente era una signora anziana che aveva appena perso il marito ed era palesemente distratta.»

«Pazzesco. Se il testimone avesse deposto, il padre sarebbe stato condannato?»

«È la domanda da un milione di dollari. Il testimone lo ha visto entrare in casa dal garage e uscire nello stesso modo, all'ora della morte. Il testimone ha anche dichiarato che il padre del ragazzo teneva in mano un coltello quando lo ha visto andare via.»

«Questo testimone era affidabile?»

«Sembrava di sì.»

«Cosa vuoi fare?»

«Il ragazzo mi ha dato un video della videocamera del campanello, ma non è risolutivo.»

«Perché non vediamo cosa ci può fare il figlio di Larson? È un mago della tecnologia.»

«Gliel'ho già mandato. Perché non fai una chiacchierata con quelli dell'Omicidi dell'ufficio dello sceriffo?»

«Donovan mi deve un favore. Gli ho passato informazioni su quell'accoltellamento al motel.»

«Bene. Tommy ha detto che si metterà subito al lavoro sul video del campanello. Pensi di riuscire a cavare qualcosa da Donovan oggi?»

«Certo. Parlo con lui e passo da casa tua stasera.»

«Uh, Laura passa da me.»

«E allora?»

«Mi sta addosso perché lavoro troppo, non passiamo abbastanza tempo da soli, bla, bla, bla.»

«Perché non si trasferisce da te?»

Alzai le spalle. «Non so se sono pronto.»

«Fallo e basta, amico. Qual è la cosa peggiore che potrebbe succedere? Se non funziona, te ne tiri fuori.»

«Non sono come te. Non voglio passare attraverso tutto quel casino se non è destinato a durare.»

«Nessuno ha la sfera di cristallo, amico. Prova. Se non va, vai avanti.»

«È che semplicemente non riesco a vivere con qualcuno e...»

«Ma che stai dicendo? È quello che abbiamo fatto in affido. Quante volte ci siamo trasferiti?»

Aveva ragione, e forse era quello il motivo della mia riluttanza. «Troppe.» Mi alzai. «Devo scappare, ne parliamo dopo.»

MENTRE METTEVA UN PIATTO NEL LAVANDINO, LAURA DISSE: «Quella braciola di maiale era davvero buona».

«Sono contento che ti sia piaciuta».

«È bello che tu voglia cucinare per me invece di uscire sempre».

«Mi piace uscire a cena, ma è bello anche stare a casa».

«Ci penso io ai piatti».

Scossi la testa. «Ci penso io. Vedi se c'è qualcosa da guardare su Netflix».

«Ne dubito. La maggior parte delle novità è straniera, e la recitazione e il doppiaggio sono pessimi».

«Alcune francesi e italiane sono piuttosto buone. Hanno industrie cinematografiche molto sviluppate».

Accese la TV. «Lo so, ma non mi piace leggere i sottotitoli».

«Neanche a me, ma se la storia è buona, ci si abitua».

«Oh, guarda, c'è un *House Hunters* a Naples».

«Che fascia di prezzo?»

«Sono coach home, sui cinquecentomila».

«Dovresti guardarlo, farti un'idea del mercato. Il rinnovo del tuo contratto d'affitto si avvicina, e avrebbe senso comprare qualcosa».

Il suo viso si incupì.

«Che c'è?»

«Niente».

Perché la gente diceva così quando qualcosa la preoccupava? «Dimmi cosa c'è che non va. Tutto quello che stavo cercando di fare era...»

«Lascia stare. Pensavo, sai, che le cose tra noi stessero andando bene».

Chiusi il rubinetto. «Sì, è così. E quindi?»

«Pensavo che magari potessimo, sai, andare a vivere insieme».

«Oh. Ma il tuo contratto scade tipo tra due mesi».

«Già».

«È dietro l'angolo».

«Lascia perdere, d'accordo?»

«Dai. Non è giusto. Tiri fuori la cosa dal nulla, e il cattivo sarei io?»

«Dal nulla? Quindi non ci avevi nemmeno pensato?»

«Un po'. Ho solo bisogno di più tempo».

«Se questa storia non va da nessuna parte, dimmelo adesso, così ho la possibilità di farmi una famiglia».

«Non capisco come siamo arrivati a questo. Stavamo bene, e adesso mi stai dando un ultimatum?»

«Senti, l'orologio biologico corre per entrambi. Non voglio avere difficoltà a concepire, e non voglio ritrovarmi a quarant'anni passati con un neonato».

Dall'andare a vivere insieme era passata al fare un figlio. «Possiamo andare per gradi?»

«Stiamo insieme da quasi due anni. Non sono una ragazzina».

«Capisco, ma adesso le cose vanno meglio, no?»

Fece spallucce.

Dissi: «Dai, lo sai che è così. So che è colpa mia, ma, sai, dopo quello che ho passato, mi ci vuole un po' per sentirmi a mio agio».

«Sono passati due anni. Non siamo adolescenti. Ho bisogno di sapere dove sta andando questa storia».

«Dammi solo un paio di mesi».

«Il mio contratto sta per scadere, non posso semplic...»

«Rinnovalo e poi lo rescindiamo. Pagherò io la penale, nessun problema se le cose non dovessero funzionare».

Le squillò il cellulare. «È mia madre. Mia zia è in ospedale».

«Spero che stia bene». L'ironia di essere salvato da una potenziale suocera non mi sfuggì.

Laura si lasciò cadere sul divano mentre parlava con sua madre, e io mi ritirai sulla lanai. Posai il telefono sul tavolo e guardai una famigliola di anatre che nuotava nel lago.

Perché le relazioni erano così difficili? Con Laura andava bene, ma potevo fare il passo successivo?

Il cellulare vibrò e risposi. «Ehi, Mario. Com'è andata con il detective Donovan?»

«All'inizio non era ricettivo, quindi ho dovuto sfoderare il mio fascino».

«Che ha detto?»

«Donovan ha detto che è convinto che Atlas Crane abbia accoltellato a morte la sua ex moglie».

«Che tipo di prove avevano?»

«I due avevano litigato, e Crane ha mentito sul suo alibi.

Atlas ha detto che era su a Charlotte Park con un amico, ma se n'è andato prima di quanto avesse dichiarato, con il tempo necessario per arrivare lì all'ora della morte. Donovan ha detto di averlo messo alle strette, e Atlas gli ha rifilato la solita stronzata che si è fermato in un'area di sosta ed è crollato dal sonno».

«E il testimone morto nell'incidente d'auto?»

«Donovan ha detto che la storia del tizio reggeva e crede che, se avesse potuto testimoniare, Atlas sarebbe stato condannato».

«Davvero?»

«Già, parola sua. Ah, sì, ha anche detto che hanno trovato una goccia di sangue sul vialetto. Era proprio accanto al garage, e coincideva con il sangue della donna uccisa».

«Probabilmente è colata dal coltello che, secondo il vicino, Crane portava».

«Di sicuro».

Dissi: «Questo qui l'ha fatta davvero franca».

«Allora prendiamo questo lavoro, giusto?»

Mi grattai il mento. «Non ne sono ancora sicuro».

«È una vita che non abbiamo niente. Dai, facciamolo».

«Non sono ancora pronto a impegnarmi».

«Dai, questa è un'ottima occasione».

«Dobbiamo esserne sicuri».

«Lo siamo. Persino i poliziotti hanno detto che è stato lui».

«In questo momento, quello a cui sto pensando, per fargliela pagare a questo tizio, sarebbe la cosa più cazzuta che abbiamo mai fatto. Voglio essere sicuro che non ci sia alcun dubbio che sia stato il padre».

«E come pensi di ottenere informazioni migliori di quelle di Donovan e della trascrizione del processo?»

«Ho un'idea. Fammi fare una telefonata e ti richiamo».

9

Mi sono lasciato cadere sul divano dopo che Laura se n'era andata a trovare sua zia in ospedale. Stavo allungando la mano verso il telecomando, quando squillò il telefono. Era il figlio di Larson che mi richiamava.

«Ehi, Tommy, come vanno le cose nel mondo degli effetti speciali?»

«Un inferno. Te lo dico, potrei raddoppiare l'attività, se volessi».

«Dovresti farlo».

«Macché, mi piace troppo il lato creativo. Se questo posto cresce ancora, diventerei solo un manager, a smaltire scartoffie invece di progettare cose».

«Capisco. A cosa stai lavorando adesso?»

«La MGM — anche se ormai è di Amazon — sta facendo un film in cui un terremoto enorme spacca il permafrost. Gli scienziati scoprono una sfilza di animali preistorici nel ghiaccio, tipo tigri dai denti a sciabola, e riescono a riportarli in vita».

Sembrava una variante di *Jurassic Park* e qualcosa che

non avrei mai guardato. «Sembra interessante e un po' inquietante».

«Roba già vista, ma questa è Hollywood: trovano una formula vincente e la sfruttano fino allo sfinimento».

«Verissimo. Ma almeno è lavoro per te».

«Non è particolarmente impegnativo, però dobbiamo costruire una cinquantina di creature e i veicoli speciali che gli scienziati usano per liberarle e spostarle».

«Già che parli di veicoli, devo dirti che parliamo ancora del trucco dell'auto che hai fatto per noi. È stato incredibile».

«Grazie. Sono contento che sia andato bene per te e per mio padre».

«Mi hai salvato la vita. Che ne pensi del video che ti ho mandato? Puoi farci qualcosa?»

«Certo. L'ho passato in un nuovo strumento con IA che abbiamo appena comprato».

«Caro?»

«Sì, ma la tecnologia all'avanguardia costa sempre. Devo dire che ne vale la pena. L'IA ha fatto un ottimo lavoro nel ripulirlo e migliorarlo. L'ho anche schiarito con un altro software che abbiamo».

Toby iniziò a girare in cerchio in cucina. Doveva uscire a fare i bisogni. «Grazie, amico».

«Ci giocherò ancora un po' prima di rimandartelo».

«Com'è venuto?»

«Abbastanza bene, ma posso migliorarlo».

«Puoi farmi un favore e mandarmelo adesso?»

«Certo. Dammi una ventina di minuti. Devo finire una cosa prima che si asciughi».

Quando la chiamata finì, presi il guinzaglio di Toby.

«Andiamo, bello».

Toby mi trascinò lungo il vialetto, alzando una zampa sul palo della luce al bordo del marciapiede. Quando ebbe finito, si diresse verso la riserva. Aprii il cancello e gli tolsi il guinzaglio. Trottò per la lunghezza di un'auto e si accovacciò. Mentre tiravo fuori un sacchetto per le feci e lui si liberava, notai che gli si erano drizzate le orecchie.

Raccolsi quello che aveva lasciato e vidi Toby balzare nel bosco.

«Toby!»

Mi precipitai dietro di lui. «Vieni qui, bello!»

Iniziò ad abbaiare. Gli abbai venivano da sinistra. Lo seguii fino a una piccola radura. Toby guaiva davanti a una scatola di cartone grande come un frigorifero. La parte superiore era coperta da un telone blu.

«Piano, bello».

Smetté di abbaiare e sentii un neonato piangere.

Riagganciai il guinzaglio al collare di Toby e mi avvicinai alla scatola. «Ehi? C'è qualcuno lì dentro?»

Una voce femminile disse: «Per favore, lasciateci in pace».

Sollevai l'aletta di cartone. All'interno, rannicchiate, c'erano una ragazza sui sedici anni e una bambina. Una borsa da palestra, uno zaino e una tanica d'acqua da un gallone erano allineati lungo un lato della scatola.

«Andatevene, vi prego!»

Sgranai gli occhi. Assomigliava a Bev, la mia sorella dell'affido. «Non sono qui per farti del male. Mi chiamo Beck, e questo qui è Toby. È innocuo».

Strinse la bambina al petto, ma non disse nulla.

«Stai bene? Posso aiutarti in qualche modo?»

«Lasciateci in pace».

«Non devi avere paura. Sto solo cercando di aiutarti».

«Lo so».

«Come ti chiami?»

«Dawn».

«È tua la bambina?»

«Sì. Si chiama Abby».

«È bellissima».

Dawn disse debolmente: «Lo è, eccome».

«Vivi qui dentro?»

Lei annuì.

«Cos'è successo?»

«Mi hanno buttata fuori dalla famiglia affidataria quando ho avuto Abby».

«Da quanto tempo sei qui?»

«È la nostra seconda notte».

«Hai fame?»

Alzò le spalle.

Indicando in direzione di casa mia, dissi: «Abito proprio lì. Ho un sacco di cibo».

«Siamo a posto».

«Non potete restare qui. È pericoloso. Ci sono orsi, serpenti e perfino linci rosse che girano da queste parti. Tu e Abby non siete al sicuro».

«Ce la caveremo».

«Più tardi dovrebbe venire giù il diluvio e pioverà per i prossimi due giorni. Questo cartone non reggerà. La tua bambina si ammalerà».

Sistemò la coperta sotto il collo della bambina e infilò la mano sotto il tappetino su cui era seduta. «Ho altra plastica».

«Dove prenderai qualcosa da mangiare? Non le servono latte artificiale e pannolini?»

Le tremò il labbro.

Mi inginocchiai. «Senti, vieni con me. Ho il frigorifero pieno di cibo. Puoi lavarti e mangiare».

Si asciugò una lacrima dalla guancia. «Perché sei così gentile con noi?»

«Perché so cosa vuol dire non avere una casa. Sono stato in affido per anni e, lo so che sembra folle, ma io e Mario siamo scappati quando avevamo sedici anni. È così che sono finito in Florida».

Le si spalancarono gli occhi. «Sei stato in affido?»

«Sì. Nel New Jersey. Mia madre è stata assassinata e mio padre è morto di alcolismo. Sono stato in quattro case diverse». Girai la testa, sfiorando la cicatrice dietro l'orecchio. «Credimi, so quanto possa essere brutto in certi posti».

«Che cosa è successo?»

«Vieni, te lo racconto e ti parlo di Mario. È stata l'unica cosa buona uscita dall'affido.»

Esitò prima di alzarsi. «Chi è Mario?»

«Il mio fratello di cuore.»

Aggrottò la fronte. «Avevo conosciuto un'amica in una comunità, ma ci hanno separate e non l'ho più rivista.»

Le presi il borsone e lo zaino. «Puoi usare la mia lavatrice.»

«Grazie.»

«Nessun problema. Sai, somigli a una sorella in affidamento che avevo nel New Jersey.»

«Davvero?»

«Sì, la somiglianza è pazzesca.»

10

Avvicinandomi a casa, dissi: «So che per te dev'essere strano, quindi, se preferisci stare in veranda, prendo un po' di cibo e te lo porto fuori».

Dawn mi scrutò il viso prima di sussurrare: «Se posso, mi piacerebbe davvero fare il bagnetto ad Abby e magari lavare qualche vestito, se va bene».

«Va benissimo. Puoi usare il bagno accanto alla cucina». Alzai le sue borse. «Metto su una lavatrice e preparo qualcosa da mangiare».

Abbassò il capo. «Grazie, sei così gentile, grazie».

Aprii la porta ed entrai. «Entra pure». Poi indicai. «Il bagno è sulla destra».

«È una bella casa».

«Grazie. Eh, Abby ha un biberon o una tazza da lavare?».

Tirò fuori da una tasca un biberon usatissimo.

Prendendoglielo, dissi: «Non capisco niente di vaccinazioni e di tutto quello che serve ai bambini, ma quando l'ha vista un dottore l'ultima volta?».

«L'ho portata in una clinica un paio di settimane fa».

«Un mio caro amico è medico. Posso vedere se riesco a farlo passare oggi o domani, giusto per essere sicuri che stia bene».

«No. Posso portarla io in clinica».

«Non ti costerà nulla. Mi deve un paio di favori».

Alzò le spalle.

«Vai a rinfrescarti e pensaci».

«Grazie mille».

«Nessun problema. Sai, lo devo ripetere: somigli davvero a una persona che conoscevo».

«Davvero?».

Il mio cellulare squillò. «Sì, è assurdo. Devo rispondere, è la mia ragazza».

Aprii la porta scorrevole e uscii sulla veranda. «Ehi, Laura. Non ci crederai: stavo portando a spasso Toby, è entrato nella riserva in fondo all'isolato e ha trovato una ragazza e la sua bebè che vivevano in uno scatolone di un frigorifero».

«Cosa? Vicino a casa tua?».

«Sì, nella riserva. Sono rimasto di sasso. Toby ha iniziato ad abbaiare allo scatolone, mi sono avvicinato e loro erano lì. È pazzesco, la bimba è davvero piccolissima».

«Che cosa ci facevano lì?».

«Erano solo rannicchiate. La ragazza ha detto che le hanno buttate fuori dalla casa-famiglia in cui stavano. Ha detto che dopo il parto il padre affidatario l'ha maltrattata e l'ha cacciata».

«È terribile».

«Succede fin troppo spesso. Sto preparando loro qualcosa da mangiare e voglio vedere se riesco a far venire il dottor Elias a dare un'occhiata alla bambina».

«Oh, bene».

«Potresti prendere dei pannolini? Te li pago io».

«Certo. Di che taglia?».

«I pannolini hanno le taglie?».

«Certo che sì. È una neonata?».

«Credo di sì. Forse ha un paio di mesi».

«Va bene. E dei vestiti? Ne hanno bisogno?».

«Ottima idea. Sarebbe fantastico. La madre è più o meno della tua taglia».

«Passo da Walmart e prendo un paio di cose».

«Perfetto. Grazie».

«Te le porto subito».

«Ottimo».

Misi un po' di carne macinata nel microonde e accesi la griglia. Quando si fu scongelata, la condii e preparai degli hamburger. Li misi sul barbecue e rientrai. Mentre saltavo in padella fagiolini e cipolle, Dawn uscì dal bagno. Teneva in braccio Abby. La piccola era avvolta in un asciugamano e dormiva profondamente.

Dawn disse: «Che buon profumo».

«Ho un paio di hamburger sulla griglia per te. Cosa dai da mangiare ad Abby?».

«Omogeneizzati».

«Ne hai?».

Abbassò lo sguardo e scosse la testa.

«Non ti preoccupare. Laura, la mia ragazza, ti sta prendendo dei pannolini. Le dico di prendere anche degli omogeneizzati. Qualcosa in particolare?».

Guardò la sua bambina. «Ad Abby piace un sacco la purea di mele, se… se riesce a trovarla».

«Nessun problema». Chiamai Laura e le chiesi di prendere anche gli omogeneizzati.

«Laura è da Walmart, sarà qui tra pochi minuti».

Scacciò una lacrima battendo le ciglia. «Non so cosa dire».

«Non c'è niente da dire, rilassati. Perché non ti siedi in veranda?».

Posò lo sguardo sul divano e io dissi: «Oppure puoi guardare la TV, se vuoi».

Fece un passo verso il salotto e io presi il telecomando e accesi la TV. «Ecco, metti pure quello che ti piace».

Aprii la porta scorrevole proprio mentre echeggiava un fragore di tuono. «Direi che hai fatto la scelta giusta». Indicai un lampo. «Sta per piovere».

Dawn aggrottò la fronte.

«Non preoccuparti. Puoi restare qui. Ho quattro camere da letto. Puoi prenderne una e restare finché ti serve».

«Non posso».

«Perché no? Resta e domani vediamo di farti avere un po' di assistenza dalla contea. Posso aiutarti io».

Tirò su col naso.

«Va bene. So com'è. Prenditela con calma, vedrai. Tu e la piccola Abby sarete al sicuro. Te lo prometto».

Dawn baciò Abby sulla testa e la bimba fece un gorgheggio.

«Vedi? È felice che tu sia capitata qui. Aspetta che Laura porti gli omogeneizzati, starà ancora meglio».

«Sei fin troppo gentile».

«Non pensarci, so cosa vuol dire essere da soli. Starai qui finché non ti troveremo un po' di assistenza».

«Però…».

«Niente ma. Vieni, ti faccio vedere la tua stanza e poi puoi mangiare».

Spalancai la porta della camera degli ospiti. «Puoi usare questa. Ha un bagno privato».

Disse piano: «È la stanza più bella che abbia mai avuto».

«Spero che tu e Abby stiate comode. Oh, dobbiamo prenderle una culla dove possa dormire».

«Va bene così. Nel letto c'è un sacco di spazio».

«Potrebbe essere più sicuro, sai, potresti rotolarle addosso mentre dormi».

«Non è un gran problema».

«Che ne dici di una di quelle cullette?»

Lei alzò le spalle.

«Dai, le cerchiamo online e vediamo che si trova.» Risi. «Non so granché di neonati.»

Mi porse Abby. «Tieni, prendila.»

«Eh, non lo so.»

«Devo andare in bagno.»

«Okay.» Mi irrigidii. «Dammi la piccola.»

«Se capisce che hai paura, piangerà.»

Abbassai le spalle e presi Abby dalle sue braccia. «È leggerissima.»

«Devo proprio andare.»

Andò verso il bagno e, dondolando Abby, sussurrai: «Andrà tutto bene, piccola.»

Suonò il campanello. Spostai Abby sul lato sinistro del petto e aprii la porta.

Con le braccia cariche di sacchetti, Laura sgranò gli occhi. «Oh, mio Dio. La bambina è qui? Dov'è la madre?»

«È in bagno.»

«Le hai fatte entrare in casa?»

«Non potevo lasciarle fuori, più tardi pioverà a dirotto.»

«Si sono trasferite?»

«Solo finché non si rimette in piedi.»

«Stai scherzando?»

«No. Che problema c'è? Sono innocue.»

«Come puoi dirlo? Non le conosci.»

«È una ragazza con una bambina.» Sorrisi. «Penso di saper gestire qualunque cosa mi tirino addosso.»

Laura sbuffò, sfiorandomi mentre appoggiava un pacco di pannolini sul bancone.

«Quanto ti devo?»

«Centotrenta.»

Posai la bambina sul divano e tirai fuori dalla tasca un malloppo di contanti. Staccai una banconota da cento e una da cinquanta. «Grazie, apprezzo davvero che tu abbia preso questa roba.»

«Non ci sarei andata se avessi saputo che si sarebbe trasferita da te.»

«Cosa? Non capisco.»

Sibilò Laura: «Vai in crisi quando ti propongo di andare a vivere insieme? E poi le prendi in casa?»

Era gelosia o una reale preoccupazione per la sicurezza? «Io... stavo solo cercando di aiutarle. Non puoi lasciare una bambina a vivere nei boschi.»

Al rumore dello sciacquone, Laura si avvicinò e disse: «Quindi trovi una ragazza nella riserva e la inviti a casa tua? Che vuoi fare, radunare ogni senzatetto e farli vivere in casa tua? Ti stai lasciando mettere i piedi in testa.»

Mi venne voglia di recitare il motto stoico secondo cui la gentilezza è una forza, non una debolezza.

«Dai, Laura! Non...»

Dawn entrò in cucina dicendo: «Mi dispiace. Ce ne andiamo. Siete già stati fin troppo gentili, non voglio creare problemi.»

Con le braccia protese per Abby, le consegnai la bambina. «Va tutto bene. Laura, questa è Dawn. Dawn, questa è Laura.»

Dawn riuscì a malapena a dire un ciao.

Laura sorrise. «Piacere di conoscerti. La tua bambina è preziosa.»

Guardai Laura con stupore. Mr. Hyde si era trasformato in Dr. Jekyll. Dissi: «Lo è davvero, non piange, è così tranquilla.»

Laura disse: «Ho preso un po' di omogeneizzati e pannolini.»

Abby scoppiò a piangere.

Dawn disse: «Grazie mille. Abby ha fame. Se per voi va bene, le do da mangiare, poi ce ne andiamo.»

Dissi: «Resta. Sta piovendo e anche tu devi mangiare.»

«Non voglio causare...»

«Rimani finché non ti procuriamo l'assistenza della contea.»

Lei guardò Laura, che disse: «Va bene.»

«Sei sicura? Non voglio essere d'intralcio.»

«Sì, davvero nessun problema. Comunque devo andare.»

11

MI PRESE UNA MALINCONIA MENTRE DAWN SI DIVORAVA TRE hamburger. Sapevo cosa significava mangiare più del solito. Ti scattava la mentalità da fare scorta quando non avevi idea di quando sarebbe arrivato il prossimo pasto.

Mentre sparecchiavo, dissi: «Devo fare un paio di telefonate. Perché non guardi un po' di TV?»

«Sono proprio a pezzi. Non sto dormendo molto.»

Non c'era da stupirsi. «Nessun problema. Vai a stenderti.»

Portò Abby nella stanza degli ospiti e io mi ritirai nello studio. Ci vollero quattro squilli perché Laura rispondesse. Ma non disse nulla.

Dissi: «Ehi, come va?»

«Bene.»

«Come mai non ti sei fermata?»

«Non ne avevo voglia.»

«Non dirmi che sei arrabbiata perché sto aiutando Dawn e la sua bambina.»

«Sono uscita a prendere omogeneizzati e pannolini per loro.»

«Lo so, grazie. Allora, che c'è?»

Esitò. «Non mi hai mai detto che si stava trasferendo da te.»

«Non si sta trasferendo. Che avrei dovuto fare? Lasciarle vivere in una scatola? Sotto la pioggia?»

«Avresti dovuto dirmi che era a casa tua. Mi avevi fatto credere che fosse nel bosco.»

«Se fossero nella scatola, allora andrebbe bene per te?»

Tacque.

«Dai, Laura. Sto solo cercando di aiutarle. Tu non sai cosa significa essere completamente per conto proprio. Io sì.»

«Me lo rinfacci sempre.»

«Ma che dici? Non lo dico mai.»

«Sei diventato tutto evasivo quando ho parlato di andare a vivere insieme, e poi ti giri e le inviti a trasferirsi.»

«È tutta un'altra cosa.»

«No, non lo è.»

«Ti sbagli di grosso, ma non intendo mettermi a litigare con te.»

«Devo andare.»

«Aspetta un...»

La chiamata si interruppe. Stavo per premere Richiama quando arrivò una mail da Tommy, il figlio di Larson. La aprii e cliccai sull'allegato MP4.

Misi il video a schermo intero e premetti play. Lo guardai tre volte, rallentando e fermando i fotogrammi più volte.

Controllai l'ora e mandai un messaggio a Mario prima di fare una telefonata.

Larson rispose al primo squillo. «Pronto, Beck. È tardi, va tutto bene?»

«Sì. Devo solo dirLe un paio di cose. È un buon momento o è troppo tardi?»

«Va bene, ho appena finito un libro.»

«Che cosa ha letto?»

«*The Frontiersmen*. È un resoconto vero degli uomini che si insediarono nel cuore dell'America, una zona all'epoca bellissima ma letale. Combatterono contro gli indiani e costruirono città. È uno dei libri migliori che abbia letto da molto tempo.»

«Devo dargli un'occhiata.»

«Glielo passo io.»

Questo significava che dovevo leggerlo. «Grazie.»

«Allora, che cos'ha in mente?»

«Per cominciare», abbassai la voce, «avrei bisogno di un contatto in contea che possa accelerare le pratiche dei servizi sociali.»

«Che cosa, in particolare?»

«Ho accolto una ragazza e la sua bambina. Vivevano in una scatola dietro al nostro quartiere.»

«Oh, no. Mi fa male sentirlo.»

«Non me lo dica. Ha solo sedici anni e la sua gravidanza non è stata presa bene dal padre affidatario.»

«Capisco. Mi lasci fare una telefonata domani, poi Le faccio sapere. Cos'altro c'è?»

Cullando Abby, Dawn entrò in cucina. «Scusa. Ma dove tieni la carta igienica?»

Alzai un dito. «Ehi, Ray, devo chiudere, ma volevo dirLe che suo figlio, Tommy, mi ha aiutato di nuovo.»

«Mi fa piacere. È un bravo ragazzo.»

«Proprio così. Ne riparliamo più tardi.»

Appena chiusi, Dawn implorò: «Scusa se ti disturbo, ma devo proprio andare.»

«Nessun problema. Aspetta un attimo.»

Andai di corsa in garage, presi due rotoli di carta igienica e rientrai in casa.

Porgendoglieli, dissi: «Tieni, lascia che prenda Abby, così tu puoi, insomma…»

Mi mise Abby in braccio e scattò giù per il corridoio. Appena la porta del bagno si chiuse, Abby cominciò a lamentarsi.

Cullandola tra le braccia, dissi: «Shhh, piccolina, la mamma torna subito.»

Feci quattro giri per casa e finalmente si calmò. Stavo fissando la porta-finestra sul retro quando suonò il campanello.

Spostai Abby sul braccio sinistro e aprii la porta.

Mario teneva un ombrello sopra la testa. Guardò Abby e disse: «Porca miseria. Che succede?»

«Entra.»

Feci un passo di lato e Mario richiuse l'ombrello e la porta alle sue spalle.

«Che succede, bro? Non dirmi che sei un papà segreto o qualcosa del genere.»

Dawn entrò nella stanza e Mario sussurrò: «Oddio. Assomiglia a Bev.»

Dissi: «Lo so. Vero?»

Ridiedi Abby a Dawn, dicendo: «Dawn, questo è il fratello affidatario di cui ti ho parlato, Mario. Mario, ti presento Dawn e la sua bambina, Abby.»

«Piacere. Allora, come vi conoscete?»

Dissi: «Poi ti spiego.»

Dawn annusò Abby due volte e disse: «Va cambiata.»

«Oh, non me n'ero accorto. Non ci sono abituato.»

Mario scoppiò a ridere. «Sai almeno come si cambia un pannolino?»

Dawn disse: «Piacere di conoscerti, Mario. Noi ci ritiriamo per la notte.»

Mario mi guardò.

«Dormi bene. Se ti serve qualcosa, dimmelo.»

Appena si chiuse la porta della stanza degli ospiti, Mario disse: «È una bomba, bro. Il bambino non è tuo, vero?»

Lo fulminai con lo sguardo e dissi: «No, e Dawn è solo una ragazzina.»

«Che ci fa qui?»

Gli raccontai di come Toby le avesse trovate e lui disse: «Amico, sappiamo com'è.»

«Eccome se lo sappiamo. Voglio vedere che aiuto posso trovarle.»

«Per quanto resta qui?»

«Non lo so, ma a Laura la cosa non va giù.»

«Non posso darle torto, è una vera bomba.»

«Non ha nemmeno diciassette anni, Mario.»

«Stavo scherzando, amico. Che volevi farmi vedere?»

Tirai fuori il telefono e andai in cucina. «Il figlio di Larson ha usato un nuovo strumento di IA per migliorare il video del caso Crane. Dai un'occhiata.»

Mario prese il telefono e guardò il video. «Non ricordo che faccia abbia il padre, ma qui è di gran lunga più chiaro.»

«È sicuramente il padre, Atlas Crane.»

Mi restituì il telefono. «Allora, abbiamo tra le mani un caso?»

«Probabile.»

«Probabile?»

«C'è ancora una cosa su cui voglio indagare prima di dare il via libera.»

«Quanto paga questo?»

«Non è questione di soldi.»

«Tutto è questione di soldi.»

«No, affatto. Si tratta di pareggiare i conti, ottenere giustizia...»

«La giustizia non paga le bollette, bro.»

«Ti stai lamentando? Vivi di fronte alla spiaggia e hai tutto quello che ti serve, giusto?»

«Sai cosa intendo.»

«Non dimenticare mai che veniamo dal niente.»

«Okay, papà.»

«Sai, la gente pensa che, una volta felice, sarà grata, ma è il contrario: essere grati è la chiave della felicità.»

«Sempre con questo stoicismo.»

«Gente come Seneca e Marco Aurelio sapeva il fatto suo. Invece di liquidarli, dovresti leggere ciò che hanno scritto. Hanno capito un sacco di cose secoli fa.»

«Sì, sì, sì. Hai detto che avevi qualcosa che volevi farmi controllare.»

«Hai un amico, mi pare si chiami Harvey o qualcosa del genere.»

«Intendi Howie? Quello con la casa sulla baia?»

«È lui. Ha una bella barca, giusto?»

«Sì, sui trenta e rotti piedi, è uguale a quella che ha Vladimir.»

«Vladimir?»

«Igor, il braccio destro del Russo.»

«Ah, già.»

«Ricordi che abbiamo visto la sua barca quando siamo

andati in marina a ritirare i documenti che hanno fatto per il lavoro Cruz?»

«Sì, ricordo. È dalle parti di Bayshore Drive.»

«Bene, cominciavo a preoccuparmi per te, sai, Alzheimer precoce.»

«Allora, a proposito del tuo amico Howie? Avremo bisogno di farci prestare la sua barca. Puoi organizzarlo?»

«Per cosa?»

«Non chiederti il perché adesso. Vai solo a trovarlo. Digli che pagheremo duemila al giorno.»

«Per quanto e quando?»

«Non lo so, ma non più di un giorno ogni tanto, niente giorni consecutivi.»

12

POSAI UN SACCHETTO ANCORA CALDO DI BAGEL SUL BANCONE della cucina e accesi la macchina del caffè. Camminando in punta di piedi lungo il corridoio, mi fermai davanti alla stanza degli ospiti. Non veniva nessun rumore dalla camera che Dawn e Abby chiamavano casa.

Quando si era alzata nella notte, temetti che stesse per scappare, ma Abby aveva fame e Dawn stava solo cercando qualcosa per la bambina.

Erano le 8:10. Dopo essermi fatto una tazza di caffè, bussai piano alla sua porta. «Dawn? Siete sveglie?»

«Eh, sì. Usciamo tra un minuto.»

Dieci minuti dopo entrarono in cucina.

«Hai dormito bene?»

Annuì. «È stata la notte migliore da un po'.»

«Vedi? Ti serve un vero letto.»

«Grazie per averci fatto dormire qui.»

«Di niente. Preparati un caffè, e ho preso dei bagel.»

«Hai della Coca-Cola? O Pepsi?»

«No. Non è la cosa migliore da bere.»

Alzò le spalle.

Indicando il frigo, dissi: «Ho delle acque frizzanti, alcune sono aromatizzate, se ti interessa.»

«Vado a scaldare un po' di latte per Abby.»

Aprii il portatile. «Ieri sera ho controllato alcuni siti della contea che si occupano di assistenza. Ho un amico che sta vedendo se si può accelerare i tempi, ma in ogni caso dobbiamo compilare dei moduli per avviare la pratica.»

«Ok.»

Dopo aver messo il biberon di Abby nel microonde, si infilò in bocca un pezzo di bagel. «Sono buoni.»

«Mentre mangiate, comincio a compilare i moduli.»

«Ok.»

«Dawn è il tuo nome?»

«Sì.»

«Cognome?»

«Rothshield.»

Mi irrigidii. «Rothshield?»

«Sì, esatto.»

«Come si scrive?»

«R-O-T-H-S-H-I-E-L-D.»

Curioso di sapere quanto fosse comune quel cognome, chiesi: «Conosci il tuo numero di Social Security?»

Lo snocciolò a memoria.

«E i tuoi genitori biologici?»

«Mio padre non l'ho mai conosciuto, ma mia madre si chiama Beverly.»

Il cuore mi prese a battere più forte. «La chiamavano Bev?»

«Sì, la chiamavano così.»

Mi alzai. «Di dove sei originaria?»

«New Jersey.»

Le ginocchia mi si fecero molli. «Dove, in New Jersey?»

«Non mi ricordo.»

«Contea di Monmouth?»

«Forse, mi suona familiare. Perché?»

«Ricordi che ti ho detto che assomigli a una ragazza che conoscevo?»

«Sì, e allora?»

«Sembra pazzesco, ma forse c'è la possibilità che tu sia sua figlia.»

«Come?»

«Aspetta un attimo.»

Corsi in camera mia e tornai con una foto lisa che avevo tirato fuori dal cassetto del comodino.

«Guarda questa. Voglio dire, all'epoca avrà avuto dieci anni, ma vedi quanto le somigli?»

Avvicinò la foto al viso. «Già. Le somiglio. Sarebbe incredibile se fosse mia madre.»

«Quand'è stata l'ultima volta che l'hai vista?»

«Non lo so, quando avevo sette o otto anni, più o meno. Aveva un brutto problema di droga e mi portarono via da lei. Cercò di disintossicarsi, ma proprio non ci riusciva.»

«È successo in New Jersey?»

Il suo volto si rabbuiò. «Sì.»

«Mi dispiace. So che è dura.»

«La vedevo di rado, e poi ho saputo che se n'era andata perché stava male.»

«Che tipo di malattia?»

«Qualcosa che aveva a che fare con il freddo e, immagino, visto che era senzatetto, la colpiva parecchio.»

«Forse era la sindrome di Raynaud. Colpisce il flusso di sangue alle estremità.»

«Nessuno ha mai detto cos'era, ma ero solo una bambina.»

«Hanno detto dove fosse andata?»

«Solo che era scesa al Sud. Penso che abbia cercato di riprendermi, ma la famiglia affidataria ha fatto di tutto per tenerla lontana da me.»

«Non hai più avuto sue notizie?»

«Mi ha mandato una lettera dicendo che sarebbe stato meglio tagliare tutti i ponti, che le dispiaceva di non essere stata una madre migliore, ma che stava male.»

«È terribile.»

«Me ne sono fatta una ragione.»

«Non ci si riesce mai, o almeno io non ci sono riuscito quando hanno ucciso mia madre.»

«Sto solo cercando di tirare avanti, e non c'è tempo per pensarci.»

Giocherellando con la foto di Bev, dissi: «Capisco. Sai, se vuoi, potremmo anche riuscire a rintracciarla.»

«Non lo so. Ma come faresti?»

«Ho buoni contatti. Non dico che sarebbe facile o che la troveremo, ma se vuoi possiamo provarci.»

Aggrottò la fronte. «Chissà dov'è e se sta bene.»

«Pensaci. Ora, torniamo alle scartoffie.»

Con il mio aiuto, ci vollero venti minuti per completare i moduli richiesti. Come farebbe una persona in difficoltà, senza accesso a Internet, a farlo?

Dawn tornò in camera per mettere Abby a fare un pisolino e io uscii sulla lanai. Chiamai Mario.

«Ehi, non ci crederai mai.»

«Che c'è? Molli Laura per Dawn?»

Tirai un sospiro. «Sai, a volte sai essere proprio un cretino.»

«Ti sto solo prendendo in giro, amico. Che succede?»

«Sua madre potrebbe essere Bev.»

«La nostra Bev?»

«Già.»

«Non ci credo.»

«Il suo cognome è Rothshield, e viene dal New Jersey.»

«Probabilmente è una coincidenza.»

«Le ho mostrato quella foto di Bev.»

«Quale foto?»

«Quella in cui è seduta sul divano verde che c'era nella casa di Maple Street.»

«Non posso credere che tu l'abbia ancora.»

«Dawn le somiglia moltissimo.»

«Davvero?»

«E ha detto che chiamavano sua madre Bev.»

«Sembra pazzesco.»

«Sai, ho sempre voluto ritrovare Bev.»

«Ti sei sempre sentito in colpa per averla lasciata indietro quando siamo scappati.»

«Non potevamo portarla; aveva solo dieci anni. Non avevamo idea di dove stessimo andando né di cosa sarebbe successo e...»

«Ehi, amico, non devi trovare scuse. Non avevamo scelta.»

«Ma adesso sì.»

«Che vuoi dire?»

«Possiamo decidere se cercare Bev oppure no.»

«Vuoi provare?»

«Al cento per cento. Dawn ha detto che si drogava ed era una senzatetto. Potremmo riuscire ad aiutarla.»

«Ma non sappiamo nulla di dove sia e nemmeno se sia ancora viva.»

«Lo scopriremo.»

«Sembra impossibile.»

«Non è impossibile, è solo difficile.»

«Difficilissimo da matti.»

«Come diceva Seneca: 'A che serve appesantire i guai lamentandosi?'»

Immaginai Mario che alzava gli occhi al cielo e dissi: «Senti, possiamo farcela, e dovremmo farlo. È la cosa giusta da fare. Lo dobbiamo a Bev.»

13

SCENDENDO DALLA MIA AUTO, MI CHIESI SE LA DONNA assassinata avesse un debole per gli uomini a cui piace stare sull'acqua.

Percorsi un molo dove era ormeggiato un rimorchiatore imponente. L'acqua lambiva lo scafo macchiato di ruggine dell'imbarcazione chiamata *Coastal Fort Myers*. Ero lì per vedere Fred Foster.

Due uomini con salopette impermeabili fumavano sul ponte della barca. Uno di loro era stato il fidanzato di Ana Crane quando l'avevano uccisa.

«Fred!»

Alzò lo sguardo. «Jeffrey?»

Avevo dato all'ex proprietario del negozio di vitamine un nome falso, dicendogli che ero un giornalista. «Sì.»

«Un attimo», disse qualcosa al compagno e scese di corsa giù per la passerella.

Mi porse una mano tozza e carnosa. «Come va?»

«Bene. Grazie di aver trovato il tempo per vedermi.»

«Certo. Hai detto che si trattava di Ana. Anche se sono passati anni, sto ancora male per quello che è successo.»

«So che hai testimoniato al processo, ma volevo chiederti di Atlas Crane.»

Aggrottò la fronte. «Quel bastardo l'ha fatta franca con un omicidio.»

«Che cosa puoi dirmi di lui?»

«È un codardo bugiardo. Sai, ha un precedente per violenza. È un tipo cattivo. Ho cercato di proteggerla da lui dopo che mi disse che l'aveva colpita. Non lo lasciai entrare in casa quando venne a prendere Tyler.»

«Le ha messo le mani addosso?»

«Sì, disse che l'aveva spinta contro l'isola della cucina e che le era venuto un livido gigantesco all'anca.»

«L'ha denunciato?»

«No. Ma le dissi di chiedere un ordine restrittivo contro di lui. Non era contento di vedermi con lei. Quel tipo era come una pentola sul punto di bollire. Ho lavorato con tanti uomini come lui. Perdono le staffe, così, di colpo», schioccò le dita.

«Non ha mai chiesto l'ordine restrittivo?»

Scosse la testa. «Che tu ci creda o no, disse che, se l'avesse fatto, lui si sarebbe arrabbiato e temeva di farlo scattare. Le dissi che era proprio per quello che le serviva. Ana era una ragazza fantastica. Voleva che Tyler avesse un rapporto con suo padre.»

«Andavi d'accordo con Tyler?»

«Oh, sì. È un bravo ragazzo. Voglio dire, ci sentiamo ancora, ma quando Ana è stata, ehm, uccisa, Tyler ha preso le parti di suo padre. Lo capisco, aveva dieci anni o giù di lì, ma i rapporti si erano un po' tesi. Sono sicuro che quel bastardo gli sussurrava all'orecchio cose su di me.»

«Sai se Tyler e suo padre vanno d'accordo, oggi?»

«Non proprio.»

«C'è altro che puoi dirmi su Atlas Crane?»

«Solo che dovrebbe stare dietro le sbarre per il resto dei suoi giorni.»

«Ti ringrazio del tempo.»

«Perché mi chiedi tutto questo proprio adesso?»

«Sto scrivendo un pezzo sugli omicidi irrisolti nel sud-ovest della Florida.»

«Davvero?»

«Già, ti sorprenderesti di quanti ce ne sono. Prova a indovinare.»

«Cinquanta?»

«No, oltre quattrocento.»

«Caspita.»

«Sto cercando di gettare un po' di luce su di loro.»

«Sarebbe una buona cosa.»

«Lo spero. Ehi, da quanto fai questo?»

«Subito dopo che Ana è stata uccisa, ho venduto il negozio di vitamine che avevo. Andava discretamente, ma dovevo cambiare aria, sai com'è.»

«Capisco. Non sapevo ci fossero rimorchiatori a Fort Myers. Che cosa ci fate, qui, con il rimorchiatore?»

«Facciamo un sacco di cose. Sai, qui abbiamo un mare di canali stretti, aiutiamo alcune imbarcazioni a navigarli, e facciamo parecchio lavoro nel posizionare e recuperare chiatte.»

«Ha senso.»

«Già, e naturalmente se una barca è in avaria la rimorchiamo in porto. Inoltre, abbiamo fatto un sacco di operazioni di recupero dopo che Ian ha colpito.»

«Posso immaginarlo.»

«Già, ho lavorato ventinove giorni di fila.»

«Caspita. Grazie di avermi incontrato.»***

Guidando di ritorno sulla Route 75, rimuginavo su varie idee, segnandomene mentalmente una audace.

———

PERCORSI IL VICOLO che costeggia il M Waterfront e guardai a destra. Tyler Crane era seduto su una panchina affacciata sulla Venetian Bay.

Un diportista solitario si dirigeva verso il Golfo. Mi schiarii la voce per non spaventare Tyler e mi sedetti accanto a lui.

Lui sorrise e disse: «È da anni che non vengo qui. Mia madre mi ci portava. Buttavamo il pane in acqua e i pesci impazzivano.»

«Questa baia è piena di pesci. I pesci gatto vanno matti per il pane.»

«Già, ricordo la prima volta che vidi che avevano i baffi. Si precipitavano in superficie e si agitavano per accaparrarsi il pane. Era divertente.»

«Immagino.»

«Allora, hai indagato su mio pad…»

Portai un dito alle labbra, e lui disse: «Scusa, scusa.»

Abbassando la voce, dissi: «Hai mai pensato di intentargli una causa civile? Il divieto di doppio processo non si applica alle cause civili.»

Sussurrò: «È al verde. Non è mai stato uno che metteva da parte, e si è bruciato quel che aveva con gli avvocati che l'hanno fatto assolvere. E poi non è quello che cerco: voglio giustizia per mia madre.»

«E per te che cosa significa?»

«Deve finire in galera.»

«Facciamo due passi.»

Ci avviammo verso il parcheggio. Dei bambini correvano tra zampilli alternati che si alzavano in aria. Mi chinai verso Tyler.

«Come te la cavi con lui, in questi giorni?»

«Come sempre.»

«Non sospetta che tu creda che abbia ucciso tua madre?»

«No, non sospetta nulla e va avanti come se non fosse successo niente.»

«Ho un paio di idee. Ma devo avvertirti: sono toste.»

«Vuoi dire violente?»

«No. Ma questa cosa si farà sporca come non mai. Devo sapere se te la senti oppure no.»

«Capisco.»

«Mi serve più della tua comprensione. Mi serve il tuo coinvolgimento e, se servirà, il tuo aiuto.»

Gli si spalancarono gli occhi, ma non disse nulla.

«Ci stai fino in fondo o no?»

Lui annuì. «Deve pagare per quello che ha fatto. Ci sto.»

Lo guardai dritto negli occhi. «Non si torna indietro, lo sai?»

«Capisco. Facciamolo. Prima è, meglio è.»

«Ok. Spero che tu sia un bravo giocatore di poker.»

«Che intendi?»

«Devi mantenere buoni rapporti con tuo padre. Fai sì che tutto sembri normale. Non deve sapere che potrebbe star succedendo qualcosa.»

«Nessun problema. Non ho mai detto come mi sentivo davvero riguardo a tutto. L'ho sostenuto il più possibile, anche quando i dubbi hanno cominciato a insinuarsi. Anzi: a dilagare.»

«Devi restare in buoni rapporti con lui.»

«Lo farò, stai tranquillo.»

«Ci saranno spese e parcelle da pagare.»

Lui annuì. «Il signor Larson me ne ha parlato. Non preoccuparti, ho i soldi della vendita della casa che mi ha lasciato la mamma.»

«Ok. Farò un piccolo sconto sulla nostra parte, ma le spese sono quelle che sono.»

«Mi sta bene.»

«E ricorda: a meno che non ci sia una vera emergenza, non farti vivo. Quando e se avrò bisogno di te, ti contatterò.»

Quando disse «Nessun problema», mi voltai e mi avviai verso il tunnel che portava dall'altra parte di Venetian Village.

14

Svoltando in Pelican Marsh, raggiunsi il quartiere The Arbors. Larson era nel vialetto a ispezionare un'ampia bordura di fiori viola e bianchi che delineava le aiuole.

Dissi: «Bel lavoro.»

«Mi piacevano le begonie, ma stavano diventando malconce.»

«Sei davvero attento a questo posto. È fantastico.»

«Grazie.»

Lo seguii sul lato della casa fino alla lanai. Un golfista era pronto a colpire e restammo immobili finché non fece contatto con la palla. Cercai di seguirne la traiettoria, ma non ci riuscivo mai.

Larson disse: «È stato un bel colpo.»

«Così è parso dal suono.»

Si lasciò cadere su una poltrona da club. «Ho avuto notizie da Vincent riguardo alla ragazza che sta da te.»

«Ha intenzione di aiutare?»

Larson annuì. «Hanno approvato la domanda e dovrebbe riuscire a entrare in una casa già oggi.»

«Ottimo. Che tipo di casa?»

«Sarà una casa condivisa.»

«Una casa-famiglia?»

«Sì. Ha detto che a St. Matthew's House c'è un posto libero alla Campbell Lodge che può prendere.»

«Dawn ha una figlia neonata.»

«Ne sono al corrente, e lo sono anche loro. È un alloggio transitorio.»

«Non so se mi convince.»

«Mi sorprende sentirlo.» Larson ridacchiò. «Cosa ti aspettavi, un appartamento sulla spiaggia?»

«Sono solo preoccupato per lei, tutto qui. So come sono questi posti e lei è una brava ragazza. Non voglio che perda la retta via.»

Larson tirò fuori il telefono. «Ti inoltro l'e-mail sull'alloggio di St. Matthew's House.»

«Grazie.»

Si infilò il cellulare in tasca e disse: «Dunque, Laura non è troppo contenta che tu abbia accolto Dawn e sua figlia.»

«Cosa te lo fa dire?»

Larson sorrise. «Si vede.»

«Con lei è tutto a posto.»

«Dai, Beck. So che c'è qualcosa che non va. Sai che puoi confidarti con me; potrei essere d'aiuto.»

Lo misi al corrente di come aveva reagito Laura, inclusa la nostra discussione sul trasferirci a vivere insieme.

Larson disse: «Laura si comporta in modo normale. Sembra che siate a un bivio nella relazione e che lei stia prendendo l'iniziativa per portarla alla fase successiva.»

«Be', non credo sia giusto farmi pressione.»

«Da fuori, sembra che ti faccia bene.»

«Andiamo d'accordo alla grande, è solo che ho bisogno dei miei spazi, capisci?»

«Capisco, ma potresti perderti qualcosa di molto meglio. Il mio matrimonio è stata la cosa migliore che mi sia mai capitata.»

«Adesso vuoi che mi sposi?»

«Be', se fate il passo successivo e funziona, perché no?»

Alzai le spalle. «Vedremo. Senti, non sono venuto qui per consigli sentimentali.»

Larson disse: «Sto solo cercando di aiutare. Allora, che cos'hai in mente?»

«Sono combattuto su un'idea per il caso Atlas Crane.»

«In che senso?»

Gli esposi a grandi linee il mio piano.

Disse: «Penso che sarà efficace.»

«Anch'io, ma non sono sicuro che sia la cosa giusta da fare.»

Larson annuì appena. «Sei preoccupato per la questione morale?»

Non avevo classificato quello che provavo, ma suonava giusto. «Non so come la chiameresti, ma non pensi che stiamo tirando troppo la corda?»

«Devi considerare le circostanze e l'obiettivo.»

«Non sono sicuro di cosa intendi.»

«Concordi che non esista un crimine peggiore che togliere una vita?»

«Sì, anche se la tratta di esseri umani è lì, sullo stesso livello.»

«D'accordo, ma con la tratta c'è la possibilità che le vittime scappino. Pur segnate, sono vive e possono tentare di superare i traumi e provare a vivere una vita felice.»

«A volte forse starebbero meglio da morte.»

«Vero, ma non andiamo fuori tema. Il succo è che quest'uomo ha ucciso sua moglie ed è passato indenne. Giusto?»

«Sì.»

«Quindi, qualunque cosa tu faccia per ottenere un po' di giustizia per suo figlio non è preclusa.»

«Suppongo di sì.»

«No.» Larson si sporse fino al bordo della sedia e mi guardò dritto negli occhi. «Devi credere che sia giustificato, oppure il tuo piano non funzionerà.»

Annuii, ma non dissi nulla.

Larson disse: «E ancora peggio del fallimento del piano è che potresti farti male nel frattempo.»

«Starò bene.»

«Se non ci credi al mille per cento, allora buttalo e ricomincia da capo.»

«È un buon piano, penso sia l'unico modo per portare a termine il lavoro.»

«Allora sali a bordo e caccia i dubbi dalla testa.»

Saltai fuori da casa di Larson e inviai un messaggio a Mario: *Il lavoro si fa.*

15

L'INTERNO VIOLA MI SPIAZZÒ. NON ERO MAI STATO AL Lavender Café & Bistro, ma quel brulichio era il segno che mi ero perso qualcosa.

Il detective Moreno era seduto a un tavolo lungo la parete. Trascinai fuori una sedia colorata e mi sedetti. Moreno indicò una tazzina davanti a sé. «Hai mai provato il caffè turco?»

«No. Sembra denso, come fango.»

«È un po' sabbioso, ma buono. Prendine uno.»

«Certo. Perché no?»

«Se hai fame, hanno una specialità della casa: tre uova cotte lentamente in una salsa. È buonissima.»

Fermai un cameriere con un cenno e dissi: «Prendo solo un caffè. Turco.»

Moreno disse: «Hai un altro lavoro?»

«Sì, ma volevo il tuo aiuto per un'altra cosa.»

«Spara.»

Lo misi al corrente dei retroscena riguardanti mia sorella d'affido, Bev.

«Caspita. Pensavo foste solo tu e Mario a essere così legati.»

Buttai fuori l'aria. «È stato uno schifo doverla lasciare indietro quando siamo scappati. Ma era troppo piccola.»

«E non hai mai provato a cercarla?»

«Non me lo ricordare. Mi sono roso dal senso di colpa più di quanto sia andato in vacanza.»

«Mi dispiace, amico.»

Il cameriere mi portò il caffè. Ne assaggiai un sorso. «È forte. E granuloso.»

«Esatto.»

Feci un altro sorso. «Però mi piace. Dovrò tornare.»

«Se torni, prova gli spiedini marocchini. Sono di pollo e sono i miei preferiti.»

«Ci darò un'occhiata. Fammi finire quello che stavo dicendo.»

Lo misi al corrente del fatto che avevo trovato Dawn e il suo bambino nel bosco.

Disse: «Sei un brav'uomo, Beck. Non è facile fare quello che hai fatto. A tutti piace dire che aiuterebbero qualcuno, ma quando si arriva al dunque la gente si gira dall'altra parte. Credimi, quello che vedo là fuori non è bello. Ti sei fatto avanti, e questo ti fa onore.»

Mi ritrovai a desiderare che Laura potesse sentire ciò che aveva detto Moreno. «Sono stato dov'è lei e dovevo aiutare. Sai, quello di cui volevo parlare è collegato.»

«Racconta.»

«Nell'ultima casa-famiglia in cui io e Mario siamo stati, il padre affidatario era violento.» Mi toccai la cicatrice dietro l'orecchio. «È così che mi sono fatto questa.»

«Ricordo che avevi detto che è quello che ha spinto te e Mario a scappare.»

«Già, ma quando siamo scappati abbiamo lasciato indietro Bev. Voleva venire, ma era troppo piccola e...»

«E ora vuoi trovarla?»

«Come lo sapevi?»

Sorrise. «Sono un detective, amico.»

Ricambiai il sorriso e dissi: «Pensi di poter recuperare qualche informazione per me? Sai, indicarmi la strada giusta?»

«In quale stato è stata vista l'ultima volta?»

«Non lo so. Ma di sicuro era nel New Jersey. Nella contea di Monmouth.»

Tirò fuori un taccuino. «Come si chiama e l'età approssimativa?»

Glieli snocciolai.

«Fammi controllare cosa potrebbe esserci su di lei nel sistema. Vedrò se la motorizzazione (DMV) lassù ha qualcosa. Potrebbe esserci un precedente o qualche riscontro che renda più facile rintracciarla.»

«Non credo se la passasse troppo bene. Penso che forse facesse uso di droga, e questo l'abbia portata ad allontanarsi da sua figlia.»

Moreno sospirò. «Sei sicuro di voler scavare in questa storia? Potrebbe diventare brutto.»

«Devo.»

«Capisco.»

«Grazie, ti sono debitore.»

«Tra amici non si fanno i conti.»

———

Il cellulare vibrò. Era Mario.

«Ehi, che succede?»

Chiese: «Dove sei?»

«Sulla Vanderbilt Beach Road, sto rientrando a casa.»

«Ho tenuto d'occhio Atlas Crane per imparare le sue abitudini, come avevi detto.»

«Ok.»

«Ho appena seguito Crane al Naples City Dock. Sono sicuro che sta per andare a pescare.»

«È solo?»

«Sì.»

«Possiamo usare la barca del tuo amico?»

«Gliel'ho chiesta prima di chiamarti. Per lui va bene.»

«Perfetto.»

«Abita a Royal Harbor. Sono a cinque minuti. Ti mando la posizione.»

«Ci vediamo lì.»

Dopo aver parcheggiato, mi tolsi le sneakers e presi un paio di infradito dal bagagliaio. Tagliando tra le case, vidi Mario seduto al timone del Boston Whaler del suo amico.

Lo chiamai e saltai a bordo del ventotto piedi. Mi rintanai all'ombra offerta dall'hardtop.

Indicando la coppia di canne in piedi a poppa, dissi: «Bel tocco.»

«Ho pensato che stessero bene.»

«Muoviamoci.»

Mario avviò i motori e io buttai le cime sul molo. Tirando su uno dei parabordi, dissi: «Sai dove gli piace pescare di solito?»

«Sì, ha due posti, e devono essere buoni perché ci sono sempre un paio d'altre barche in entrambe le zone.»

Mario diresse verso la baia, mantenendo al minimo la scia. Superata la fine della zona a velocità ridotta, Mario spinse avanti la manetta. La prua si alzò.

La baia si allargò e lui puntò verso l'estremità nord.

Mi spostai verso prua. Abbassandomi il berretto da baseball sulla fronte, chiesi: «Hai portato della crema solare?»

«No. Odio mettermi quella roba.»

Tornai a rintanarmi all'ombra. «Devi stare attento. Il sole della Florida è micidiale.»

Rallentando, accennò col mento: «È Crane, sulla destra.»

C'era un gruppetto di barche. «Quale?»

«Quella blu.»

Socchiudendo gli occhi, fissai lo sguardo su una barca con una larga fascia blu lungo lo scafo. «Avvicinati ma non troppo.»

Mario rallentò. Salutai un paio di barche mentre ci avvicinavamo alla zona dove Atlas Crane stava pescando.

Quando fummo a portata di voce della barca di Crane, Mario spense il motore.

Afferrai una canna da pesca.

Alzando la voce, dissi: «Dov'è l'esca?»

Mario disse: «Dovevi prenderla tu.»

«No, non dovevo. Ti ho detto di prenderla tu!»

«Ma neanche per sogno, amico! Hai detto che andavi tu.»

Crane guardava nella nostra direzione quando urlai: «Non è vero!»

Mentre la nostra barca si avvicinava a quella di Crane alla deriva, dissi: «Stai perdendo colpi, amico!»

«Non è colpa mia.»

«Invece sì! Ti ho detto che oggi non avevo tempo. E adesso? Dobbiamo tornare indietro?»

Mario disse: «Che vuoi che faccia?»

«Portare la dannata esca! Ti chiedo una cosa e la mandi a monte. Non ci posso credere.»

«Scusa, amico.»

«Leviamo le tende.»

«Aspetta un secondo.» Mario andò sul lato della barca e agitò un braccio: «Ehi! Oh! Potete prestarci un po' d'esca?»

Dissi: «L'esca non si prende in prestito, scemo. Se può aiutarci, gliela paghiamo.»

Atlas Crane si alzò e mise la canna in un portacanne. Si portò le mani a mo' di megafono alla bocca: «Vi serve esca?»

«Sì, ci siamo dimenticati di prenderne.»

Indicai Mario: «Io non ho dimenticato niente, è stato lui.»

Crane esitò prima di dire: «Certo, posso cedervene un po'.»

«Grazie, amico, ci salvi la vita.»

«Avvicinatevi un po'.»

Mario avviò il motore. Lanciai i parabordi fuoribordo e ci avvicinammo lentamente alla barca di Crane. Quando fummo a un metro, Crane tirò una cima e io la afferrai. Ci tirammo a vicenda finché le barche non furono accostate.

Tesi una banconota da cinquanta. «Ti siamo grati. Tieni, qualcosa per te.»

Crane la ghermì come se fosse il diamante Hope. Se la infilò in tasca, dicendo: «Cinquanta sono davvero troppi.»

«Macché, va bene. Ho poco tempo. Altrimenti uscire fin qui sarebbe stato uno spreco. Mario, prendi il secchio.»

Crane prese il secchio e ci buttò dentro una palettata d'esca.

Dissi: «Com'è la pesca?»

«Niente male: ho preso un paio di snook e ho appena iniziato.»

«Bene. Sono nuovo della zona e per me è la prima uscita.»

«Peschi spesso?»

«Mi sono trasferito qui da poco e ho iniziato a pescare circa un anno fa.»

«Bella barca.»

«È di Mario. Io ne ho una mia, una barca da cinquanta piedi con radar e tutto il resto.»

«Wow. Un gioiellino.»

«Mi piace da morire stare sull'acqua.»

«Già, qui fuori c'è una pace.»

«Capisco cosa intendi. A volte esco senza nemmeno calare una lenza. A cento metri dalla riva ti sembra di stare su un altro pianeta.»

Crane disse: «È verissimo. Dove ormeggi la barca?»

«L'ho appena comprata e la tengo a casa di un amico. Ha un molo con una gru di alaggio enorme.»

«Immagino che il prezzo sia giusto.»

«Dove pensi che dovrei ormeggiarla?»

«Io uso il Naples City Dock. Sono onesti. Ormeggiano barche fino a sessanta piedi.»

«Buono a sapersi. Come dico, la mia è da cinquanta piedi. È una Cabo Flybridge, perfetta per la pesca.»

«È un gioiellino di barca. Non ci sono mai stato, ma un tizio due moli più in là del mio ne aveva una.»

«Beh, una volta devi venire sulla mia.»

«Sarebbe fantastico. Ah, a proposito, mi chiamo Atlas. Atlas Crane.»

«Piacere. Io sono Beck, e lui è Mario.»

«Senti, visto che sei alle prime armi, dovresti passare al Naples Fishing Club. È un bel posto per conoscere gente. Facciamo una riunione una volta al mese, il terzo martedì di ogni mese alle sei e mezza. Puoi venire gratis e vedere se fa per te.»

«Ottima idea. Ci darò un'occhiata. Va bene, non ti rubiamo altro tempo. Grazie ancora per l'esca.»

Mario avviò il motore e ci allontanammo dalla barca di Crane. Quando fummo a un isolato di distanza, Mario disse: «Ha abboccato in pieno, amo, lenza e piombo.»

Sorrisi.

«Bella battuta, no?»

«Spiritosa. Ma non festeggiare: il difficile deve ancora venire.»

16

LAURA NON RISPONDEVA AI MIEI MESSAGGI. LA CHIAMAI. «EHI, come va?»

«Bene.»

«Bene» e «va bene» più o meno si equivalgono, tranne quando lo dice una donna. «Che stai facendo?»

«Perché?»

«Volevo vedere se ti andava di fare un giro.»

«Dove?»

Scommettevo che la serie di risposte a monosillabi stava per interrompersi. «Larson ha sistemato un alloggio per Dawn e Abby.»

«Davvero?»

Due parole erano meglio di una. «Già. Nessuno ha i suoi agganci. Allora, ti va di venire?»

«La stai portando lì?»

«Non ancora. Prima volevo vedere l'amministratrice e il posto, ma è cosa fatta.»

«Vuoi che passi da te?»

«No. Vengo a prenderti, è di strada.»

Laura era ad aspettarmi fuori quando mi fermai. Si infilò sul sedile del passeggero e si sporse per stamparmi un bacio sulla guancia. La notizia che Dawn e la sua bambina sarebbero andate via aveva sciolto il gelo.

Allacciandosi la cintura, disse: «Quanto è lontano?»

«Non è lontano, dalle parti di Collier Boulevard e Vanderbilt.»

«Bene. Stavo giusto parlando con Susan. Dice che lei e Mario vanno a vedere una cover band dei Pink Floyd. Ti va di andare con loro? Sarà divertente.»

«Se ti va, certo.»

«Bene. Le dico di prenderci i biglietti. Ti va di mangiare qualcosa prima del concerto?»

«Ok.»

«Va tutto bene?»

«Sì, perché?»

«Mi stai rispondendo a monosillabi.»

Volevo dirle che stavo ancora cercando di elaborare la sua gelosia, ma dissi: «Non me ne rendevo conto. Credo di essere un po' distratto, sto pensando al nuovo caso che abbiamo.»

«Che tipo di caso è?»

«Non posso davvero parlarne.»

«È ridicolo. Stiamo insieme da anni e mi hai raccontato—»

«Riguarda un uomo che potrebbe aver ucciso sua moglie.»

Si portò una mano alla bocca. «Oh, mio Dio. È disgustoso.»

Annuii.

«Perché non finisce in galera?»

«È stato assolto.»

«Ma tu pensi che l'abbia fatto?»

Le sue doti da detective erano buone. «Sembra di sì.»

«Che cosa hai intenzione di fare?»

«Non ne sono ancora sicuro. Per questo ci stavo pensando.»

«Se l'ha fatto, perché la polizia non può fare qualcosa?»

Le spiegai che non si può essere processati due volte per lo stesso reato.

«È assurdo. Stai dicendo che, se saltano fuori nuove prove, non si può processare di nuovo qualcuno?»

«È la legge.»

«Com'è possibile?»

Svoltai nel vialetto che portava a un edificio rettangolare di due piani. «Eccoci.»

Disse: «È qui che andrà a vivere Dawn?»

«Sì.»

«Sembra un motel malandato.»

Diverse persone stavano sul ballatoio esterno che correva lungo l'ultimo piano. «È solo una sistemazione temporanea.»

Indicò un lungo tratto di corrimano coperto di vestiti. «Con quest'umidità, quel bucato non si asciugherà mai.»

Parcheggiammo e scendemmo dall'auto. Tre diverse fonti di musica si contendevano l'attenzione. Un ragazzino a torso nudo faceva rimbalzare un pallone sul ginocchio vicino a una porta sverniciata con la scritta Office.

Più ci avvicinavamo all'edificio, più vedevamo vernice scrostata. Due donne sedevano alla destra della porta dell'ufficio, conversando in spagnolo.

Bussai alla porta e ad aprire fu una donna esile. «Sì?»

«Salve, sono Beck. Ray Larson ha detto che ha un posto for Dawn e la sua bambina.»

Squadrò Laura dall'alto in basso con lo sguardo. «Va bene, ma se cerca un Hilton, qui non lo trova.»

«Capito. Il signor Larson ha detto che ci avrebbe fatto vedere il posto.»

«Che cos'è, il suo tutore o qualcosa del genere?»

Laura disse: «No. Vogliamo solo il suo bene.»

Lei annuì. «D'accordo. Andiamo, non ho molto tempo.»

Entrammo in uno spazio angusto. Un ventilatore stava facendo volare dei fogli da una scrivania metallica. Percorremmo un corridoio buio fino a una cucina. Due tavoli da picnic erano pieni di donne e dei loro bambini. Tutti gli sguardi erano su di noi. Facevo fatica a sentire i miei stessi pensieri.

Feci loro un cenno passando accanto ai piani di lavoro ingombri di confezioni formato famiglia di cereali, cibo in scatola e articoli di carta.

La seguimmo in un'altra stanza dove la TV urlava. «Questa è la sala ricreativa.»

Mezza dozzina di bambini erano incollati a un cartone animato, e un bimbetto stava sbattendo all'infinito un giocattolo. Il mio sguardo cadde su diverse macchie sul tappeto.

Laura arricciò il naso, sussurrando: «Che odore è?»

L'aria era pesante e stantia. «Probabilmente è muffa.»

«Spero proprio che non lo sia.»

«Volete vedere la lavanderia?»

«No, grazie. Possiamo dare un'occhiata alla sua stanza?»

«Di qua.»

Una madre che stava sgridando il figlio ci passò accanto nel corridoio. La nostra guida indicò una porta. «Dividerà la stanza con Luiza.»

Spalancò la porta. A destra, un letto sfatto e una culla

erano circondati da scatoloni. Di fronte c'erano un materasso nudo e un comodino rovinato.

«Dawn ha una figlia neonata.»

«Sì, lo sappiamo.»

Laura disse: «È il meglio che avete per lei?»

«Signora, questo non è un albergo.»

Laura mi guardò e disse: «Ok. Grazie per la visita.»

Non appena mettemmo piede nel parcheggio, Laura disse: «Non possiamo lasciare che vivano qui.»

Mi fermai di colpo. «Non è il massimo, ma cos'altro possiamo fare?»

«Non puoi ospitarla a casa tua finché non c'è qualcosa di meglio?»

Era davvero Laura a parlare? «Credo di sì, ma penso che la maggior parte di questi posti siano case famiglia.»

«Non riesco a immaginare una madre e il suo bambino che vivano in un posto del genere.»

Per fortuna, Laura non aveva visto quello che avevo visto io. «È così. Si fa quello che si deve.»

«Magari riusciamo a trovarle un affitto a breve termine finché non si rimette in piedi. Posso contribuire con un paio di centinaia al mese.»

Le presi la mano e gliela baciai. «È gentile da parte tua, ma non è necessario. Posso permettermelo per un po'.»

«Sei una brava persona.»

Non ne ero sicuro. «Se lo sono, è perché sto con te.»

Mi regalò il suo sorriso a mille watt. «Vedi? Siamo una bella squadra.»

Sorrisi e le aprii la portiera. Mettendo in moto, dissi: «Vuoi dare un'occhiata al mercato degli affitti? Probabilmente possiamo cavarcela con un bilocale.»

Aveva il telefono in mano. «Sono su Zillow.»

«Se trovi qualcosa, possiamo vedere se sono disposti a un affitto a breve termine. Se dobbiamo pagare di più, per me va bene.»

«Come farà a rimettersi in piedi e a mantenersi con un neonato? Sai quanto costa l'asilo nido?»

Non lo sapevo. «Dobbiamo trovare una soluzione. Nel peggiore dei casi, posso pagare io il nido quando avrà una casa tutta sua. Dovrà costare meno dell'affitto.»

«Le servirebbe un lavoro.»

«Lo so. Senti, so che è un salto nel buio, ma sto cercando di rintracciare sua madre.»

«E secondo te che cosa farà? L'ha abbandonata. Ti aspetti che accorra in suo aiuto?»

Non ci avevo davvero pensato. «Non so che cosa farà. Ma prima dobbiamo trovarla. E non sarà facile.»

«So che stai cercando di fare la cosa giusta, ma potrebbe facilmente ritorcersi contro di te.»

17

Baciai la guancia di Laura e dissi: «Hai fatto un ottimo lavoro a trovare un appartamento per Dawn».

«Grazie, ma se tu non fossi disposto a pagarlo...» La sua voce svanì.

Pagare più di duemila dollari al mese non era poco, ma Dawn e il suo bambino sarebbero stati al sicuro, e avevo eliminato un potenziale punto di attrito nella mia relazione con Laura.

«Non è per sempre. Per favore, cerca di tenerla d'occhio con quel corso di dattilografia online».

«Se la sta cavando bene. Penso che, se continua così per una settimana, digiterà a un ritmo abbastanza rapido».

«Larson ha detto che in città ci sono un paio di studi di contabilità con lavori di inserimento dati. Può farlo dall'appartamento e guadagnare qualcosa».

«Quanto pagano?»

«Sedici dollari l'ora».

«Non ci farà molto. Devono pur mangiare, e lei deve procurarsi un'auto e...»

«Un passo alla volta».

Laura abbassò la voce. «Non sa cucinare».

«Non aveva nessuno da cui imparare. È solo una ragazzina».

«È un peccato. Le insegnerai tu a cucinare?»

«Io?»

Mi diede una ditata nelle costole. «Ti vanti sempre di quanto sei bravo ai fornelli».

La tirai a me. «Deve partire dal basso. Il mio livello di arte culinaria è troppo sofisticato».

«Va bene, signor Stella Michelin, non montarti la testa».

Le sfiorai il collo con il naso e dissi: «Qualcos'altro si sta ingrossando».

Si sciolse dal mio abbraccio. «Non ora. Ho promesso di portare Dawn e Abby al parco».

«Oh, dai, non è giusto».

«Pensavo che tu e Mario andaste al circolo nautico».

«È un circolo di pesca, ma è stasera».

«Mentre siete lì, insegnerò a Dawn alcune basi della cucina».

Feci il broncio. «E io?»

Lei sorrise. «Torno più tardi, non preoccuparti».

————

Il parcheggio della sede della VFW era mezzo vuoto. Mario infilò la macchina in un posto e scendemmo.

Una tenda nera copriva l'ingresso dell'anonimo edificio a un piano.

Nella sala principale era buio. Quattro uomini bevevano a un bancone che correva lungo una parete. Oltrepassammo i bagni ed entrammo in un corridoio che conduceva a una grande sala quadrata piena di tavoli da banchetto.

Su un tavolo c'era una pila di notiziari. Presi una copia di *The Hook*, la pubblicazione del club, e la sfogliai.

Mario sussurrò: «È qui, sta parlando con un vecchietto vicino alla finestra».

Feci un cenno ad Atlas Crane e ci avvicinammo con calma.

Crane disse: «Ehi, ce l'avete fatta».

«Certo. Grazie per averci invitati».

Interruppe un gruppetto e ci presentò a un paio di soci, che non si mostrarono cordiali.

Crane disse: «La riunione comincia tra un attimo». Sorrise. «Non c'è niente di così importante. A parte una gara in arrivo con un bel montepremi».

«Bello».

Un uomo dai capelli bianchi batté il pugno sul tavolo. «Cominciamo».

Crane disse: «Venite con me».

Lo seguimmo da uno che si rivelò essere il presidente del club, e lui ci presentò.

Dopo averci ringraziato per la presenza, gridò: «La riunione è dichiarata aperta».

Gli uomini che erano al bancone entrarono nella sala e tutti presero posto.

Il presidente parlò di una gara di pesca allo snook, di informazioni sulle barche a noleggio e di una nuova iniziativa chiamata Buddies Without Boats. La riunione fu rapidamente sciolta.

Crane disse: «Non è stato troppo doloroso, vero?»

«Affatto. È piacevole e tranquillo».

«Proprio come la pesca».

«Già».

«Andiamo a prendere da bere».

Crane salutò l'uomo al bancone, ma il barista non ricambiò il saluto e disse: «Che cosa desidera?»

Ordinammo birre alla spina. Il barista le posò sul bancone e Crane ne afferrò una. Mi voltò le spalle, lasciando che pagassi io i drink.

Crane alzò il bicchiere. «Una brutta giornata di pesca è comunque meglio di una buona giornata di lavoro».

Colsi Mario mentre alzava gli occhi al cielo, ma poi fece tintinnare il bicchiere con quello di Crane. «Amen».

«Allora, pensate di iscrivervi?»

«Certo, perché no? Voglio dire, sono solo cento dollari».

«Già, e hai sempre qualcuno con cui andare a pescare, se ti serve».

«A me sembra ottimo».

«Hai trovato un posto dove ormeggiare la tua barca?»

«Non ancora. È ancora a casa del mio amico. Cavolo, non sarebbe bello avere un molo proprio fuori casa?»

«Stai parlando di cifre folli. Che fa il tuo amico?»

«L'ha ereditata da uno zio che non ha mai avuto figli».

«Quel bastardo è proprio fortunato».

«Dovresti vedere questa casa. Cioè, è vecchia ed è stata costruita prima che qui impazzisse tutto, ma le viste sono incredibili».

«Dove si trova?»

«Devil's Blight, a Park Shore.»

«Non lo conosco, ma il nome mi piace un sacco.»

«Sai, quel concorso di pesca sembra divertente.»

«Questo è proprio ben fatto. Hanno trovato la Yamaha come sponsor e il primo premio è la bellezza di 2.500 dollari.»

«Bello. Hanno detto che è adatto alle famiglie. Magari porto un'amica. Non è la mia ragazza, siamo solo amici. Hai famiglia?»

«Solo un figlio.»

«Perché non gli chiedi di venire e usciamo con la mia barca? Ho il radar e tutto il resto e, magari non è proprio equo, ma scommetto che ci aggiudichiamo la vittoria.»

«Sarebbe bello, i soldi mi farebbero comodo.»

«Allora facciamolo. Se vinciamo, i soldi del premio sono tuoi. Senti tuo figlio. Sarà divertente e comunque a me farebbero bene delle lezioni di pesca.»

Crane non tirò fuori la solita solfa: «*Oh, non potrei farlo, non sarebbe giusto.* O anche: *Vediamo prima se vinciamo.*» Invece disse: «Sento Tyler, mio figlio, e ti faccio sapere, ma anche se lui non volesse venire, conta su di me.»

«Ottimo. Qual è il tuo numero? Ti mando un pin.»

Lo snocciolò e tirò fuori un iPhone. «Dammi il tuo, nel caso ci sia un disguido o qualcosa del genere.»

«È il nuovo modello Apple?»

«Già. Che rottura di scatole configurare app e password. Cioè, perché non trasferisce semplicemente tutto?»

«Hai ragione. Però si sincronizza con il tuo iPad?»

«Sì, è tutto sul cloud, tranne quando ti serve.»

Ridemmo entrambi e dissi: «Devo andare. Ci vediamo la prossima settimana.»

Dopo aver avviato l'auto e acceso l'aria condizionata, presi un telefono usa e getta dal vano portaoggetti. Mentre digitavo un numero, uscii piano dal parcheggio.

Tyler rispose al secondo squillo. «Ehi, sono Beck.»

«Oh, salve. Che succede?»

«Suo padre Le chiederà di andare con lui a una gara di pesca. Gli dica che ci andrà.»

«Va bene. Quando sarebbe?»

«La prossima settimana.»

«Perché vuole che ci vada?»

«Fa parte del piano.»

«Che cosa devo fare?»

Gli spiegai che cosa doveva fare.

«Ma perché ha bisogno che lo faccia io?»

«È tutto quello che posso dirLe per ora. Dovrà fidarsi di me. Va bene?»

«D'accordo.»

«Devo scappare, mi sta arrivando un'altra chiamata.»

Risposi alla chiamata del detective Moreno. «Salve, Mo. Che c'è?»

«Ho delle informazioni per Lei sulla ragazza in affido.»

Strinsi più forte il volante. «Che cos'ha?»

«Dove si trova?»

«All'altezza di Pine Ridge e Collier Boulevard.»

«Mi raggiunga da Cracklin' Jack's.»

———

UN ALLIGATORE caricaturale campeggiava sull'insegna del locale che si proponeva come un assaggio delle Everglades. Il parcheggio dell'edificio rosso era quasi pieno.

Entrai. Era rumoroso e riportava a una Florida di tanto tempo fa. Moreno era seduto al bancone di legno.

Mi diede una pacca sulla schiena. «Deve provare il pesce gatto qui, è il migliore. Lo friggono alla vecchia maniera del Sud.»

«Se La vedo più spesso di così dovrò mettermi a dieta. Come diavolo fa a mangiare tutta quella roba?»

«Moderazione, amico mio. Mia nonna mi ha insegnato a lasciare sempre qualcosa nel piatto.»

«Molto più sicuro che prendere l'Ozempic.»

Il barista si avvicinò.

Moreno disse: «Per me il pollo fritto.» Si voltò verso di me. «Lei cosa prende?»

«Ho già mangiato.»

«Prenda qualcosa. Provi le vittles o gli hush puppies.»

«Prendo gli hush puppies.»

Il barista se ne andò e dissi: «Allora, che cosa ha su Bev?»

«Ha lasciato il New Jersey. Quando, non so dirlo, ma sappiamo che è stata in Georgia e poi in Florida.»

Una scarica di adrenalina mi attraversò. «È in Florida?»

«Potrebbe esserci, ma la sua patente non è mai stata rinnovata ed è scaduta sei anni fa.»

«Dove, in Florida?»

«Il suo ultimo indirizzo noto era una casa di reinserimento a Orlando.»

«Una casa di reinserimento? Per la droga?»

«È stata arrestata per quello, ma questa volta per prostituzione.»

Il cuore mi finì in fondo ai piedi. Alzai un braccio e chiamai il barista: «Posso avere un Tito's con ghiaccio? Anzi, me lo faccia doppio.»

Moreno disse: «Mi dispiace che sia tutto così complicato.»

«Non sarei mai dovuto andarmene senza di lei.»

«Su, amico. Ha detto che all'epoca aveva, che so, dieci anni?»

Annuii. «È davvero un gran casino.»

Il barista posò il mio drink e io ne bevvi un bel sorso.

Moreno mi diede una pacca sull'avambraccio. «Senta, forse dovrebbe lasciar perdere.»

«Non posso. Davvero non ci riesco.»

«Ci pensi.»

«Devo provare a trovarla, darle una seconda possibilità.»

«Non fraintenda, ma per lei sarebbe più la settima possibilità. È stata arrestata altre due volte per adescamento, tre per detenzione e—»

«Ho paura a chiederlo, ma sappiamo se è ancora viva?»

«Il suo numero di previdenza sociale è ancora valido. Non è attivo, ma non è stato annullato, il che oggi non vuol dire granché.»

«Qual era il suo ultimo indirizzo noto?»

Si tolse la giacca sportiva dallo schienale dello sgabello e rovistò nella tasca sul petto. «Ecco una copia della sua scheda della Motorizzazione. Come ho detto, è scaduta sei anni fa, quindi la foto ha circa quattordici anni. Ma c'è il suo ultimo indirizzo noto.»

Studiai la foto di Bev: capelli spelacchiati e un viso segnato. Era di qualche anno più giovane di me, ma sembrava più vecchia. La rassegnazione cominciò a farsi strada. Scacciai una lacrima con un battito di ciglia e mi concentrai sul lieve sorriso che aveva sulle labbra. Era stata una ragazzina così dolce.

«Puoi fare solo fino a un certo punto, Beck.»

«Devo fare quello che devo fare.»

18

LAURA SI FERMÒ DAVANTI CASA PRIMA CHE POTESSI PREMERE IL pulsante per chiudere la porta del garage. Aspettai che risalisse il vialetto.

Prima di darmi un bacetto sulla guancia, disse: «Stai bene?»

Aprii la porta interna. «Sì, perché?»

«Al telefono sembravi giù.»

«Ho avuto notizie su Bev.»

«Cosa le sta succedendo?»

«Chi diavolo lo sa? Moreno mi ha dato questo.»

Prese il documento della DMV. «Vedo la somiglianza con Dawn, ma avevi detto che era più giovane di te. Non si direbbe.»

«Ha avuto una vita dura.»

«Cosa ha detto di lei il detective Moreno?»

«Sei anni fa viveva in una casa-famiglia a Orlando. Ma dopo non è riuscito a trovare più niente.»

«Questo rende tutto più facile, se è in Florida.»

«Direi di sì.»

«Che vuoi dire? Meglio così, piuttosto che scoprire che fosse in Texas o chissà dove. Sarà più rapido rintracciarla.»

«Se è ancora viva.»

Sgranò gli occhi. «Tu... tu pensi che possa essere morta?»

«Non lo so, ma è stata arrestata più volte per droga e prostituzione.»

«Dio mio. È tristissimo.» Allungò la mano verso la mia. «Mi dispiace, Beck.»

«Di cosa ti dispiaci? Non è colpa tua.»

«Neanche tua.»

«Non ne sono così sicuro.»

«Io sì.»

«Se non l'avessi lasciata indietro...»

«Fermati subito. Era solo una bambina e tu avevi appena sedici anni.» Mi accarezzò la mano. «Tesoro, devi smetterla di prendertela. Non ti aiuta.»

Alzai le spalle.

«Quello che stai facendo per Dawn e il fatto che tu stia cercando Bev è straordinario.»

La tentazione di ricordarle che non la pensava così quando avevo trovato Dawn e Abby a dormire in uno scatolone era forte.

«Sto pensando di farmi un giro fino a Orlando, per vedere cosa riesco a scoprire.»

«Vengo con te.»

«Non sono sicuro che sia una buona idea.»

«Perché no?»

«Ho la sensazione che possa mettersi male. E poi lì devo vedere un conoscente d'affari. Ha dei contatti e...»

Fece un passo indietro. «D'accordo. Vuoi fare tutto da solo, fallo pure.»

«No, non è questo. Anzi, stavo per chiederti di aiutarmi con un incarico che abbiamo appena preso.»

Si rianimò. «Quello in cui il marito ha ucciso la moglie?»

«Sì, ma per favore non andare in giro a ripeterlo.»

«Scusa.»

«Tutti i nostri lavori sono superriservati.»

«Bocca cucita. Allora, cosa farai?»

«Si procede secondo il principio del bisogno di sapere.»

«E che vuol dire?»

«Per ora, tieniti libera sabato. Ti dirò di più venerdì, quando sarò tornato da Orlando.»

———

PARTII PRIMA dell'alba e svoltai nel parcheggio della Unique FX alle dieci e dieci. Mandai un messaggio e due minuti dopo la porta del capannone si aprì di scatto.

Tommy Larson sorrise mentre mi avvicinavo. «Hai fatto in fretta.»

«Per fortuna è bassa stagione. Non è tranquillo come una volta, ma è bello potersi muovere con facilità.»

«È buffo: appena ci siamo trasferiti qui, temevamo l'estate, ma ora è il nostro periodo preferito dell'anno.»

Lo seguii nello spazio cavernoso e chiesi: «Il posto è in pieno fermento. Su cosa state lavorando?»

«Nella parte in fondo stanno finendo un grosso lavoro su un film paranormale. Con tutti i cambiamenti ci sono voluti sei mesi per portarlo al traguardo.» Indicò una serie di impalcature. «E abbiamo appena iniziato una nuova serie di fantascienza che sta facendo la Universal Studios.»

«Nessuno capisce cosa ci voglia, oggi, per tirar fuori qualcosa di realistico.»

«La computer grafica è uno strumento fondamentale, ma non bisogna esagerare.»

Entrammo nel suo ufficio. Aprì lo sportello di vetro di un frigorifero dietro la scrivania. «Vuoi bere qualcosa?»

«No, grazie.»

Tommy svitò il tappo a una bottiglia d'acqua Fiji e disse: «Hai detto che ti serviva aiuto per qualcosa. Se ti serve che costruiamo qualcosa, dovremmo metterci al lavoro prima di cominciare un progetto per la Disney.»

«Non stavolta.»

«Riguarda quel video che ti ho migliorato?»

«No. Potrei aver bisogno di qualcosa al riguardo, ma non adesso.»

«Questa suspense alla Hitchcock mi sta ammazzando.»

Gli raccontai di Bev.

«Wow. So che tu e Mario siete stati in affidamento, ma non sapevo che avessi una sorella.»

Sospirai. «La verità è che avrei dovuto cercarla vent'anni fa.»

«Ehi, amico, tutto ciò che hai è l'adesso. Te lo dico io: devi leggere *The Power of Now*, ti aiuterà a restare nel presente.»

Il passato aveva preso in affitto una suite nella mia testa. «Me n'ero dimenticato. Lo prenderò.»

«Bene. Allora, come posso aiutarti a trovarla?»

«Mi ricordo che, due o tre anni fa, mi presentasti un tuo amico. Era un documentarista.»

«Chris Rotto, ha una di quelle barbe alla ZZ Top.»

«Sì, è lui.»

«Che c'entra?»

«All'epoca stava girando un documentario sulle case di spaccio nella zona di Orlando.»

«Era un film deprimente.»

«Per quel che sono riuscito a ricostruire, Bev era a Orlando, aveva un problema di droga e potrebbe essere stata una senzatetto.»

«Pensi che possa vivere in una di quelle case di spaccio?»

«Sono passati diversi anni, ma qualcuno potrebbe ricordarla. Puoi chiedergli di portarmi in giro per alcune di quelle case?»

———

SALTAI sul pick-up di Chris Rotto e ci dirigemmo verso un quartiere malandato alla periferia di Orlando.

Rotto disse: «Questo primo posto è il più vicino, geograficamente, all'indirizzo sulla patente della tua amica. Immagino che tu capisca che questi posti sono transitori e le possibilità di trovare qualcuno che conosca...»

«Capisco, ma da qualche parte bisogna pur cominciare.»

Rotto svoltò a sinistra in una strada dove le finestre della maggior parte delle case erano sprangate. Indicò. «È quella con la palma abbattuta.»

Il tetto sprofondava e il giardino incolto era disseminato di lattine di birra e cartacce di fast food.

Rotto bussò con le nocche alla porta d'ingresso e afferrò la maniglia. La porta gemette mentre la luce invadeva un ingresso buio.

«Sono io, Rotto!»

Entrammo. Il linoleum era lurido e si staccava da quel che restava dei battiscopa. Scostai con un calcio una siringa e seguii Rotto verso le voci che venivano dal fondo.

Due ragazze in jeans strappati erano sdraiate l'una di fronte all'altra su un divano di velluto rosso, macchiato.

Condividevano uno spinello. Sdraiato su un futon, un uomo pieno di tatuaggi parlava al telefono. Ci squadrò e chiuse la chiamata. Allungò la mano a sinistra e ne tirò fuori un coltello da caccia.

«Che volete?»

«Calma. Stiamo solo cercando qualcuno.»

«E chi sarebbe?»

Rotto gli mostrò una foto e l'uomo disse: «Non è qui.»

«Okay. Grazie.»

«Siete della narcotici?»

«No. Questa ragazza è un'amica, tutto qui. Vi dispiace se lo chiedo alle signore?»

«Fate pure.»

Nessuna delle due diede segno di riconoscere Bev. Avevamo appena iniziato la ricerca, ma una sensazione di inutilità cominciava a farsi strada. Seguii Rotto lungo un corridoio.

Passando davanti a un bagno senza porta, l'odore di urina mi bruciò le narici. Schivammo un paio di carrelli della spesa pieni di roba e arrivammo in una stanza il cui unico fulcro era un materasso sporco. Due tossici magrolini erano stesi, farfugliando tra loro.

«Ehi, vi ricordate di me?»

Solo uno sollevò la testa, fissandoci con lo sguardo vuoto.

Rotto tenne la foto davanti agli occhi vitrei del tossico. «Qualcuno di voi conosce questa ragazza? Si chiama Bev, viveva da queste parti.»

L'uomo scosse la testa mentre il suo amico si assopiva, appoggiandosi a lui.

«Ce la fate?»

«Mh-mh.»

«Cercate di mangiare qualcosa.»

Mi si strinse lo stomaco mentre seguivo Rotto verso il suono di qualcuno che grugniva. Con la punta della scarpa aprì la porta di un'altra camera da letto. Un lenzuolo inchiodato al soffitto separava due materassi buttati per terra.

Distolsi lo sguardo da una coppia che cercava di fare sesso sul materasso a sinistra. Seduto sul bordo del materasso a destra c'era un uomo sulla trentina, a torso nudo. Si stava staccando una crosta sulla gamba e non si era accorto di noi.

Rotto disse: «Ehi, come va?»

La testa gli si girò verso di noi. «A posto.»

«Puoi dare un'occhiata a questa ragazza, vedere se te la ricordi?»

L'uomo si strofinò gli occhi e prese la foto da Rotto. Le mie speranze si riaccesero quando la avvicinò al viso.

«Assomiglia a…, non so come si chiama né niente, però, sai, magari è quella.» Indicò il lenzuolo.

Le parti della donna che avevo visto non somigliavano affatto a Bev. Dissi: «Andiamo, andiamo via.»

«Ehi, ci date qualche spicciolo? Dobbiamo mangiare.»

Ci voltammo per andarcene, ma un uomo con la felpa col cappuccio ci si parò davanti. Teneva una pistola all'altezza della cintura.

«Datemi i soldi! E i gioielli.»

Rotto disse: «Calma. Stiamo solo cercando qualcuno.»

«Dammi i soldi. Adesso!»

Dissi: «Okay, amico. Non vogliamo problemi.»

«Sbrigatevi.» L'uomo guardò l'orologio di Rotto. «Dammi quell'orologio.»

Rotto iniziò a toglierlo. Io avanzai di un passo.

Quando Rotto porse l'orologio, gli saltai addosso. Cadde

all'indietro. Gli montai sul petto e gli bloccai le braccia. «Hai puntato una pistola sull'uomo sbagliato, amico.»

Rotto disse: «Tutto bene?»

«Sì. Riprendi il tuo orologio.»

«Dov'è la pistola?»

«Era finta.»

«Sei sicuro?»

«Al cento per cento.»

Trascinai quel bastardo in piedi. «La maggior parte dei tipi a cui avessi fatto una stronzata del genere ti avrebbe fatto a pezzi. Adesso sparisci.»

Una volta tornati in macchina, Rotto disse: «Come diavolo sapevi che la pistola non era vera?»

«Non ne ero del tutto sicuro, ma sembrava strana e lui era fatto. Ho pensato che, se fosse stata vera, l'avrebbe impegnata. Inoltre, se fosse stata vera, sapevo che i riflessi e la forza di un tossico sono facili da sopraffare.»

«E se ti fossi sbagliato?»

«Mi staresti portando in ospedale invece che alla prossima casa. Andiamo.»

Rotto percorse tre isolati corti e svoltò in una strada fiancheggiata da piccole case in blocchi di cemento. Si fermò davanti a una casa gialla. Il rosso del cartello "Vendesi" era scolorito in rosa.

Nel vialetto di ghiaia stava una Ford Taurus senza ruote, sui cavalletti.

La mia guida fece un cenno con la mano a un vicino dall'altra parte della strada che stava tagliando l'erba. L'uomo scosse la testa e non ricambiò il saluto.

Rotto disse: «Ti immagini di vivere qui?»

«No. Dev'essere impossibile vendere casa con una topaia del genere nella tua strada.»

«Sono in trappola.»

«Perché la polizia non fa qualcosa?»

«Immagino che tu non abbia visto il mio documentario. La polizia li caccia, a volte mette in sicurezza la casa, ma i tossici si spostano in un'altra proprietà vuota.»

«Forse dovrebbero buttarne giù qualcuno di questi posti.»

«Dovremmo fare di più per prevenire la dipendenza.»

«Sì, e si comincia dall'offerta. Se fai così, i prezzi di quella roba salgono e la rendi fuori portata per i più giovani.»

«Non lo so, si tratta di educare i ragazzi e...» Rotto girò la testa verso un furgone che si avvicinava «...quello è Robbie. È un vero angelo.»

«Qual è la sua storia?»

«È un ex tossico in recupero. È pulito da almeno dieci anni e ha dedicato la sua vita ad aiutare queste persone. Porta da mangiare e li controlla, vede se qualcuno ha bisogno di cure mediche.»

Il furgone si fermò e io seguii Rotto per avvicinarmi.

Un uomo sulla quarantina scese. Si passò una mano tra i capelli biondi, ormai radi, e sorrise. «Ehi, Rotto. Felice di vederti, amico.»

Rotto strinse Robbie in un abbraccio. «Bello vederti, fratello.»

«Anche per me, amico. Che ti porta da queste parti?»

Rotto mi presentò e gli spiegò perché eravamo lì.

Robbie disse: «Non la darei per persa, ma è una possibilità su mille. Hai una sua foto?»

Gli mostrai la foto della motorizzazione.

Robbie scosse la testa. «Caspita. In effetti me la ricordo. È passato tanto tempo, ma stava nel posto in

Market Street prima che si mettesse nei guai con gli albanesi.»

«Quali albanesi?»

«Sono una gang guidata da un bastardo brutale chiamato Dren. È dentro a ogni genere di schifezze: furti organizzati, prostituzione, tratta di esseri umani; qualunque cosa ripugnante ti venga in mente, Dren e i suoi ci sono dietro.»

«In che modo Bev era coinvolta con loro?»

«Dren sa che questa gente è vulnerabile e la sfrutta per farci soldi. Lei batteva il marciapiede per loro.»

Sentii il viso incendiarsi. «Bastardi.»

«Prima o poi, finiscono tutte così. È l'unico modo in cui possono guadagnare i soldi che servono per la loro dipendenza.»

«Dove posso trovare questo Dren?»

Robbie disse: «Gli albanesi sono spietati, ma Dren è cattiveria a un altro livello. Io non ci metterei il naso.»

«Non voglio mettermi contro nessuno. Voglio solo parlare con loro, vedere cosa sanno di Bev.»

Robbie si voltò verso Rotto. «Ti ricordi che cosa hanno fatto alle due ragazze che hanno provato a scappare? Non l'hai nemmeno voluto mettere nel film.»

«Intendi il trailer?»

«Sì. Quello era Dren, quindi direi al tuo amico di starne alla larga.»

Dissi: «Non preoccuparti per me. So badare a me stesso, dimmi solo dove posso trovare questo Dren.»

«Per quanto ne so, opera a Pine Hills. Ma ti avverto: è una zona tosta, la chiamano tutti Crime Hills.»

«Dove, esattamente?»

«Possiede una sala da biliardo e la usa per i suoi affari. Si chiama Nine Ball.»

Mi voltai verso Rotto. «Vado lassù. Non devi venire, riportami solo alla mia macchina.»

Rotto disse: «Grazie, Robbie.»

Risalimmo in macchina e Rotto disse: «Senti, a questi non importa niente della vita. Io non ci scherzerei.»

«Come ho detto, non devi essere coinvolto. Da qui me la cavo da solo.»

Rotto si allontanò dal marciapiede. «Beck, non credo sia una buona idea andarci da solo. Io faccio il regista, questo è ben al di fuori della mia zona di comfort.»

«Va bene. Apprezzo tutto quello che hai fatto. Me la cavo da solo.»

«Sei sicuro? Hai sentito Robbie, questi tipi sono pericolosi.»

«Ci penso io, portami solo alla macchina.»

«Scrivimi più tardi. Voglio essere sicuro che tu stia bene.»

19

Dopo aver dato un'altra occhiata alla foto di Dren che il detective Moreno mi aveva mandato per messaggio, guardai nello specchietto retrovisore. La barba finta, gli occhiali e il cappello sembravano convincenti.

Scesi dall'auto. Nel parcheggio del Nine Ball c'erano una mezza dozzina di auto recenti.

Aprendo la porta, fui assalito dall'odore di sigarette e di birra rovesciata. Strizzai gli occhi mentre si abituavano.

L'interno buio della sala da biliardo era interrotto da una sequenza di luci a sospensione appese sopra due file di tavoli da biliardo.

Su tre dei biliardi dal panno verde giocavano uomini pieni di tatuaggi.

Cinque uomini, con i drink in mano, davanti al bancone, si voltarono nella mia direzione. Accennai un cenno del capo, puntando lo sguardo su quello che somigliava a Dren.

Un giocatore, piegato su un tavolo per allineare un tiro, si raddrizzò mentre passavo. Con un accento marcato disse: «Che vuoi?»

«Solo due parole con Dren. Niente di cui preoccuparsi.»

Tutti gli uomini, tranne Dren, posarono i bicchieri sul bancone mentre mi avvicinavo. Alzai entrambe le mani. «Voglio solo parlare con Dren.»

Un uomo grande come un frigorifero, col naso storto, si piazzò davanti al suo capo. «Che ci fai qui?»

«Sto cercando una ragazza.»

«Non è qui.»

«Lo vedo, amico, ma voglio mostrarti una foto.»

Alzai la foto della motorizzazione di Bev. «Si chiama Bev.»

«Te l'ho detto: non è qui, quindi levati dai coglioni.»

«Non cerco casini. Voglio solo che Dren dia un'occhiata alla foto.»

«Faresti meglio ad andartene, o te ne pentirai.»

Guardai oltre la spalla dello scagnozzo. «Dren, so che la conosci. Lavorava per te. Mi hanno pagato per scoprire dov'è.»

«Non sappiamo niente. Adesso fuori!»

Feci un passo di lato e, guardando Dren, dissi: «Non lo sto chiedendo a te. Voglio che sia Dren a dirmelo.»

Con un accento slavo, Dren disse: «Fallo passare.»

«Grazie.» Gli porsi la foto. «È lei. Lavorava per te.»

Gli occhi lo tradirono e mi restituì in fretta la foto. «Non conosco questa.»

«Guardala meglio.»

«È ora che te ne vai.»

«Dai, dimmi dov'è.»

Dren si voltò di nuovo verso il bancone, dicendo: «Accompagnalo all'uscita.»

Gli cinsi il collo con il braccio sinistro e con la destra

tirai fuori la Glock dall'elastico dei pantaloni. «Fatevi indietro o il vostro capo è morto!»

Gli uomini di Dren tirarono fuori le pistole e i giocatori di biliardo sgattaiolarono fuori dalla porta.

Dren rimase calmo. «Stai facendo un grosso errore. Lasciami andare e ci dimentichiamo che è successo tutto questo.»

«Non prima che tu mi dica dov'è Bev.»

«Te l'ho detto, non lo so.»

«Non ci credo.»

Gli scagnozzi di Dren fecero un passo avanti. Premetti la canna della pistola contro la sua guancia. «Dì ai tuoi ragazzi di indietreggiare. Subito!»

«Indietro!»

«Adesso dimmi dov'è la ragazza.»

«Te l'ho già detto, non so dov'è la tua troia.»

Gli colpii la tempia rasata con l'arma. «Dov'è?»

«L'abbiamo venduta a Igor, il russo.»

Avevo lavorato più volte con un russo di nome Igor. Gestiva un'operazione di documenti falsi. «Chi diavolo è Igor?»

«È un uomo d'affari, come me.»

«Che cosa ci fa con Bev?»

«Non lo so. Chiedilo a lui.»

«Dov'è?»

«Non sono suo padre.»

Gli strinsi l'avambraccio contro la trachea. «Dov'è?»

«Ha un bar su Mercy Drive.»

«Come si chiama?»

Era l'Igor che conoscevo. «The Gator's Tail.»

«Faresti meglio a dirmi la verità, o torno. Giuro che torno.»

Dren rise. «Sei il benvenuto, quando vuoi.»

Feci cenno con la pistola ai suoi uomini. «Mettete le armi e le chiavi delle auto sul biliardo.»

Non si mossero.

«Mettetele sul biliardo!»

Dren annuì e i suoi ragazzi posarono le pistole e le chiavi sul biliardo.

«Adesso aspettate vicino alla porta.»

Dissi a Dren: «Non farti venire idee.»

Lo mollai, tenendolo sempre sotto tiro. Con la mano libera feci cadere le pistole a terra e le calciai verso un angolo. Raccolsi le chiavi delle auto.

«Anche tu, Dren, dammi le chiavi della macchina.»

Me le porse e dissi: «Voltati.»

Lo pungolai sulla schiena con la canna della pistola. «Andiamo.»

Mentre andavamo verso la porta, dissi: «Fuori tutti.»

Seguendo Dren e i suoi uomini fuori, dissi: «Continuate a camminare e non voltatevi finché non ve lo dico io.»

Lanciai tutte le chiavi delle auto sul tetto del locale.

Aprendo la portiera della mia BMW, urlai: «Continuate a camminare.»

Mentre salivo in macchina, riecheggiò il crepitio inconfondibile di uno sparo.

Mi afferrai la coscia. Il sangue mi colò tra le dita.

Scivolai in basso sul sedile e misi in moto. Dren e i suoi scagnozzi correvano verso di me. Pestai sull'acceleratore e sterzai verso di loro.

20

PARCHEGGIAI DAVANTI A LOWDERMILK PARK E ZOPPICAI FINO all'appartamento di Mario.

Gli si spalancarono gli occhi quando aprì la porta. «Che cazzo è successo?»

«Mi hanno sparato a Orlando. Non è grave, Tommy Larson ha fatto dare un'occhiata da un dottore. Per fortuna mi ha solo sfiorato la parte esterna della coscia.»

«Porca puttana! Chi è stato?»

Gli spiegai cos'era successo.

«Non avresti mai dovuto andarci da solo. È da pazzi.»

«Non pensavo che sarebbe degenerata. E ho pensato che, già che ero su...»

«Sei incredibile. Passi il tempo a predicarmi di stare super attento e poi fai una cosa del genere.»

«È stato un errore.»

«Gli albanesi non se la scorderanno, verranno a cercarti.»

«Ero travestito. Sanno solo che stavo cercando Bev, niente di più.»

«E la tua macchina?»

«Ho usato una targa del Texas scaduta e l'ho buttata via sulla via del ritorno.»

«Ti è andata bene, amico.»

«E abbiamo ottenuto informazioni preziose su Bev.»

«Se quell'albanese non ti stava raccontando stronzate.»

«Non credo. Durante il viaggio di ritorno ho controllato, ed è l'Igor con cui abbiamo lavorato. Ho scoperto che una volta è stato arrestato per tratta di esseri umani. Le accuse sono cadute quando le ragazze che avevano sporto denuncia si sono rifiutate di testimoniare.»

«Le ha minacciate.»

«Sicuro. Dobbiamo capire come occuparci di Igor.»

«Sai, un paio di settimane fa ho sentito che alcuni dei suoi si lamentavano, non erano contenti delle loro percentuali.»

«Sonda un po' in giro, ma prima le cose importanti. Tra due giorni abbiamo la gara di pesca, quindi rivediamo quello che faremo con Atlas Crane.»

———

Seduto sulla poltrona del capitano della barca di un amico di Larson, Mario disse: «Sai, forse dovrei comprarmi un'altra barca.»

Dissi: «Perché? Guarda dove siamo: è la prova che avere un amico con una barca è meglio che possederne una.»

«Un po' mi manca.»

«Non la usavi abbastanza. Se ci stai pensando, forse dovresti iscriverti a uno di quei club nautici e usare le loro, così per sicurezza.»

«Devi prenotare una barca in anticipo, ma non è una cattiva idea.»

«Ecco che arrivano Atlas e Tyler.»

Girai attorno alla cabina e sussurrai a Laura, che stava prendendo il sole. «Sono arrivati.»

«Come va la gamba?»

«Va bene.»

«Bene. Vuoi che li incontri?»

«Non ancora. Resta lì a prendere il sole finché non ti faccio un cenno col pollice in su.»

Atlas guardò lo yacht dal molo e disse: «Cavolo, che bestia di barca.»

«Salite a bordo.» Consegnarono le canne da pesca e l'attrezzatura e salirono sulla barca.

Strinsi la mano ad Atlas. «Che cos'hai fatto alla gamba?»

«Me la sono tagliata.»

«E come diavolo ci sei riuscito?»

«Che tu ci creda o no, ero su una scala a cambiare un faretto incassato. Ho mancato un gradino scendendo e ho preso lo spigolo di un tavolo.»

«Amico, con le scale bisogna stare attenti.»

«Adesso lo so.»

Sorrise e disse: «Questo è mio figlio, Tyler.»

Allungai la mano e dissi: «Piacere di conoscerti. Io sono Beck e» — indicai mio fratello — «lui è Mario.»

Atlas disse: «Chi è quella lì a prua?»

«Laura, l'amica di cui ti ho parlato.»

«È la tua ragazza?»

«No, siamo solo amici.»

«Hai amiche niente male, Beck» rise.

«Te la presento dopo.»

«Ha un corpo da urlo. Me la farei volentieri.»

Volevo buttarlo fuori bordo, ma dissi: «Andiamo al largo e mettiamo le lenze in acqua.»

Atlas disse: «Già, sono pronto a vincerla!»

«Anch'io. Mario, molliamo gli ormeggi.»

Tyler disse: «Dammi il telefono e ti faccio una foto prima di uscire.»

Atlas gli porse il cellulare.

«Qual è il PIN?»

«La mia data di nascita. Lo so che non si dovrebbe, ma la uso per tutto.»

Tyler scattò la foto e la barca sobbalzò in avanti.

Dissi ad Atlas e a suo figlio: «Potete lasciare la roba personale sottocoperta; non vorrete che il telefono vi caschi in acqua.»

Tyler si voltò verso Atlas. «Ottima idea. Papà, dammi il telefono e il portafoglio, li metto in cambusa.»

Atlas li porse a suo figlio e disse a me: «Hai preso l'esca che ti avevo detto?»

Indicando due secchi all'ombra, dissi: «Già, sono lì. Io sono una frana a fare questa cosa, quindi spero che tu sia bravo a innescare gli ami.»

«Certo. Lo faccio a occhi chiusi.»

«Ottimo. Dai un'occhiata all'esca e assicurati che sia buona, e io vado a chiamare Laura.»

Guardai Tyler e annuii. Lui scese sottocoperta mentre io urlavo: «Vieni qui, Laura, voglio presentarti una persona.»

«Cosa? Non ti sento. Il motore fa troppo rumore.»

Diedi una gomitata ad Atlas. «Andiamo.»

Ci tenemmo al corrimano e ci avvicinammo al punto in cui Laura era sdraiata.

Lei sfoderò un sorriso smagliante e si alzò.

«Laura, questo è Atlas.»

Ridacchiò. «Ciao, Atlas.»

«Piacere.»

«Sei forte come il vero Atlante?»

«Credimi, più reale di così non si può.»

Rise. «Intendevo l'Atlante della mitologia greca.»

«Oh. Era quel tipo che reggeva il mondo.»

«Più o meno. Si schierò con i Titani nella loro guerra contro gli Olimpi e, quando persero, Zeus lo punì costringendolo a reggere il cielo per l'eternità.»

«Non la sapevo, questa. Te ne intendi di mitologia.»

«Ci sono un sacco di belle storie. Mi piacerebbe raccontartene altre.»

«Certo, Prof, accetto l'offerta.»

Dissi: «Quello dovrà aspettare, abbiamo un concorso da vincere.»

«Ha ragione. Dovrà aspettare.»

La lasciammo, e Atlas sussurrò: «Quanti anni ha?»

«Non lo so, forse trentotto o giù di lì.»

Annuì. «Cavolo, che culo che ha. Mi piacerebbe provarci con lei.»

«Mi pare che tu le sia piaciuto.»

«Dici?»

«Sicuramente.»

Tyler salì in coperta. Suo padre disse: «Eri laggiù per tutto questo tempo?»

Mi si gelò lo stomaco.

Il ragazzino aggrottò la fronte. «Dovevo fare la cacca.»

Il padre gli diede una pacca sulla schiena. «Quando scappa, scappa.»

«Atlas, ti va di salire in plancia? Puoi dare un'occhiata all'attrezzatura per trovare i pesci che ha questa barca.»

«Certo.»

Mentre lui saliva, Tyler mi fece un cenno con il pollice alzato.

———

ATTRACCAMMO ALLA MARINA E ORMEGGIAMMO. Tyler e Atlas scesero. Consegnammo loro l'attrezzatura e Atlas disse: «Ancora non riesco a credere che non l'abbiamo vinta. L'hanno truccata, quei bastardi.»

Dissi: «Siamo arrivati secondi, non è male.»

«Fa schifo, avremmo dovuto vincere il primo premio.»

«La prossima volta gliela facciamo vedere noi.»

«Ogni volta che vuoi uscire, fammelo sapere.»

«Con piacere, dimmi tu quando.»

«Che ne dici di venerdì?»

«Va bene.»

«Laura! Ti va di andare a pesca venerdì? Atlas esce con me.»

«Sì, sarà divertente.»

Il suo sorriso da vincitore della lotteria diceva tutto.

Mario spinse dolcemente la manetta in avanti e ci allontanammo dal molo mentre io tiravo su i parabordi.

Feci cenno a Laura di avvicinarsi e ci raccogliemmo attorno a Mario, che chiese: «Il ragazzino ha fatto quello che doveva?»

«Sì. È filato liscio come l'olio. Suo padre non si è accorto di nulla.»

Laura disse: «Che stronzo.»

Mario intervenne: «Ancora non riesco a credere che abbia riempito quel pesce di piombi.»

Dissi: «In realtà è un modo piuttosto efficace per barare.»

Laura disse: «È uno schifoso. Mi sbavava quasi addosso.»

«Te la sei giocata alla perfezione. Grazie.»

«È stato divertente aiutarvi.»

«Venerdì ti aspetta un'altra parte, e questa è grossa.»

«Cosa?»

«Te lo dico dopo.»

————

Seduto a uno dei tavoli all'aperto del Seventh South Waterfront, sorseggiavo un Tito's con ghiaccio e aspettavo Mario. Arrivò con più di venti minuti di ritardo, infilando l'auto in un parcheggio.

«Scusa, amico. Susan mi ha trattenuto un po'.» Sorrise.

«Non voglio dettagli.»

«Tu e Laura come andate, insomma... a livello di sesso?»

«Non parlo di queste cose. Vuoi qualcosa?»

Prese il menu dei drink. «Prendo una di queste IPA.»

Arrivò un cameriere e Mario disse: «Mi piace il nome. Prendo una Riptide Porpoise Party.»

Scossi la testa mentre il cameriere si allontanava. «È un nome pazzesco per una birra.»

Feci una smorfia muovendo la gamba. «È un bel colpo di marketing.»

«Come va la gamba?»

«Non troppo male. Hai scoperto altro sul nostro amico russo?»

Mario aspettò che il cameriere posasse il suo drink. Prese un sorso e si asciugò le labbra col dorso della mano. «È buona. Vuoi assaggiare?»

«No. Che mi dici di Igor?»

«Avevi ragione, c'è un legame con la Bratva, la mafia russa di New York. Gestiscono un traffico di esseri umani verso gli Stati Uniti. Imbarcano degli est-europei sulle navi e li fanno arrivare a Cuba e in altre isole dei Caraibi, e da lì li portano nel sud della Florida.»

«Questo combacia con le informazioni che ha ottenuto Larson. Chiedono tariffe astronomiche per far uscire le persone da posti come la Moldavia e la Bielorussia e, quando non riescono a pagare, le costringono a ripagare il debito prostituendosi.»

«E quando le fanno diventare dipendenti dalla droga, che forniscono gratis, non riescono più a estinguere il debito.»

«Quanto sono stretti i legami tra Igor e loro?»

«Sembra che compri da loro solo una parte delle sue ragazze. Opera principalmente da Orlando, ma ha basi a Tampa e Fort Myers.»

«Quante donne?»

«Le stime parlano di un centinaio.»

«Cristo. E i casini che dicevi con la sua gente?»

«Girano voci di una possibile spaccatura.»

«Non so se questo sia un bene o un male per Bev.»

«Pensi davvero che Bev sia intrappolata lassù?»

Scossi la testa. «Spero con tutto il cuore di no, ma non abbiamo nient'altro su cui basarci. È come se fosse sparita dalla faccia della Terra.»

«Beh, stare dentro una cosa come la merda che ha in piedi Igor è il posto perfetto. Sarebbe isolata e...»

«Lo so. Credimi, lo so. È questo che mi spaventa, e si accorda con il fatto che non abbia la patente né nulla che lasci tracce.»

«Spero che stia bene.»

«Non possiamo aspettare. Dobbiamo fare una mossa.»

«A cosa stai pensando? Dovremmo salire lassù e affrontare Igor?»

«Dobbiamo, ma prima dobbiamo occuparci del caso Atlas Crane.»

«Come posso aiutare?»

Mi sporsi verso di lui. «Avrai un ruolo piccolo ma cruciale.»

Sorrise. «Mi piace già. Dimmi di che si tratta.»

21

Accostai a Magnolia Square e aspettai all'ombra che Laura scendesse. Sorrise e si mise gli occhiali da sole prima di saltare sulla mia BMW.

Mi stampò un bacetto sulla guancia. «Come va la gamba?»

«Bene. Non sanguina da un po'.»

«Ottimo. Tienila pulita e cambia la medicazione ogni giorno.»

«Lo faccio. Allora, sei pronta?»

Lei annuì. «Oh sì. È così emozionante. Capisco perché ti piace quello che fai.»

Svoltando su Livingston Road, dissi: «Non ci fare l'abitudine. Non voglio che tu ti immischi in questa roba.»

«Perché no?»

«Perché può andare storto in un attimo.»

«Oh, andiamo...»

«Laura, non è un film, quello che stiamo facendo è pericoloso.»

«Stiamo solo per mettere in imbarazzo Atlas, farlo sembrare lo stronzo che è. Francamente, se lo merita.»

«È molto più che prendere qualcuno per il naso.»

«Cosa intendi?»

«Lo vedrai, ma per ora dobbiamo fare tutto alla perfezione.»

«Non preoccuparti. Ci penso io.»

«Ripassiamolo.»

«Te l'ho detto, so cosa fare.»

«Be', per favore, ripassiamolo un'ultima volta prima di arrivare a casa di Atlas.»

———

ATLAS ERA nel suo garage quando arrivammo. Fece un cenno e raccolse la canna da pesca. Scesi dall'auto. «Non serve che porti l'attrezzatura. Ho comprato le canne che hai detto essere le migliori. Sono già sulla barca pronte all'uso.»

«Davvero?»

«Sì. Non volevo avere la seccatura di portare roba avanti e indietro in continuazione.»

Posò la canna. «Deve essere bello avere soldi.»

«Non te li porti nella tomba.»

Risalendo in macchina, gemetti: «Ahi!»

Atlas disse: «La gamba?»

«Sì, oggi dà noia. Sali.»

Atlas salì sul sedile posteriore. «Ehi, Laura, come va?»

Lei fece gli occhi dolci. «Meglio da quando sei salito.»

Lui sorrise. «Che c'è, Beck ti dà filo da torcere?»

«Macché, è solo bello vederti.»

«Anche per me. Faremo una gran bella giornata.»

«Decisamente. È una giornata stupenda.»

Svoltai su Livingston Road e squillò il telefono di Laura.

«Pronto?»

«Oh, ciao, come stai?»

«Sono con Beck e il suo amico affascinante. Andiamo sulla barca di Beck. Perché?»

Alzò una mano. «Non c'è problema. Siamo tipo a cinque minuti da lì.

Nessun problema. La lasceremo da tua madre. Non ti preoccupare, rimettiti.»

Riattaccò e io dissi: «Che succede?»

«Fai inversione a U. Melissa è in ritardo e ha bisogno che qualcuno vada a prendere Diane. Va alla Community School, vicino a Orange Blossom Drive.»

«Certo.»

Laura girò la testa. «Non ti dispiace, vero?»

Atlas disse: «Ma figurati. La tua amica ha bisogno di aiuto.»

«Grazie. Sua madre vive a Kensington, a una o due miglia da qui.»

«Nessun problema.»

Entrando nel parcheggio della scuola, Laura disse: «Oddio, all'improvviso ho lo stomaco che fa le capriole.»

Dissi: «Che cos'hai?»

«Non lo so, penso che io stia per vomitare o qualcosa del genere.»

Atlas disse: «Apri il finestrino, prendi un po' d'aria.»

Abbassò il finestrino e indicò: «Ecco Diane.»

Dissi: «Vado a prenderla.»

Laura disse: «No. Hai detto che ti faceva male la gamba.»

«Non è così male.»

Laura finse un rutto. «Atlas, puoi andare a prendere Diane per me?»

«Certo. Qual è?»

«Diane è quella bionda, con il top blu, in piedi sulla sinistra. Sua madre è Melissa.»

«Nessun problema.» Aprì la portiera. «Torno subito.»

Abbassai il mio finestrino e il caldo mi investì. Vidi Atlas seguire un paio di genitori verso l'area di ritiro.

Si avvicinò alla ragazza che Laura aveva indicato e cominciò a parlarle. La ragazzina indietreggiò e Atlas fece un passo verso di lei, allungando la mano. La ragazzina urlò e un uomo si mise in mezzo tra lei e Atlas.

Altri due adulti accorsero. Atlas alzò le mani, indicando la nostra auto. Misi il telefono in tasca e feci un cenno.

Laura disse: «L'hai filmato?»

«Sì.»

«Che cosa ci farai?»

Tirai su il finestrino. «Ne parliamo dopo.»

Atlas spalancò la portiera posteriore. «Che cazzo è stato? Era quella giusta?»

«Così pensavo, le somigliava, ma Melissa ha appena scritto che sua madre è passata a prenderla. Mi dispiace di essermi sbagliata.»

Atlas disse: «Non ti preoccupare. Come va lo stomaco?»

«Un po' meglio, ma non credo che salire su una barca adesso sia una buona idea.»

Dissi: «Va bene. Ti lasciamo, e io e Atlas usciamo un po'.»

———

DOPO AVER LASCIATO Laura in un complesso residenziale diverso da quello in cui viveva, dissi: «Pronto per andare a pescare?»

«Assolutamente, amico. Andiamo.»

«Devo fare un'ultima sosta. Se per te va bene?»

«Certo, amico.»

Guidando verso est, gemetti: «La mia maledetta gamba mi sta dando noia.»

«Pensi di riuscire comunque ad andare a pesca?»

Svoltando in un complesso di case mobili, dissi: «Spero di sì. Devo proprio tenerla a riposo.»

Mi fermai dall'altra parte della strada davanti a una roulotte blu con la porta d'ingresso senza zanzariera. Allungandomi verso il cassetto portaoggetti, gemetti: «Puoi tirare fuori la busta?»

Atlas aprì il portaoggetti.

Contorcendomi sul sedile, dissi: «Mi fai un favore e gliela consegni tu?»

«Certo, nessun problema.»

«Perfetto, consegnala a chi apre la porta.»

Atlas scese e io cominciai a filmare col telefono. Bussò alla porta e, un minuto dopo, Plas Berry venne ad aprire. Atlas gli consegnò il plico e indicò me prima di tornare alla macchina.

«Il tipo voleva sapere che cos'era.»

«È una cosa che un amico avvocato mi ha chiesto di recapitare, una specie di notifica di atti o qualcosa che ha a che fare con una causa.»

«Una causa?»

«Non lo so davvero, sto solo facendo un favore a un amico. Mettiamoci in acqua.»

22

TYLER CRANE ERA SEDUTO A UN TAVOLINO FUORI DAL Kilwins al Mercato. Forse era per il cono gelato che stava leccando, ma, nonostante avesse ventiquattro anni, ai miei occhi Tyler era un ragazzino. Come me, aveva perso tragicamente la madre. Ma lì finivano le somiglianze. Per sopravvivere, avevo dovuto diventare scafato, mentre Tyler era più verde di una Granny Smith.

«Ehi, Tyler.»

«Oh, ciao, Beck.»

«Facciamo due passi.»

Diede un'ultima leccata al cono e buttò il resto nel cestino.

Ci facemmo strada attraverso un fiume senza fine di turisti verso il ristorante Tap 42.

Tyler disse: «Mio padre ha detto che è stato di nuovo sulla tua barca.»

«Giusto. Fa tutto parte del piano.»

«Allora, quando succederà?»

«Sei ancora sicuro di volerlo fare?»

«Sì, perché lo chiedi?»

«Da qui in avanti si farà dura.»

«Finché va in galera per aver ucciso la mamma, mi sta bene qualsiasi cosa succeda.»

«Hai parcheggiato dove ti ho detto?»

«Sì.»

«Attraversiamo.»

Passammo in silenzio di fianco al Rocco's Tacos.

Vicino all'ingresso del parcheggio multipiano, chiesi: «Dov'è la tua auto?»

Indicò una Honda Civic color argento. Salimmo, e lui allungò la mano dietro il sedile del guidatore, afferrando un portatile dal sedile posteriore.

Tyler digitò il codice di sblocco. «Tieni.»

Glielo presi. «Sei sicuro di voler andare avanti?»

«Sì, ma adesso mi stai facendo paura.»

«Questa è l'ultima occasione per tirarti indietro.»

«No. Deve pagare per aver ucciso la mamma.»

Tirai fuori dalla tasca una chiavetta USB.

«Che cos'è?»

«Non ti serve saperlo.»

Caricai i contenuti sul portatile di suo padre.

Restituendogli il portatile, dissi: «Non perdere tempo a provare ad aprirlo: è crittato, con un protocollo militare.»

«Protocollo militare? Che diavolo è?»

«Riportalo a casa subito. Non deve sapere che è sparito.»

«Lo farò.»

«Sul serio. Va' dritto a casa sua e rimetti il portatile a posto. Assicurati che sia esattamente dov'era.»

«Okay.»

Tirai fuori un cellulare usa e getta e gli diedi il numero.

«Ora vorrei che mi mandassi una foto di tua madre via messaggio.»

«Che tipo di foto?»

«Non importa, ma sarebbe meglio una foto di quel periodo, quando è stata uccisa.»

Scorse il telefono. «Questa è buona. Era una foto stampata e l'ho fotografata con il cellulare. Mi ricordo quel giorno, era di ottimo umore.»

«Mandamela.»

«Che cosa ci farai?»

«Mandamela e basta.»

Il cellulare usa e getta vibrò. Aprii il messaggio e guardai la foto di sua madre.

«Okay. Devo andare. Va' dritto a casa di tuo padre.»

Andai verso il parcheggio del Whole Foods e salii in macchina. Aprii il cellulare usa e getta e allegai la foto di Ana Crane a un messaggio.

Prima di inviarlo, aggiunsi un messaggio: *Atlas, sappiamo che l'hai uccisa. È ora di confessare.* Stavo per immettermi sulla Route 41 quando il telefono usa e getta emise un bip. Era una risposta via testo di Atlas: *Chi cazzo sei?*

Lanciai il telefono sul sedile del passeggero e sorrisi.

———

RICONOSCENDO che il Sugar Shack aveva ridato vita al centro di Bonita Springs, trovai un parcheggio a due isolati di distanza. Sul palco c'era una rock band con venature country. Scelsi un tavolo il più lontano possibile e ordinai un Tito's con ghiaccio.

Prima che arrivasse il mio drink, il detective Moreno

tirò a sé una sedia e si sedette. «Accidenti, qui la musica è dannatamente alta.»

Feci segno a un cameriere. «Eccome se lo è.»

Moreno ordinò una birra e disse: «Allora, che c'è di così delicato che non potevi dirmelo al telefono?»

«Volevo mostrarti una cosa.»

«Che cos'hai?»

Alzai una mano e aspettai che ci posassero le bevande.

Moreno alzò il bicchiere. Lo toccai col mio e presi un sorso della mia vodka.

Avvicinai la sedia e mi tenni il telefono nel palmo. «Dai un'occhiata a questi.»

Feci partire il video che avevo girato di Atlas Crane alla Naples Community School.

«Che sta succedendo?»

«Potrebbe essere stato un tentato rapimento di una bambina.»

Moreno arricciò il naso. «In pieno giorno, con dei testimoni?»

«A quanto pare ha detto agli altri che era venuto a prenderla per conto della madre della bambina.»

«Chi è questo tizio?»

«Ecco il punto. Ti ricordi l'omicidio di Ana Crane a Livingston Estates di qualche anno fa?»

«Quello in cui fu incriminato il marito?»

«Sì. Questo tizio è il marito, Atlas Crane. Se l'è cavata quando un testimone chiave è morto in un incidente d'auto prima di poter deporre.»

Annuì. «Giusto, ora ricordo.»

«Penso che dovresti avvertire l'Unità Crimini Sessuali.»

«Se è tutto quello che hai, mi riderebbero in faccia.»

«No, ho altro. Guarda questo.»

Feci partire il video in cui Atlas Crane consegna la busta all'uomo nella roulotte.

«Okay. Che cosa sto guardando?»

«È di nuovo Atlas Crane, e l'uomo a cui sta passando la busta manila è John Hack.»

«E cosa lo rende così importante?»

«John Hack è un condannato per reati sessuali. Trafficava in pedopornografia.»

Moreno scosse la testa. «Bastardi.»

«Mi hanno detto che Atlas Crane è implicato nella distribuzione di pedopornografia. È una cosa su cui dovresti indagare.»

«Lo sai che ci servirebbero prove per muoverci, e questi video sono, nel migliore dei casi, indiziari.»

«Mi hanno anche segnalato che Crane ha un box di deposito, affittato sotto falso nome, al CubeSmart Self Storage. Probabilmente tiene lì una scorta di quella merda.»

«Chi te l'ha detto?»

«Posso solo dirti che la fonte è affidabile. Una persona che non ha mai sbagliato un colpo.»

«Sarà dura ottenere un mandato per perquisire un box con quello che hai.»

«Dai un'occhiata a questo.»

Gli feci vedere un video del condannato per reati sessuali John Hack e di un altro uomo al CubeSmart Self Storage.

«È lo stesso tizio della roulotte. Chi è l'altro?»

«Steve Weintraub. Un altro condannato per reati sessuali. Si è fatto sei anni per detenzione di pedopornografia.»

Fece una smorfia. «Che diavolo ci trovano questi malati in schifezze del genere?»

«Sono malati di mente. Non li guarisci, quelli.»

«Sai, non potrei mai lavorare nella Sezione Reati Sessuali. È più sconvolgente che lavorare agli Omicidi.»

«Ti devasta lo stomaco e la testa.»

«Sei sicuro che Crane usi questo box per la pornografia?»

Tirai fuori due documenti dalla tasca e dissi: «Guarda con i tuoi occhi. Ha usato una patente con la sua foto ma con un nome diverso per affittare il box. Perché lo faresti, se non avessi niente da nascondere?»

Moreno esaminò i documenti. «È un falso di alta qualità.»

Il detective aveva ragione, ma d'altronde l'organizzazione di Igor sfornava falsi impeccabili. «Riesci a convincere quelli della Sezione Reati Sessuali a fare un'irruzione, per vedere cosa c'è in quel box? Sarebbe fantastico togliere questa feccia dalle strade.»

«Ci hanno già approvato mandati in passato quando l'informatore si era dimostrato affidabile. Dammi la fonte e vedo che piega prende. Se riuscissero a presentare il caso al giudice Kennedy, quello firmerebbe un mandato.»

«Non posso rivelare la fonte. Inoltre, al giudice non serve il nome dell'informatore.»

«Vero, ma con quelli della Sezione Reati Sessuali ci metto io il collo.»

«Mi fido di questo informatore. Non sarà un buco nell'acqua, te lo prometto.»

«Non lo so.»

«Dai, Mo. Ti ho mai messo sulla pista sbagliata?»

23

Due SUV neri svoltarono da Airport Pulling Road e sfrecciarono lungo World Trade Center Way. Il detective Moreno, passeggero dell'auto di testa, disse: «È proprio vicino a Smith and DeShields.»

Robert Ryan, che dirigeva l'operazione, indicò un edificio dal tetto rosso: «Bene, ci siamo.»

Svoltò nel vialetto del CubeSmart Self Storage e si fermò accanto all'ufficio dell'attività.

Disse: «Moreno, è l'unità 47A, giusto?»

«Sì. Sembra sia sulla destra.»

Ryan entrò in ufficio per un minuto. Uscì quando il cancello si aprì.

L'agente al comando sterzò tra due edifici. Ogni struttura in blocchi di cemento aveva una dozzina di saracinesche rosse. Rallentò e si fermò davanti alla penultima unità. «È questa.»

Due uomini scesero da ciascuno dei veicoli. Tutti si infilarono i guanti. Un agente con un tronchese tagliabulloni spezzò il lucchetto. Una mano guantata afferrò la maniglia della porta e la saracinesca si alzò.

Le pareti interne d'acciaio di quello spazio grande quanto un golf cart erano foderate di scatoloni di cartone. Ryan indicò uno schedario. «Moreno, perché non lo passi al setaccio?»

«Ci penso io.»

«Voi due, mettetevi al lavoro con le scatole.»

Mentre gli agenti entravano, Ryan si voltò. «Abbiamo compagnia.»

Un furgone bianco, tappezzato del logo di WINK News, accostò.

Ryan disse: «Chi diavolo ha spifferato?»

Mentre Moreno lottava con la serratura dello schedario, Ryan si diresse verso una donna che stava scendendo dal furgone. «Rimanga nel veicolo!»

«Siamo qui solo per osservare. Può dirci che cosa sta cercando?»

«Tutto quello che posso dirLe è che stiamo eseguendo un mandato di perquisizione.»

Il cameraman che la accompagnava si sistemò la video-camera sulla spalla, puntandola verso l'unità in questione.

La reporter chiese: «A chi appartiene l'unità?»

«Non intendo aggiungere altro.»

«Le informazioni le avremo, agente.»

«State indietro o vi faccio arrestare per intralcio alla giustizia.»

«Non può dirci nemmeno qualcosa?»

«Fate un passo indietro e restate dove siete. Non mettetemi alla prova. Se vi avvicinate di un centimetro, vi metto le manette a entrambi.»

Moreno fece saltare la serratura e aprì il cassetto superiore. Era vuoto. Lo richiuse di colpo e aprì quello di sotto.

«Credo di aver trovato qualcosa.»

Moreno scattò delle foto mentre Ryan si avvicinava.

L'agente al comando chiese: «Quelli sono hard disk?»

«Già. Vedi le etichette?»

Portavano tutte la dicitura *Confidential*.

Moreno ne prese uno e lo girò: «Che significa questo?»

C'era un adesivo con una pesca.

Ryan disse: «È gergo dei pedofili per il sedere di un bambino.»

«Gesù.» Moreno ne estrasse un secondo, rigirandolo.

«Perfino io so che cosa vuol dire jalapeño.»

«Metti i dischi nelle buste per le prove.»

Moreno li infilò nelle buste per le prove e aprì l'ultimo cassetto. Una busta manila con l'etichetta *Special Collection* lo fissò. Scattò una foto e la girò. Gli si rivoltò lo stomaco quando vide ciò che era scritto con il pennarello: *Under Six Years Old*.

Raccolse la busta, sollevò la linguetta e guardò dentro. Era vuota. La infilò in una busta per le prove e richiuse il cassetto.

Ryan era inginocchiato accanto a una cassetta degli attrezzi. Ne tirò fuori una foto Polaroid proprio mentre un altro agente diceva: «Abbiamo un cellulare.»

Ryan scosse la testa e disse: «Chiamo un'altra unità.»

Due ore dopo, un agente tirò giù la saracinesca e la sigillò con il nastro della scena del crimine. La reporter urlava domande mentre la squadra della retata risaliva sui veicoli.

Tornati all'Ufficio dello Sceriffo della Contea di Collier,

presero un caffè e si sedettero attorno a un tavolo della sala riunioni.

Ryan prese una tavoletta portablocco. «Rivediamo quello che abbiamo e decidiamo la prossima mossa.»

«Abbiamo cinque scatole di giocattoli nuovi e peluche.»

«Questo verme li usa per adescare i bambini.»

«Probabile, ma è un fottio di giocattoli. Quanti bambini ha nel mirino questo bastardo?»

«E il cellulare?»

«È un usa e getta con un solo contatto: Willie Wonka.»

«Questo è un gran figlio di puttana. Vorrei...»

«La Scientifica lo sta esaminando più a fondo, ma hanno trovato una bozza di messaggio mai inviato. Chiedeva una nuova spedizione.»

«Questo tizio sta fornendo o cerca di comprare porno?»

«Non lo sappiamo, per ora, ma le mappe con evidenziate scuole e parchi giochi sono maledettamente preoccupanti. Come le foto dei bambini.»

«Quelle scattate al Venetian Village sono state fatte con un teleobiettivo potente. Magari quel pezzo di merda vive da quelle parti.»

Moreno disse: «Abbiamo abbastanza per portarlo dentro.»

24

Con il telecomando, regolai il volume della TV e andai in cucina.

Laura stava lavando le foglie di spinaci nel lavello e disse: «Che cos'hai? La TV è a un volume folle.»

«Voglio vedere una cosa al telegiornale.»

Diedi un'occhiata alla TV. Seduto dietro la scrivania, un conduttore disse: «Vedremo il meteo per il fine settimana subito dopo questa notizia in aggiornamento. Linea a Katherine Rigby.»

Mi precipitai in soggiorno e mi sedetti davanti alla TV mentre lo schermo si riempiva con l'immagine di una reporter. «Grazie, Bill. Sono davanti al CubeSmart Self Storage su World Trade Center Way.

«L'Unità reati sessuali della contea di Collier ha effettuato una perquisizione in uno specifico box.»

Le immagini di agenti che trasportavano scatoloni e sacchi di prove sostituirono la giornalista, che disse: «Gli agenti hanno svuotato il box, caricandone il contenuto sui loro furgoni.

«Abbiamo chiesto un commento a quello che riteniamo essere l'agente responsabile, ma ha rifiutato di parlarci. WINK News è riuscita a identificare la persona che ha affittato il box presso CubeSmart Self Storage, un certo Morris Fry.

«WINK News sta cercando di contattare il signor Fry, ma finora senza successo. Vi aggiorneremo sulla natura del sequestro man mano che avremo ulteriori informazioni.»

Mentre il conduttore diceva: «Sembra che ci aspetti un weekend da cartolina. Daremo un'occhiata al meteo subito dopo questa pausa pubblicitaria», Laura entrò nella stanza. «Quella cosa del deposito c'entra con te?»

«No.»

«Allora perché lo stai guardando?»

Era difficile ingannarla, ma fui svelto. «Il detective Moreno ha detto che sarebbe andato in TV.»

«Oh. L'hai visto?»

Spensi il telegiornale. «Sì, portava via qualcosa che avevano sequestrato in un box.»

«Lo incontri più tardi, giusto?»

«Vuole vedermi per bere qualcosa al volo.»

«Perché?»

Sarebbe un'ottima interrogatrice, ma ho la furbizia nel sangue. «Non lo so, magari vuole gongolare per la sua apparizione in TV.»

«Ma l'hai appena visto l'altra sera.»

«Sì, ma magari ha qualche informazione su Bev. È lui che l'ha rintracciata a Orlando.»

«Pensi che la troverai?»

Alzai le spalle e dissi: «Spero di sì. Devo vedere come sta Dawn. È una settimana che non ho il tempo di passare da lei.»

Fece una smorfia.

Dissi: «Che c'è?»

«In un certo senso l'hai fatta diventare una mia responsabilità.»

«No, no, no. Non è vero. Apprezzo tutto quello che stai facendo per lei, ma sono io che ho dato inizio a tutto questo.»

«Tutto questo?»

«Sai, il fatto che l'abbia trovata e mi sia assicurato che lei e Abby non tornassero di nuovo senza casa. Non mi importa di doverci mettere i soldi.»

«Ti rendi conto che non è solo una questione di soldi. A Dawn serve un tetto sulla testa e cibo nel frigo, ma, cosa ancora più importante, le serve qualcuno di cui si possa fidare, qualcuno che la guidi. Sua madre l'ha lasciata e, per quanto sia incredibile che sia riuscita a cavarsela, per vivere davvero bene avrà bisogno degli strumenti per guadagnarsi onestamente da vivere, essere una buona madre e relazionarsi con il resto del mondo.»

Fissai Laura. Sembrava un'assistente sociale. «Lo so che non è solo una questione di soldi. Ha bisogno di una rete di supporto e, se riusciamo a trovare Bev, di certo non farà male.»

«Ne sei sicuro? Da quello che ho saputo da te, Bev ha tutta una serie di problemi suoi da affrontare.»

«Non ho dubbi che sia così, ma non posso lasciarla bloccata nella vita in cui si trova adesso.»

«Capisco, ma, per quanto suoni bello, riunire Bev a Dawn potrebbe non essere un bene per Dawn e Abby.»

Allargai le braccia. «Che dovrei fare? Dimenticarmi di Bev? Non posso farlo di nuovo.»

«Non sto dicendo di dimenticartene, sto solo cercando

di essere sicura che tu capisca quanto sia complicata questa cosa. Devi...»

«Non posso parlarne adesso, devo incontrare Moreno.»

———

STRIATURE DI ROSSO attraversavano il cielo mentre una sottile falce di sole coronava l'orizzonte. Appollaiato su una sedia all'estremità più lontana del Gumbo Limbo, sorseggiavo la mia vodka e aspettavo il detective Moreno.

Moreno fece un cenno mentre si avvicinava a grandi passi. Indossava dei bermuda e una camicia Tommy Bahama. Ci stringemmo la mano e ordinò una birra.

Disse: «Era da un po' che non venivo qui. Questa vista è la migliore in città.»

«Lo è, ma in alta stagione è troppo affollato. Non aspetterò mai un'ora per un tavolo.»

«La maggior parte di quelli in attesa alloggia qui, quindi immagino che per loro non sia un problema.»

«E il Ritz intanto gli vende drink da venti dollari mentre aspettano.»

Chiese: «È quanto chiedono?»

«Non preoccuparti, offro io.»

Il cameriere portò la birra di Moreno e se ne andò.

Abbassai la voce e dissi: «Allora, raccontami dell'irruzione.»

Moreno prese un sorso e disse: «Sembra che le informazioni che hai dato siano di prim'ordine.»

Sorrisi. «Ti aspettavi di meno?»

Sbuffò. «Abbiamo trovato un bel po' di quello che pare essere materiale incriminante, inclusi un paio di hard disk.»

«Che cosa contenevano?»

«Non lo sappiamo. Sono protetti da crittografia di livello militare. Potremmo dover chiedere aiuto all'FBI.»

«Accidenti. È sospetto. Altro?»

«Abbiamo trovato una marea di foto di bambini e mappe in cui scuole e parchi giochi erano evidenziati.»

«Gesù, questo tizio è un pedofilo incallito.»

Moreno annuì. «Aveva scatole e scatole di giocattoli e adesivi che, secondo la sezione reati sessuali, erano un codice nel mondo della pedopornografia.»

Sospirai. «Questa schifezza mi rivolta lo stomaco.»

«Ti capisco.»

«Altro di interessante?»

«Un telefono usa e getta, ma con un solo contatto. E senti questa: il contatto era Willy Wonka.»

«Avete fatto una ricerca per vedere se qualcuno usa quell'alias?»

«Ma dai, certo che sì, ma non abbiamo trovato nulla.»

«Non intendevo in quel senso.»

Annuì. «Stanno passando al setaccio il telefono per vedere se riescono a recuperare qualcosa che è stato cancellato.»

«Questo tizio forse l'ha fatta franca per l'omicidio della moglie, ma adesso lo incastrerai.»

«Hai parlato del blitz con qualcuno?»

«Io? E a chi l'avrei dovuto dire?»

«Hai detto qualcosa a Mario? A Larson?»

«No. Me lo sono tenuta per me. Perché?»

«Pochi minuti dopo che ci siamo fermati davanti al deposito, è arrivato un furgone della WINK News.»

Sgranai gli occhi. «Davvero?»

«Già. Ho pensato che potessi aver detto qualcosa a Mario e che lui l'avesse riferito a qualcuno.»

«Non ho detto una parola e comunque lui non lo farebbe.»

Moreno annuì. «Immagino che ci sia una talpa nella sezione reati sessuali, perché non ho detto neanche allo sceriffo i dettagli di ciò su cui stavo lavorando.»

«L'importante è che Crane non sia stato avvertito.»

«Di sicuro. Se fossimo tornati a mani vuote, per me sarebbe stato un disastro.»

«Hai intenzione di portare in centrale Atlas Crane?»

«Sì. Stanno solo aspettando di vedere se riesco a tirare fuori qualcosa dai dischi e dal telefono prima di muoversi.»

25

Risalii in macchina e controllai l'ora: 20:45. Era troppo tardi per passare da Dawn? Probabilmente aveva già messo a letto Abby, e se fossi andato da loro, avrei potuto svegliare la bambina.

Lascia perdere. Avrei provato a passare domani.

Misi in moto e aprii il vano portaoggetti. Tirai fuori il nuovo cellulare usa e getta dalla confezione.

Dopo averlo attivato, scrissi un messaggio a Atlas Crane. *Confessa di aver ucciso tua moglie, Ana, o te ne pentirai. Credimi, per te andrà molto peggio.*

Premetti invio e mi allontanai dal marciapiede.

Prima di arrivare al semaforo successivo, il cellulare usa e getta vibrò. Sorrisi e rallentai per prendere il prossimo rosso.

Atlas Crane aveva risposto: *Vaffanculo! Stronzo!*

Buttai giù una replica: *Non è un gioco. Confessa di aver ucciso la tua ex moglie finché sei in tempo.*

Di che stai parlando? Sono innocente.

Lo sappiamo entrambi che sei colpevole fino al midollo.

Vaffanculo!

Hai intenzione di confessare?

Ho detto vaffanculo!

L'auto dietro di me suonò il clacson mentre premevo invio sulla mia ultima risposta: *Non mi lasci scelta.*

Pestai sull'acceleratore e guidai sulla Route 41 per un paio di chilometri prima di entrare nel parcheggio di un Walmart. Fermandomi in un angolo appartato, composi un numero e tenni un modulatore vocale davanti alla bocca.

La reporter di WINK News rispose: «Pronto?»

«Adesso si fida di me?»

«Chi è?»

«Quello che le ha passato la soffiata sull'irruzione al CubeSmart Storage.»

«Oh. Grazie. Ha altro?»

«Il box appartiene ad Atlas Crane. L'ha affittato con un documento falso.»

«Atlas Crane? Ne è sicura?»

«Al mille per mille.»

«Come lo sa?»

Interruppi la chiamata e misi il cellulare usa e getta e il modulatore di voce nel vano portaoggetti. Con il mio cellulare normale, composi un altro numero.

Atlas Crane rispose al primo squillo. «Beck?»

«Ehi, Atlas, lo so che è tardi, ma ho appena deciso di andare a pescare domani e volevo sapere se ti andava di venire.»

Esitò. «Mh, non lo so.»

«Che c'è? Sembri stressato o qualcosa del genere.»

«Non è niente. Lascia perdere.»

Era facile immaginare la smorfia sul suo volto.

«Puoi dirmelo, amico. Magari posso aiutarti.»

Ci fu una lunga pausa prima che Atlas dicesse: «Sto ricevendo chiamate assurde... cioè, messaggi. Ma è tutto qui.»

«Che vuoi dire? Da parte di chi?»

«Non lo so.»

«Che dicono?»

«Di tutto, che ho ucciso mia moglie e che dovrei confessare o faranno qualcosa.»

«Confessare di aver ucciso tua moglie? È da pazzi.»

«Lo so. Gli ho detto di andare a quel paese, però...»

«Lascia perdere, sembra un pazzo con un conto in sospeso.»

«Probabilmente hai ragione, ma tutta la faccenda mi mette a disagio, capisci?»

«Capisco, questa storia ti mette sul chi vive.»

«Non so perché, ma è così.»

«Vieni in barca domani, è proprio quello che ti serve.»

«Sembra davvero una buona idea.»

«La mattina ho un impegno. Che ne dici di vederci verso le due? Peschiamo un paio d'ore e poi andiamo a cena.»

«Non vedo l'ora. Grazie.»

«Figurati. Tornerai te stesso prima ancora di allamare il primo pesce.»

Lui rise e io riattaccai.

Aspettai un'ora prima di inviare ad Atlas un messaggio: *Se non confessi di aver ucciso tua moglie, ti cuciremo addosso qualcosa di peggio, molto peggio. Il tempo sta per scadere.*

La sua risposta arrivò subito: *Lasciami in cazzo pace.*

Replicai: *Ti incastreremo, quindi faresti meglio a confessare o per te andrà peggio.*

Ma vaffanculo, cosa ci sarebbe di peggio che ammettere un omicidio? Soprattutto visto che non l'ho fatto.

Altroché, e se non credi che per te sarà dieci volte peggio, mettimi alla prova.

Ti prego, lasciami in pace.

All'improvviso Atlas aveva tirato fuori le buone maniere. Aspettai finché non stavo per infilarmi a letto prima di spedirgli un altro messaggio dal cellulare usa e getta. L'ultimo della giornata fu breve: *Tic tac.*

26

BALZAI GIÙ DAL LETTO. TOBY MI SEGUÌ IN CUCINA. MISI IN funzione la macchina del caffè, presi il suo guinzaglio e un telefono usa e getta.

Accendendo il telefono usa e getta, dissi: «Dai, bello. Andiamo a fare una passeggiata».

Il sole faceva capolino oltre la linea degli alberi mentre Toby si accucciava. Mentre faceva i suoi bisogni, inviai un messaggio ad Atlas: *Non ti resta molto tempo per fermarlo. Hai intenzione di confessare l'omicidio?*

Mai. Non l'ho fatto.

Stai negando l'evidenza e il tempo è quasi scaduto.

Non mi freghi con le tue stronzate.

Non è un gioco, Atlas. So che è difficile immaginare qualcosa di peggio dell'essere un assassino, ma te ne pentirai.

Con un sacchetto per le deiezioni raccolsi ciò che Toby aveva lasciato e annodai l'apertura. Gli diedi un premietto e tornammo a casa.

Ad accoglierci c'era il profumo di caffè. Mi versai una

tazza, pensando di avere un paio d'ore libere. Con il mio cellulare normale chiamai Dawn.

«Buongiorno, Dawn».

«Ehi, come va, Beck? Va tutto bene?»

«Sì, va tutto bene. Volevo passare, ci sarai?»

«Quando?»

«Tra un po'».

«Uh, ok. Immagino di sì».

Arrivai in meno di mezz'ora. Dawn era ancora in pigiama e in casa si sentiva odore di patatine fritte.

Dopo un abbraccio veloce, diedi un'occhiata alla stanza.

«Devo mettere in ordine. Stavo per farlo, ma Abby ha fatto i capricci...»

Il posto sembrava un porcile. I vestiti erano ovunque e il tavolino era ingombro di piatti sporchi e di una scatola di pizza vuota.

«Puoi vivere come ti pare, ma stai attenta, perché Abby assorbirà le tue abitudini».

Le si accesero gli occhi di rabbia. «Sono stata impegnata».

«Come va il lavoro?»

Si strinse nelle spalle. «Mi hanno dato così tanto lavoro che mi sta stressando».

«Stavo pensando che potrebbe essere una buona idea iscriverti a un corso in ambito medico».

«Medico?»

«Sai, tipo un tecnico di radiologia o un'ecografista».

«La scuola non mi piace granché e poi devo occuparmi di Abby».

«Per Abby troviamo una soluzione. Prima che te ne accorga andrà a scuola e tu avrai un sacco di tempo libero».

«Quando sarà il momento vedrò di fare qualcos'altro».

Fui tentato di chiedere se questo comprendesse anche il bucato ammucchiato vicino al bagno. «Non puoi aspettare fino ad allora. Se vuoi riuscirci, devi prepararti in anticipo. Cominci adesso e sarai pronta quando verrà il momento».

«A me va bene così».

«Senti, non prenderla nel modo sbagliato, ma questo appartamento, il cibo e tutto il resto non potresti permetterteli con quello che guadagni».

«Non rinfacciarmelo, ok? Io non ti ho chiesto aiuto».

«Lo so. Sono felice di aiutare. Cerco solo di fare in modo che tu e Abby abbiate una buona vita».

«Stiamo bene».

Il telefono trillò per un messaggio. Il detective Moreno voleva sapere se fossi libero di parlare.

Risposi e dissi a Dawn: «Devo scappare. Penso che Laura passerà più tardi».

«Ok».

«Pensa a quello che ti ho detto: impara una competenza tecnica, così potrai guadagnarti da vivere decentemente».

Lei alzò gli occhi al cielo. Salutai e uscii, chiedendomi se fosse questo il genere di cose con cui i genitori devono avere a che fare.

Schivai un irrigatore, salii sulla mia BMW e chiamai Moreno.

«Ehi, Mo, che si dice?»

«Visto che sei stato tu a segnalarci Crane all'inizio, volevo dirti che lo stiamo portando dentro».

«Bene. Lui ne è al corrente?»

«Non ancora. Stiamo tenendo d'occhio casa sua e manderemo una volante da lui a mezzogiorno».

«E il mandato di perquisizione? Non temete che distrugga le prove?»

«Hanno ritenuto che non avessimo abbastanza elementi per ottenerlo».

«Non avete ricavato nulla dalla scientifica?»

«Ancora niente».

«Come sarebbe? E gli hard disk?»

«Neppure i federali sono riusciti a decifrare la crittografia. Ci stanno ancora lavorando, ma non ci contiamo».

«Deve esserci roba grossa lì dentro, se è arrivato a tanto per tenerla nascosta».

«È quello che pensiamo ed è per questo che vogliamo parlargli. Magari cede».

«Non so. Se questo tizio ha tenuto botta durante un processo per omicidio, probabilmente non vi dirà granché».

«Lo scopriremo nel pomeriggio».

«Vorrei essere una mosca sul muro».

Chiusi la chiamata e ne feci un'altra. Sicuro che un tassello fondamentale del mio piano sarebbe andato in porto, filai a casa.

27

Toby aspettava vicino alla porta interna del garage. Mi appoggiò le zampe sulle cosce e gli accarezzai la testa.

«Andiamo, bello. Ti va di fare un giro?»

Toby abbaiò mentre gli agganciavo il guinzaglio.

«Che ne dici se andiamo al parco?»

Guidai fino al North Collier Regional Park e, con il cellulare in mano, portai Toby a spasso. Tornando dai campi da calcio, arrivò un messaggio. Erano a pochi minuti di distanza.

«Andiamo, bello.»

Toby fece strada fino all'auto. I tempi sembravano perfetti. Presi la Livingston in direzione sud e svoltai nella strada dove viveva Atlas Crane.

Un furgone di WINK News era parcheggiato davanti a casa sua. Mentre mi fermavo dietro, una reporter e il suo cameraman erano sulla porta d'ingresso a parlare con Atlas.

Crane uscì scuotendo la testa. Aprii la portiera e lo sentii dire: «Neanche per sogno. Dev'esserci stato un errore.»

«Allora perché la polizia ha fatto irruzione nel box di self-storage che ha affittato?»

«Non ho nessun box di self-storage.»

«Su, signor Crane, l'ha affittato con un alias.»

«È una follia. Non so che diavolo stia succedendo. È un errore, mi creda. Ecco, questo è il mio amico, sa che tipo sono.»

Mi calai un berretto da baseball e, coprendomi il viso con una mano, mi avvicinai con Toby dicendo: «Non voglio finire in video — e Atlas, non è una buona idea parlare con la stampa. Di' loro che vuoi che se ne vadano dalla tua proprietà.»

Atlas annuì. «Sì, fuori dalla mia proprietà! Adesso, prima che chiami la polizia.»

La reporter fece un cenno al cameraman e si avviarono verso la strada.

Dissi: «Che vogliono?»

«È un malinteso.»

«Che cosa hanno detto?»

Fece cenno a una coppia di vicini radunati dall'altra parte della strada. «È un errore. Andate a casa.»

Si voltò verso di me. «Entra. Parliamo dentro.»

«Non posso fermarmi. Ero al parco con Toby e ho pensato di passare per dirti che posso andare a pescare prima delle due. Ci vai ancora?»

«Porca puttana!»

«Che?»

«Ti ricordi che ti ho detto che qualcuno mi stava minacciando?»

«Sì, perché?»

«Penso che sia per questo che sono qui.»

«Non capisco.»

Guardò dall'altra parte della strada, dove un gruppo di vicini stava parlando con la reporter.

«Andiamo dentro.»

Entrammo nell'atrio. Dissi: «Per cominciare, perché c'è la WINK News qui?»

«Credono che sia una specie di pervertito.»

«Cosa? Perché dovrebbero pensarlo?»

«Non lo so. Hanno parlato di roba che la polizia ha trovato in un box di self-storage, ma io non ne ho nemmeno uno.»

«Sei sicuro?»

«Certo che sono sicuro. Dev'esserci stato un casino enorme.»

«Hai detto che c'era uno che ti chiamava o ti mandava messaggi. Che storia è?»

«Niente, solo una stronza incazzata che mi dice di confessare l'omicidio di Ana o mi succederà qualcosa di peggio.»

«Peggio che ammettere di aver ucciso qualcuno?»

Gli squillò il cellulare e lo tirò fuori dalla tasca, dicendo: «Lo so, è da pazzi, no?»

Dissi: «Rispondi. Scommetto che sono quelli che ti stanno tormentando.»

«Pronto?»

«Sì, sono io.»

«Cosa? Perché?»

Il colore gli scomparve dal viso. «Quali domande?»

«Quando?»

«E se non volessi andare?»

«Va bene, va bene. Vengo.»

Chiuse la chiamata. Dissi: «Va tutto bene?»

Atlas chinò il capo.

Chiesi: «Chi era?»

«La polizia. Stanno mandando una volante per portarmi in centrale.»

«Perché?»

«Hanno detto che hanno delle domande da farmi.»

«Su che cosa?»

«Non l'hanno detto. Scommetto che sarà per Ana, ed è una stronzata. Quella storia è stata chiusa molto tempo fa.»

«Pensi che possano aver trovato nuove prove o qualcosa del genere?»

«Non mi importa cosa hanno. Non possono farmi un cazzo per via del ne bis in idem.»

«Ne bis in idem? Che cos'è?»

«Nessuno può essere processato di nuovo se è stato assolto, come me.»

«Ottimo. Allora di che ti preoccupi?»

Alzò le spalle. «Immagino tu abbia ragione.»

«Vai e vedi che cosa vogliono. Se la cosa degenera, assumi un avvocato e denunciali per molestie.»

Sorrise. «È una buona idea.»

«Fammi sapere com'è andata. Controllo l'agenda per vedere di andare a pescare un altro giorno. Magari chiedo a Laura di venire.»

«Sì, sarebbe bello.»

Mi tirai il berretto più giù, aprii la porta e uscii. Coprendomi il viso, vidi una dozzina dei suoi vicini radunati attorno alla reporter. La maggior parte si voltò guardando verso di noi. Un uomo indicò in fondo all'isolato.

Una volante salì per la via e si fermò davanti a casa di Atlas.

Salii in macchina mentre un agente in uniforme scendeva dalla sua. Abbassai il finestrino mentre lui si avvicinava alla porta. Atlas la aprì e l'agente gli disse qualcosa. Atlas sparì in casa.

Un minuto dopo, Atlas uscì e seguì l'agente fino alla volante. Mentre saliva sul sedile posteriore, uno dei vicini urlò: «Sbattetelo dentro e buttate via la chiave, quel predatore!»

Un altro gridò: «Castratelo, quel bastardo!»

Guidai per un isolato e accostai. Usando il telefono usa e getta, inviai un messaggio ad Atlas: *Confessa l'omicidio di tua moglie o te ne pentirai.*

28

Il mio cantare insieme a "Peg" degli Steely Dan è stato interrotto dal campanello. Ho lasciato Laura in cucina e ho dato un'occhiata dalla finestra; era Mario. Ho aperto la porta.

Mio fratello adottivo ha detto: «Qui dentro profuma. Che stai preparando?»

«Le mie famose braciole di maiale. Vuoi fermarti a cena?»

«Nah, non posso. Io e Susan andiamo al cinema con i suoi.»

Laura ha detto: «Be', che carino. Ogni quanto vedi sua madre e suo padre?»

«Ogni paio di settimane. Sono in gamba. Suo padre è un gran giocatore di bowling.»

«Dimmi una cosa, quando vi siete messi a vivere insieme, è stato un grande cambiamento?»

«Non so, è successo e basta, capisci che voglio dire?»

Sapevo che Laura stava per prendere male la cosa e ho

detto: «Devo parlare con Mario. L'acqua bolle, puoi buttare la pasta?»

Un lampo di rabbia le è passato sul viso, ma ha detto: «Certo.»

Ho dato un colpetto al braccio di Mario. «Andiamo sulla lanai.»

Chiudendo la porta scorrevole alle nostre spalle, ho chiesto: «Com'è andata a Orlando?»

«Guarda qui.»

Mi ha allungato una foto.

«Porca puttana. È Bev.»

«Dove l'hai presa?»

«Ho pagato mille dollari a uno degli albanesi.»

«Te li ridò.» Ho rigirato la foto tra le dita. «Non ci posso credere. Vedi la giacca?»

«Sì.»

«Ha sempre voluto fare la ballerina. È fantastico. Vuol dire che è viva.»

«Già.»

«Che c'è?»

«Abbiamo un problema.»

«Cosa?»

«Sai la patente falsa intestata ad Atlas Crane con cui abbiamo affittato il deposito?»

«Sì, che c'è?»

«Indovina chi gestisce quell'operazione?»

«È roba di Blinkie.»

Mario ha scosso la testa. «Macché, mi ha detto che risponde a Igor.»

«Igor, il russo?»

«Già, ed è incazzato.»

«Fanculo lui. Ce l'ha lui Bev?»

«Probabile. Ma minaccia di dire alla polizia che era falsa, se lo pressiamo.»

«Sarebbe una follia.»

«Sì, ma Igor è un pazzo del cazzo. Ti ricordi quella merda che ha combinato a Fort Myers?»

«Quindi ha Bev, e se lo mettiamo alle strette vuole denunciarci?»

«Così mi ha detto Blinkie.»

«Perché diavolo dovrebbe farlo?»

«È fuori di testa.»

«Hai scoperto dov'è?»

«No, gliel'ho chiesto un milione di volte, ma non me l'ha voluto dire. Ha detto che Igor gli taglierebbe la lingua prima di ammazzarlo.»

«E gli albanesi? Hai tirato fuori qualcosa?»

«Pare che l'abbiano davvero venduta a Igor.»

Ho scosso la testa. «L'hanno venduta? Hai una conferma?»

«Non per lei nello specifico, ma due persone mi hanno detto che è così che fanno: spingono i tossici nella prostituzione, li usano e li rivendono prima che si sfascino.»

«Dobbiamo trovare Bev, e in fretta.»

«Che vuoi fare?»

Laura ha aperto la porta scorrevole. «La pasta è pronta. Ho fame, quanto ci mettete ancora?»

«Arriviamo subito.»

Mentre si girava, ho abbassato la voce e ho detto a Mario: «Non possiamo lasciare che Igor faccia saltare il caso Crane. Quindi mollalo per il momento. Devo pensarci.»

«Certo, amico.»

Laura ha detto: «Sei sicuro che non vuoi fermarti a cena?»

«Non posso, ci vediamo con i genitori di Susan.»

Gliel'aveva già detto cinque minuti prima. Era il suo modo di ribadire il messaggio.

Ci salutammo e Mario uscì. Volevo uscire con lui, ma chiusi la porta alle sue spalle.

Laura ridacchiò.

Ho detto: «Che c'è da ridere?»

«Vederti in difficoltà.»

Ho aperto il frigo e ho tirato fuori il piatto di braciole di maiale. «Non ero in imbarazzo.»

Sbuffò. «Eccome se lo eri.»

Ho messo un po' d'olio d'oliva nella padella sul fornello.

«Sai, non mi interessa davvero cosa fanno gli altri. Mi importa solo di noi.»

Ho acceso il fornello. «Preoccupata?»

«Non preoccupata, ma, sai, voglio solo che andiamo avanti, come fanno le altre coppie.»

Non volevo farle notare che si era contraddetta su quello che fanno gli altri. «Stiamo andando avanti.»

«Hai incontrato i miei genitori solo un paio di volte.»

Quindi era per la sua famiglia. «Organizza qualcosa con loro, se ti fa felice.»

«Davvero?»

Mi sono ricordato di quando Larson mi aveva detto che aveva accettato certe cose per mantenere la pace e rendere felice sua moglie.

«Certo.»

«Quando vuoi farlo? Magari il prossimo fine settimana?»

Ho fatto scivolare le braciole nell'olio sfrigolante. «Senti loro e vedi come sono messi.»

«Non importa, lasceranno perdere tutto pur di vedersi con noi.»

«Butta lì qualche data e ne scegliamo una.»

Prese il telefono. Avrei scommesso tutto quello che avevo che stava chiamando sua madre. Uscì sulla lanai e io finii di preparare la cena.

———

Abbiamo cominciato a sparecchiare. Ho detto: «Le braciole stasera sono venute bene.»

«Mi è piaciuta la crema di spinaci. Da dove ti è venuta quell'idea?»

Mi sono indicato la tempia. «È tutto qui dentro.»

Lei ha scosso la testa e io ho controllato l'ora. Sono andato in soggiorno ad accendere la TV.

Il servizio doveva andare in onda alle 19:15. Ho fatto una chiamata, è partita la segreteria e ho lasciato un messaggio: «Ehi, amico, dovevi esserci oggi. È stato pazzesco, ho preso quattro cernie gigantesche. Richiamami. Ho un paio di date che vanno bene per me e Laura, spero che tu riesca a esserci.»

Con uno strofinaccio in mano, Laura ha detto: «A pescare? Chi era?»

«Ho chiamato Atlas.»

«Vuoi che io vada di nuovo a pescare?»

«È solo un amo che gli sto gettando.»

«Però gli hai detto di fissare delle date.»

«Ha ben altro a cui pensare.»

«Che sta succedendo?»

Indicando la TV, ho detto: «Guarda.»

«Che cos'è?»

«Guarda e basta, d'accordo?»

Vestito con un completo scuro e una cravatta blu brillante, un anchorman ha detto: «Vi proponiamo un aggiornamento su una storia che WINK vi ha raccontato un paio di giorni fa. Katherine Rigby è in diretta dall'Ufficio dello Sceriffo della contea di Collier.»

«Grazie, Brian. Stamattina, Atlas Crane, residente della contea di Collier, è stato condotto qui per essere interrogato. Il signor Crane si trova ancora all'interno dell'ufficio dello sceriffo.

«Se ricordate, all'inizio di questa settimana ho riferito di una storia dal CubeSmart Self Storage su World Trade Center Way. L'ufficio dello sceriffo ha effettuato un blitz in un box di deposito che WINK News ha scoperto essere stato affittato con un nome falso.»

Un refolo di vento le ha spinto i capelli biondi sul viso; se li è scostati dicendo: «Ora si sostiene che il box sia stato affittato da Atlas Crane, l'uomo che vedete qui mentre viene accompagnato verso un'auto di pattuglia.»

Lo schermo ha mostrato Atlas mentre veniva fatto salire sul sedile posteriore di un'auto della polizia.

«Il signor Atlas Crane viene interrogato ormai da diverse ore. Gli spettatori ricorderanno che, circa quattordici anni fa, Atlas Crane fu assolto dall'omicidio della sua ex moglie, Ana Crane.

«Sebbene l'Ufficio dello Sceriffo non abbia rilasciato dichiarazioni, una fonte ha riferito a WINK News che il blitz è stato condotto dall'Unità Crimini Sessuali. L'ufficio dello sceriffo non ha né confermato né smentito l'affermazione. Vi aggiorneremo non appena avremo novità.

«Qui Katherine Rigby, in diretta dall'Ufficio dello Sceriffo della contea di Collier.»

È ricomparso il conduttore del telegiornale. «Grazie, Katherine. Andiamo in diretta su Davis Boulevard, dove si è appena verificato un incidente d'auto con una vittima e diversi passeggeri feriti.»

Ho premuto il pulsante del telecomando.

Laura ha detto: «Crimini sessuali? E tu mi hai fatta flirtare con lui?»

Ho sorriso. «L'hai sentita, non è confermato.»

«No. Sul serio, che succede?»

«Te l'ho detto che non era un gioco. Ci pagano per pareggiare i conti.»

«Chi ti ha assoldato?»

Invece di dirle che non potevo, ho detto: «Questa l'ha gestita Larson. Non ne ho la minima idea.»

«Andiamo, Beck. Non raccontarmela.»

Mi è vibrata la tasca sinistra dei pantaloni. Era quella in cui tenevo i telefoni usa e getta. Mentre ci mettevo la mano, ho detto: «Onestamente non lo so.»

Mi sono alzato e ho guardato il telefono. Era Tyler Crane. Laura aveva un sesto senso?

Perché stava chiamando? Un brutto presentimento mi ha attanagliato e ho detto: «Devo rispondere.»

29

Toby mi seguì fino alla porta. Misi piede sul vialetto lastricato e chiusi la porta, lasciandolo indietro.

Risposi alla chiamata. «Ehi, Tyler. Come va?»

«Perché non lo dici *a me*?»

«Non sono sicuro di capire.»

«Mi ha chiamato un amico. Ha detto che mio padre è stato portato in centrale per un interrogatorio. Era al telegiornale.»

«È vero. E quindi?»

«Al telegiornale hanno detto qualcosa dell'Unità Crimini Sessuali. Che c'entra con l'omicidio di mia madre?»

«Senti, ho visto il servizio. Sai come sono i telegiornali: qualsiasi cosa pur di fare ascolti.»

«Lo stanno interrogando per via di mia madre?»

«Non lo so.»

«Non possono, giusto? Non possono fare niente per via del doppio processo.»

«Vuol dire solo che non può essere processato di nuovo. Non c'è niente che impedisca loro di interrogarlo.»

«Immagino. È che non mi è piaciuto quell'accenno al sesso.»

«Te l'ho detto più volte che si sarebbe messa male.»

«Sì, ma... non è uno di quei deviati, è...»

«Non farti prendere dal panico. Ne abbiamo parlato in lungo e in largo. Ti ho dato più volte la possibilità di fermarti, ma tu volevi vendicarti di lui, ed è quello che sto facendo.»

«Ma non così.»

«Fa parte del piano. Come pensavi che avrebbe confessato?»

«Ma non mi rendevo conto che potesse succedere una cosa del genere. Se l'avessi saputo, non l'avrei fatto. Non possiamo cambiare le carte in tavola?»

«È troppo tardi, le cose sono già in moto.»

Tyler disse: «Se andassi dalla polizia e glielo dicessi, loro...»

«Ti arresterebbero! Non fare l'idiota!»

«Arrestare me? Perché dovrebbero...»

«Calmati e ascoltami. Non andrai da nessuno né aprirai bocca. Non dimenticare: sei stato tu a venire da me. Fidati, se vai dagli sbirri te ne pentirai come non mai. Mi hai capito?»

La sua risposta fu appena udibile: «Ok.»

Interruppi la chiamata. Mentre valutavo chi fosse il rischio maggiore di spifferare alle autorità, Igor o Tyler, il mio telefono vibrò. Era Atlas Crane.

Feci un bel respiro e rifiutai la chiamata.

Mentre rientravo in casa, gridai: «Dai, Toby. Andiamo a fare una passeggiata». Afferrai il suo guinzaglio e mi arrivò una notifica. Atlas aveva lasciato un messaggio vocale.

Dicendo a Laura che saremmo tornati subito, Toby tirò

il guinzaglio e fece strada verso l'esterno. Aspettai di essere a una casa di distanza per ascoltare il messaggio di Crane.

«Beck, devi richiamarmi subito. Sono appena tornato dopo che la polizia mi ha messo sotto torchio. Sta succedendo qualcosa, ed è grave. Chiamami in fretta, appena ricevi questo.»

Aveva bisogno di bollire nel suo brodo per un po'. L'avrei chiamato la mattina seguente. Tirai fuori il mio telefono usa e getta e gli inviai un messaggio: *ti avevo detto di confessare. Questo è il tuo ultimo avvertimento.*

30

IL MIO CELLULARE VIBRÒ SUL TAVOLO DELLA CUCINA. RIFIUTAI la chiamata con un gesto e presi la tazza del caffè.

Disse Laura: «È la terza chiamata stamattina. Non rispondi?»

«Richiamerò più tardi».

«Chi è?»

«È di lavoro».

Aggrottò la fronte. «Di che si tratta?»

«È Atlas. La morsa si sta stringendo».

«Che morsa?»

«Ha ucciso sua moglie e l'ha fatta franca. Ci hanno ingaggiati per fargliela pagare».

«Noi? Ci sono dentro anch'io?»

La risposta vera era: a volte. «Hai lavorato su questo e sei stata di grande aiuto a tenerlo distratto».

Sorrise. «Vuol dire che avrò un bonus?»

Le misi una mano sulla coscia. «Certo. Lo vuoi adesso o dopo?»

Si liberò la gamba. «Parlavo di soldi».

«Prima devo portare questa cosa al traguardo. Ci sono un paio di... ehm... complicazioni appena spuntate».

«Lascia che ti aiuti».

Mi alzai e misi la tazza nel lavello. «Potrei approfittarne, ma prima devo capire cosa fare».

«Posso aiutare, quindi dimmi pure di cosa hai bisogno».

«Non c'entra, ma puoi passare da Dawn? Casa sua è una porcilaia, e comincio a temere che sia... non so... pigra?»

«Essere sciatta non significa essere pigra».

«Lo so, ma le ho proposto di andare a scuola a imparare un mestiere, sai, tipo fare la tecnica di radiologia, ma non ha voluto».

«Dovrebbe fare l'idraulica. Guadagnano bene, e può imparare sul campo».

«Un'idraulica? È una donna».

Mise le mani sui fianchi e mi fulminò con lo sguardo.

«È solo che... non ho mai visto un'idraulica».

«A Naples c'è un'azienda che si chiama Three Sisters. Ci lavorano solo donne».

«D'accordo. Se Dawn vuole fare l'idraulica, che lo faccia. Cerca solo di parlarle di trovarsi un lavoro vero. Non mi dispiace aiutarla con le spese, ma deve costruirsi l'autostima, e mantenersi da sola è il modo migliore per farlo».

«Gliene parlerò».

«Grazie. Ci vediamo dopo».

Uscii in retromarcia dal garage e guidai per tre isolati. Accostai al marciapiede e composi un numero.

«Ehi, Atlas. Com'è andata con la polizia?»

«Avevano un video della scuola. Mi ha incastrato, per caso?»

«Che video?»

«Quello in cui stavamo andando a pescare e dovevamo

prendere quel ragazzino perché l'amica di Lauren era malata o qualcosa del genere».

«La scuola sulla Livingston?»

«Già. Facevano come se avessi cercato di rapire quel dannato ragazzino».

«È ridicolo».

«Ha ripreso quella scena?»

«No. Perché l'avrei fatto?»

«Allora come l'ha avuto la polizia?»

«C'è sempre qualcuno che riprende tutto col telefono. Magari un altro genitore».

«Perché è andato dalla polizia?»

«Sono tutti in allerta. Penso sia per tutta la roba di true crime in TV».

«Be', è tutta una stronzata».

«Sono sicuro che capiranno che è stato un semplice equivoco. Cos'altro hanno detto? Qualcosa sull'omicidio di sua moglie?»

«No, ma è tutto da pazzi. Hanno provato a dire che avevo affittato un box di deposito con un nome falso».

«Cosa?»

«Mi hanno mostrato la foto di una patente con la mia foto ma un nome diverso».

«È strano. Magari era una foto qualsiasi che qualcuno ha usato. Ma in ogni caso, che importanza ha quel box?»

«Hanno detto di aver trovato roba che potrebbe essere collegata alla pornografia minorile».

«Accidenti. Che tipo di cose hanno trovato?»

«Non l'hanno detto, solo che c'erano alcuni hard disk, un telefono, dei giocattoli e altra merda».

«Che cosa c'era sui dischi?»

«Non me l'hanno voluto dire».

«È strano. Sembra che stiano pescando a strascico».

«C'è qualcosa sotto. Si ricorda dei messaggi che continuo a ricevere?»

«Sì, che c'è? Non crede che sia collegato, vero?»

«Non so che pensare. Ma sto pensando che la sorella di Ana, Pamela, potrebbe esserci dietro. È una vera stronza e non mi ha mai sopportato fin dal primo giorno. Quando l'ho fatta franca per l'accusa di omicidio, ha giurato, davanti a un sacco di gente, che un giorno mi avrebbe sistemato».

«Questo lo spiega. Probabilmente sta spargendo voci su di Lei alla polizia».

«Non so che fare. Penso che prenderò un avvocato, come ha detto Lei».

«Scelga Lei, ma costano. Non sembra che la polizia abbia qualcosa, altrimenti l'avrebbe già detto».

«Sto pensando di chiamare quella stronza di Pam e affrontarla».

«Probabilmente negherà, e potrebbe dire che l'ha minacciata».

«Le metterei volentieri le mani al collo. È sempre stata così cattiva con me».

«Si calmi. Ho la sensazione che passerà».

«Crede?»

«Sicuramente. Non possono perdere tempo con una cosa del genere. Probabilmente hanno seguito la soffiata di sua cognata per coprirsi il culo».

«Ha senso».

«Devo correre in aeroporto. Un mio cugino ha fatto un viaggio all'ultimo minuto. Il suo volo è in arrivo da un momento all'altro. Starà in città un paio di giorni. La chiamo quando riparte e andiamo a pescare».

«Va bene».

Ascoltai quindici minuti del podcast The Daily Stoic prima di inviare ad Atlas un messaggio da un telefono usa e getta: *Tic tac. Il tempo sta per scadere. Oggi è il tuo ultimo giorno per confessare.*

Atlas rispose subito: *Vaffanculo!!!!*

Sapendo che a rimetterci sarebbe stato lui, sorrisi. Ma il buon umore non durava mai, e stavolta svanì prima ancora di arrivare al primo stop, quando chiamò Mario.

31

MARIO DISSE: «EHI, DOVE SEI?»

«A un isolato da casa mia. Che succede?»

«Blinkie mi ha detto che Igor stasera sarà a Fort Myers.»

«Che ci fa lì?»

«Che vuoi dire? È già da due anni che Igor si sta allargando da quelle parti. Ha due bar, un paio di bordelli, e gira voce che stia per avviare un'operazione di contraffazione a Lehigh Acres.»

Dissi: «Se riuscissimo a ottenere informazioni sulla contraffazione, sarebbe un'ottima leva…»

«Ho sentito che gli albanesi prendono diecimila dollari per una prostituta.»

Lo stomaco mi si annodò. «È quello che Igor ha pagato per Bev?»

«Probabilmente qualcosa del genere.»

«Ma che siamo, nel dannato Medioevo? Come fanno questi bastardi da quattro soldi a vendere persone?»

«Che fai, vivi con la testa infilata nel culo? Il traffico di esseri umani è enorme, Beck.»

«Beh, è una gran merda, d'accordo?»

«Non lo devi dire a me. Io stavo...»

Dissi: «Vado a parlare con Igor.»

«Vuoi che venga?»

«No. Non voglio gonfiare la cosa. Vedi se riesci a capire in quale dei suoi locali sarà.»

———

GUIDAI LUNGO COLONIA BOULEVARD. Appena arrivai all'angolo dov'era l'El Patio Restaurant, svoltai su Cleveland Avenue. A destra c'era l'Edison Mall. Di fronte, un paio di carrozzerie e il bar verso cui ero diretto.

Svoltai a sinistra, costeggiando un mercato asiatico fino a un angolo buio del parcheggio. Davanti al Royal Silk Bar and Grill c'erano poche auto.

Una montagna d'uomo, che avrebbe potuto essere un lottatore di sumo, stava fuori dalla porta. Mi squadrò, fece un cenno col mento e aprì la porta. I miei occhi si abituarono al bagliore rossastro del locale.

Osservai la sala mezza vuota. Non c'era nulla di regale né di setoso nel posto. Sembrava che qualche parola di spagnolo arrivasse da una coppia di baristi annoiati. L'altra lingua che sentivo sembrava russo.

Igor non era nella sala. L'occhio mi cadde su una porta alla destra del bancone. Mi avvicinai a un barista.

«Che cosa prende?»

«Per ora niente, ma sto cercando Igor.»

«Chi lo cerca?»

«Beck.»

Il barista disse qualcosa in spagnolo all'altro dietro il

bancone. Quello annuì e scivolò sotto il banco, bussando alla porta che avevo adocchiato.

Sparì e riapparve dopo qualche minuto. Mi disse qualcosa in spagnolo. Dissi: «No hablo español.»

Disse: «Igor non è qui.»

«So che c'è.»

Disse qualcosa in spagnolo all'altro barista e rise.

Andai alla porta e la aprii di scatto. «Igor! Sono Beck. Devo parlarle.»

Tre scagnozzi mi piombarono addosso, strattonandomi di nuovo nella sala principale.

«Devo parlare con Igor. Lui e io facciamo affari.»

«Se Igor vuole parlare con te...»

Igor apparve sulla soglia. «Fallo entrare.»

«Grazie.»

«Beck, amico mio, che cosa posso fare per Lei?»

«Devo parlare, in privato.»

«Venga.» Entrò nel retro e fece cenno di andarsene a due uomini con la testa rasata. Quando i suoi tirapiedi furono usciti, si sedette dietro una scrivania di legno e indicò una sedia.

Accomodandomi, dissi: «Possiamo chiarire qualunque malinteso ci sia.»

«Nessun malinteso. Lei vuole intralciare i miei affari, e Igor non può permetterlo. Igor non può fare la figura dello stupido.»

Avevo conosciuto un paio di persone che parlavano di sé in terza persona. Si chiama ileismo ed è un modo per esprimere autorità o per prendere le distanze da qualcosa di cui si è responsabili.

«Ci conosciamo da molto. Lei sa che non tenterei mai

una cosa del genere. Per questo sono venuto qui, per parlare da uomo a uomo.»

«A Igor Lei è sempre piaciuto. Ma adesso sta dando la caccia alle mie ragazze?»

«Non sto dando la caccia a chiunque. Bev è la mia sorella di affido.»

Alzò le sopracciglia. «Sorella?»

«Sì. Siamo stati separati quando lei aveva dieci anni.»

«È molto tempo fa. Adesso appartiene a Igor.»

«Non appartiene a nessuno.»

«Igor l'ha pagata.»

«La ripagherò. Quanto ha pagato a Dren?»

«Igor ha pagato diecimila dollari.»

«D'accordo. Domani le porto i soldi.»

«A Igor servono quarantamila.»

«Quarantamila? È quattro volte quello che ha pagato.»

«Igor ha delle spese.»

«È un approfittarsene, ma lascerò correre.»

Annuì.

«Torno domani con il contante. Si assicuri che Bev sia qui.»

Tornai alla macchina, al settimo cielo. Avrei rivisto Bev la sera dopo.

Avvicinandomi allo svincolo per la 75 Sud, chiamai Mario, ma partì la segreteria. Gli lasciai detto di richiamarmi e composi il numero di Laura.

«Beck? Va tutto bene?»

«Mille volte meglio che bene.»

«Cos'è successo?»

«Domani vado a prendere Bev.»

«Oh, mio Dio. Davvero?»

«Sì. Ho fatto un accordo per tirarla fuori dal giro in cui è finita.»

«Giro? Avevi detto che, ehm, si drogava e vendeva il suo corpo.»

«Quella merda finisce adesso.»

«Come pensi di impedirle di drogarsi?»

«Le faremo avere aiuto. La inserirò in un programma o qualcosa del genere.»

«Tieni presente che il tasso di recupero è solo intorno al cinquanta per cento.»

«Mi sta bene.»

«Certo, ma non c'è nulla di garantito.»

«E allora, che diavolo vuoi che faccia? Che la lasci dov'è?»

«Certo che no. Voglio solo essere sicura che tu abbia gli occhi aperti.»

«Sono spalancati, okay?»

«Non sono il nemico, Beck. Voglio che tu sappia che farò tutto il possibile per aiutarla, ma devi essere consapevole che sarà una cosa brutta. Disintossicarsi è duro e sporco.»

«Pensi che non sappia cos'è la durezza e lo schifo? Mia madre è stata assassinata e mio padre è morto di alcol. Io? Sono stato sbattuto dentro e fuori da case famiglia prendendo calci nel culo a destra e a manca…»

«Calmati, Beck! Smettila di attaccarmi. Sono dalla tua parte.»

«Scusa.»

«Faremo il possibile per lei. Ma devi essere realista riguardo a questo.»

L'euforia di essere vicino a salvare Bev svanì come una pozzanghera al sole della Florida. «Lo so che sarà dura, ma

Mario è stato benissimo dopo che l'abbiamo messo in quel posto a Fort Myers.»

«È diverso. Bev probabilmente si droga da anni; ormai fa parte del suo stile di vita.»

«Non aveva scelta. Il sistema l'ha tradita come ha tradito me e Mario. Siamo scappati e siamo sopravvissuti. Avrei dovuto portarla via con noi, anche se era troppo giovane.»

«Devi smetterla di darti la colpa. Avevi solo sedici anni.»

«Sedici sulla carta, ma trenta nella vita. Sarebbe andato tutto diversamente se non fossi stato egoista.»

«Adesso basta. Non hai fatto niente di sbagliato e ora…»

«Mi sento uno schifo per aver aspettato fino a ora per rintracciarla.»

«Che cosa mi hai detto l'altro giorno sul guardarsi indietro? Il parabrezza è più grande per un motivo.»

Non volevo sentirlo, ma aveva ragione. «Lo so, ma non riesco a smettere di essere ossessionato da quello che le è successo.»

«Adesso stai facendo qualcosa. È tutto quello che puoi fare. Faremo del nostro meglio per aiutarla. E non dimenticare quello che stai facendo per Dawn e Abby. Stai dando loro la possibilità di spezzare il ciclo. Sei un eroe.»

Sbuffai. «Eroe un cazzo.»

«Be', sono orgogliosa di te. Non solo per quello che stai facendo per Bev, sua figlia e sua nipote, ma stai anche aiutando a ottenere giustizia per un ragazzo la cui madre è stata assassinata.»

«Paga le bollette.»

«Non è per quello che lo fai.»

Aveva di nuovo ragione. «Comunque, possiamo cambiare argomento?»

«Certo. Ah, sono andata a trovare Dawn.»

«La casa era una porcilaia o cosa?»

«Era un po' in disordine, ma devi andarci piano con lei, nessuno le ha insegnato come gestire una casa e una bambina.»

«Che cosa ha detto riguardo all'imparare un mestiere o qualcosa del genere?»

«Ha detto che ci penserà. Non pressarla o farà il contrario.»

«E adesso che saresti, una strizzacervelli?»

«No. Ma devi capire che probabilmente ha problemi di autostima e zero fiducia in sé. Avrà paura a buttarsi in qualcosa come una scuola professionale.»

«Hmmm.»

«Non credi?»

«No. Devo essere sincero, non ci avevo mai pensato.»

«È qualcosa che deve superare. Lo dobbiamo fare tutti.»

«Pensi di poter lavorare con lei?»

«Certo.»

«Ho paura dei danni che Bev ha subito. Cioè, l'idea che l'abbiano comprata e venduta mi fa stare male. Vorrei sparare a quei bastardi che...»

«Una cosa per volta. Prima riprendiamola.»

«Hai ragione.»

«Hai pensato a dove starà?»

«Uh, pensavo che sarebbe rimasta a casa, così possiamo tenerla d'occhio.»

«Non so. Potrebbe stare meglio in un posto dove dei professionisti possano aiutarla.»

«È vero. Lascia che organizzi qualcosa. Forse il posto dove è andato Mario può andare bene.»

«È una buona idea. Ho sentito parlare bene anche

dell'Oasis Recovery. È a Fort Myers, vicino a dove è andato Mario.»

«Ci darò un'occhiata.»

«Okay. Passo da mia madre. Sia lei che la sua amica hanno l'influenza e voglio assicurarmi che stiano bene.»

«Okay. Non prenderti niente.»

32

Presi l'uscita di Pine Ridge e mi diressi verso il mare. Era un piacere guidare di notte su una strada di solito intasata. Il semaforo all'incrocio con Airport Pulling Road diventò rosso. Mentre rallentavo, squillò il telefono. Era Mario.

«Ehi, com'è andata con Igor?»

«Vuole quarantamila per Bev.»

«Quaranta? Per Dren ha chiesto solo...»

«Non mi interessa. Gli darò quello che chiede per riprenderla. E così terrà la bocca chiusa sui documenti di Crane.»

«Non ci posso credere. Torneremo insieme a Bev. Cavolo, chissà che cosa farà quando ci vedrà.»

«Pensi che ci riconoscerà?»

«Oh sì. Siamo uguali a com'eravamo.»

Non era vero. «Ho preso accordi per farla entrare all'Oasis Recovery.»

«Ottimo. Chissà che roba si fa.»

Sospirai. «Probabilmente qualcosa di pesante.»

«Se fosse eroina, a quest'ora sarebbe probabilmente morta.»

«Non necessariamente. Ma ce ne occuperemo. Adesso ho bisogno che tu venga a casa mia.»

Venti minuti dopo, feci entrare Mario in casa. Disse: «Domani vengo con te a prendere Bev.»

«Non credo sia una buona idea.»

«Perché no?»

«Per cominciare, Igor è fuori di testa. Non voglio introdurre nuove variabili in questo accordo. E poi non sappiamo come reagirà Bev. Potrebbe spaventarsi, o chissà che altro.»

«Ma se ci vede tutti e due, le farà piacere.»

«Può darsi, ma dopo tutto quello che ha passato potrebbe vederci come una minaccia o qualcosa del genere.»

«Una minaccia? La stiamo salvando.»

«Lo so, ma non abbiamo idea di come ragioni, e poi ci si mette anche l'uso di droghe.»

«Sei sicuro che accetterà di andare in comunità?»

«Non posso credere che non voglia disintossicarsi.»

«Non esserne così sicuro. Per quanto sembri assurdo, potrebbe credere di meritarsi la situazione in cui si trova.»

Erano tutti psicologi? «Speriamo di no. Ma se fa resistenza, userò Dawn e Abby come leva.»

«È una buona idea, amico.»

«Spostiamo il tavolino.»

Ci mettemmo ai lati opposti del tavolino da salotto e lo spostammo dal tappeto. Arrotolammo il tappeto fino a metà, scoprendo la cassaforte incassata nel pavimento.

«Mario, sotto il lavello ci sono un po' di sacchetti della Publix. Prendine un paio e mettili uno dentro l'altro.»

Usando le impronte digitali e un codice, feci scattare un leggero clic, seguito dall'accendersi di una luce blu. Aprii lo sportello e allungai la mano dentro la cassaforte.

Dopo aver passato a Mario mazzette di banconote da cento dollari, chiusi la cassaforte. Mario mi porse il sacchetto con i soldi e lo misi sotto il lavello.

Riportammo il tappeto al suo posto e rimettemmo il tavolino da salotto.

Diedi una pacca sulla schiena a Mario. «A quest'ora domani saremo di nuovo tutti insieme.»

«Sarà epico.»

«Di sicuro. Saremo magari un po' malconci, ma ce l'abbiamo fatta, fratello. Spero solo che non sia troppo tardi per salvare Bev.»

«Secondo me dovresti lasciarmi venire con te a prenderla.»

«Ci penso io. Dobbiamo tenere un profilo il più basso possibile, per Bev.»

«Potrebbe provare a scappare.»

«Perché dovrebbe? Sto cercando di aiutarla.»

«Non si fida di nessuno.»

«Si fidava di me più che di chiunque altro. Ricordi come correva da me perché la proteggessi da quell'animale, Bryant?»

«Ancora non mi spiego come uno come Bryant abbia ottenuto l'idoneità per fare da affidatario.»

«Probabilmente i servizi sociali si sono fatti fregare da sua moglie.»

«Già, era gentile.»

«Peccato che non abbia mai preso le nostre difese.»

«Hai sempre detto che era una codarda.»

Era vero. «Mi mandava in bestia, ma ora capisco che

anche lei era intrappolata. Non la sto giustificando; doveva andarsene e denunciare quel bastardo.»

«Chissà cosa sarebbe successo.»

«Non vale la pena guardarsi indietro. Dobbiamo andare avanti.»

«Sì, ma è comunque interessante pensarci.»

«È una perdita di tempo, nient'altro che gomma da masticare per il cervello. Contano solo oggi e domani.»

«Cavolo, tra Crane e Bev, domani sarà una giornata enorme.»

«Da top ten, se le cose vanno per il verso giusto.»

Mario alzò una mano. «Incrocio le dita.»

«La fortuna non c'entra niente. Sono l'intenzione, la pianificazione e l'azione a far succedere le cose.»

33

Laura, indossando una T-shirt dei Kiss che avevo comprato a un concerto vent'anni prima, entrò in cucina con passo svagato.

«Buongiorno. Sei già in piedi di buon'ora.»

Stavo prendendo una capsula dal cassetto per la mia seconda tazza. «Buongiorno, vuoi un caffè?»

«Sì, grazie. Non hai chiuso occhio tutta la notte.»

«Lo so, non riuscivo proprio ad addormentarmi.»

Mi diede un bacetto sulla guancia. «Hai troppe cose per la testa.»

«E chi non le ha?»

«Dai, stai pensando a Bev. È naturale.»

Mentre il caffè scorreva nella sua tazza, dissi: «Potrebbe essere dura per un po', ma ho la sensazione che se la caverà».

«Quando lo dirai a Dawn?»

«Continuo a rimbalzare da una decisione all'altra. Dovrebbe saperlo, ma poi vorrà vederla e, se Bev è tutta incasinata, potrebbe ritorcersi contro.»

«Se non glielo dici adesso, quando?»

Le porsi una tazza di caffè. «Quando Bev uscirà dalla riabilitazione.»

Prese un sorso e si sedette. «E dirlo a Bev? Che hai trovato Dawn e che ha una nipote?»

«Non so che fare. Ho pensato di chiedere alla struttura di riabilitazione che cosa ne pensasse, ma poi mi sono reso conto che la situazione è così folle che nessuno saprebbe che fare.»

«Perché lo pensi?»

«Perché Bev è stata in affido, è stata lasciata indietro, è diventata tossicodipendente e prostituta, poi ha lasciato sua figlia, che è finita senza casa: ti basta?»

«Lo so che è complicato, e non troverai mai qualcuno con esattamente le stesse circostanze, ma tutte queste 'cose' sono forme di trauma.»

«Hai seguito dei corsi su queste cose?»

«Ho un minor in psicologia, ma ho imparato molto leggendo.»

«Pensi che dovrei chiedere alla struttura?»

«Parlagliene, almèno, di entrambe le situazioni. Avranno idee su come gestirle.»

Ne ero sicuro, ma sarei stato io a dover convivere con le conseguenze, se avessero avuto torto.

«Sto pensando che dovremmo dire a Dawn che abbiamo trovato Bev. Sapeva che la stavamo cercando e che era nel giro della droga e tutto il resto.»

Laura disse: «Vero. Ma tieni presente che trovarla è diverso dal cercarla».

«Aspetterò finché Bev non entrerà in riabilitazione.»

«Ok.»

«Quanto a dire a Bev di Dawn e della nipote, magari lo chiederò a quelli della riabilitazione.»

«Buona idea, magari penseranno che possa aiutarla a trovare la motivazione per liberarsi dal vizio.»

Questo era vero, ma vedere sua figlia e sua nipote e scoprire che erano senza casa le avrebbe ricordato il suo fallimento come madre. Avrebbe potuto spingerla a perdersi nella droga o peggio.

————

NEL CORRIDOIO dei cereali c'era solo un altro cliente. Misi due scatole di Raisin Bran nel carrello e tirai fuori il nuovo telefono usa e getta che avevo comprato. Mi collegai alla rete Wi-Fi aperta del Publix. Quando l'unico cliente se ne uscì dal corridoio con il carrello, aprii il primo social che consentiva contenuti per adulti e accedetti con un alias.

Allegai cinque immagini a un nuovo post e scrissi un titolo di accompagnamento: *Atlas Crane uccide la moglie e adesso questo?*

Non c'era motivo di temere una causa per diffamazione da parte di Crane, perché l'aveva fatto.

Prima di premere "Invia", impostai copie dei messaggi da pubblicare su altri tre social. Sorridendo, li scatenai in rete.

Alla cassa veloce pagai i cereali e guidai dritto verso casa. Entrai nel garage e controllai il primo sito su cui avevo pubblicato.

Sbattei le palpebre. I numeri erano enormi: duemila visualizzazioni, centodieci commenti e quasi mille condivisioni. Si stava diffondendo più in fretta di un raffreddore all'asilo.

Le interazioni sugli altri siti dove avevo postato erano simili. Tornai al sito originale. Ogni volta che aggiornavo lo schermo, i numeri schizzavano più in alto.

Con il mio cellulare normale, scattai una foto dello schermo e feci una telefonata.

«Detective Moreno.»

«Ehi, Moe, ho qualcosa che devi vedere.»

«Che succede?»

«Il tizio che mi ha passato la soffiata su Atlas Crane e sul suo coinvolgimento nel porno mi ha appena mandato un post.»

«Che tipo di post è?»

«Aspetta, ti mando uno screenshot.»

«Ok.»

«Ti è arrivato?»

«Appena arrivato. Gesù Cristo! Questo tizio è un bastardo malato.»

«Già.»

Moreno disse: «E ha pure avuto le palle di negare. Mi dispiace ammetterlo, ma quasi ci cascavo».

«Mi hanno detto che questo viene dal suo telefono, e che c'è altro sul telefono e sul portatile.»

«Adesso non avremo problemi a ottenere un mandato.»

«Bene. Quanto pensi ci vorrà prima che perquisiate casa sua?»

«Un giorno, più o meno.»

«Se ti servono altre prove, guarda sui siti per adulti tipo MeWe, Reddit, Pictoa e Bluesky.»

«Cavolo, quanti siti ci sono?»

«Troppi, secondo me.»

«Su questo hai ragione. Mi metto subito al lavoro.»

«Tienimi al corrente.»

Ripassai il resto del piano nella mia testa. Aveva buone probabilità di funzionare, e adesso era il momento di vedere se sarebbe andata così.

34

CONSIDERAI PER UN ATTIMO L'IDEA DI PRENDERMI UN CAFFÈ, ma lasciai perdere. Avevo già abbastanza adrenalina in circolo. Presi invece una bottiglia d'acqua dal frigo e andai nello studio.

Seduto alla mia scrivania, usai un cellulare usa e getta per mandare un messaggio ad Atlas: «*Ti avevo avvertito. Confessa o andrà ancora peggio*».

Prima di premere invio, allegai uno screenshot del post che stava invadendo Internet.

Con il portatile, modificai l'immagine pornografica, aggiungendo riquadri neri sopra i volti e le parti intime. Convinto che fosse adatta a Facebook, usai un account con alias e diffusi il post in sette gruppi di Naples.

Quella sera dovevo andare fino a Fort Myers per prendere Bev, ma mi sarebbe piaciuto godermi ciò che avevo messo in moto. Presi dall'armadio una borsa Lululemon e vi trasferii il contante che avevo nascosto sotto il lavandino.

Misi la borsa in uno zaino e lo infilai sotto la scrivania.

Era ora di sentire Atlas. Composi il suo numero e rispose al quinto squillo.

«Scusa, Beck».

«Ehi, Atlas, se non è un buon momento, puoi richiamarmi».

«No, non è quello. Il mio telefono non smette di squillare».

«Perché?»

Esitò. «Sta girando in rete un mare di merda su di me».

«Tu? Non capisco».

«Chiunque stia cercando di costringermi a confessare di aver ucciso Ana sta diffondendo porno, dicendo che arriva da me».

«Pornografia?»

«Sì, e se ci puoi credere, sembra pornografia minorile».

«Accidenti. Oh, ora capisco perché la polizia ha fatto l'irruzione e—»

«Non c'entro nulla con quella roba. Lo giuro».

«La pornografia infantile è il peggio del peggio».

«Lo so, fa schifo».

«Devi affrontare questa cosa il più in fretta possibile. Se questa roba gira, per te si metterà male. La gente impazzisce. Hai una pistola?»

«Sì. Perché?»

«Devi stare attento. La gente perde la testa con roba del genere e fa stupidaggini».

«Devi vedere alcuni dei commenti ai post; è pieno di minacce».

«È quello che dico: basta uno con qualche rotella fuori posto. Uno svitato che pensa di fare l'eroe eliminando un predatore. Tieni gli occhi aperti».

«Pensi che qualcuno possa venire a cercarmi? Io non ho fatto niente».

«Se fossi in te, penserei seriamente di trovarti un altro posto dove stare finché la cosa non si placa».

«Davvero? Non riesco a credere a questa merda».

«Mi dispiace dirtelo, ma probabilmente peggiorerà, e di molto».

«Come può andare peggio di così?»

«Hai detto che la roba sui social è piuttosto recente, giusto?»

«Sì, perché?»

«Più gente verrà a sapere di quello che dicono su di te, più aumentano le possibilità che succeda qualcosa. I media ci si butteranno, e i tuoi amici, cioè, i tuoi vicini andranno fuori di testa».

«È tutto così incasinato! Io non ho fatto niente. Non mi metterei mai in mezzo a quella merda. Non sono un viscido squilibrato».

«Lo so, ma purtroppo a questo punto non conta. La gente ti giudicherà in base a quello che dice il post. È triste, ma è il mondo in cui viviamo».

«Qualcuno ha appena suonato».

«Io non aprirei».

«Perché?»

«Perché la gente è pazza».

«Questa merda deve finire».

«Ehi, Laura mi sta chiamando, devo andarla a prendere. Ti ricontatto dopo».

Passai all'altra chiamata, ma a chiamare non era Laura.

Era il figlio di Atlas, Tyler Crane.

«Ehi, Tyler».

«Sei stato tu?»

«A fare cosa?»

«A diffondere questa spazzatura su mio padre? Sarà tante cose, ma non è un pedofilo».

«Aspetta un attimo—»

«Non posso credere che tu abbia fatto una cosa del genere. La devianza sessuale è oltre ogni limite».

«Senti, mi hai chiesto di ottenere giustizia per tua madre e ho accettato. Ti ho avvertito che sarebbe diventata dura e tu hai detto che andava bene. Credo che le tue parole esatte siano state: fai tutto quello che devi».

«Be', è stato un errore e voglio che tu la smetta. Subito».

«È troppo tardi per questo».

«No, non è vero. Andrò alla—»

«Senti, stai andando nel panico senza motivo. Quando saprai come andrà a finire, sarai d'accordo».

«Allora, dimmi come pensi di rimediare».

35

Guidando verso nord sulla Route 75, ripassai mentalmente la lista. Avevo la sensazione che mancasse qualcosa. Laura aveva esagerato nel procurare a Bev i vestiti di cui avrebbe avuto bisogno in rehab. Il trolley era nel bagagliaio insieme a libri, trucchi e snack salutari.

Bev probabilmente era una fumatrice, ma avrei aspettato di sapere che marca fumasse. Superai l'aeroporto e uscii. Mi diressi verso il bar di Igor, chiedendomi se Bev fosse dentro.

Nel caso servisse una fuga rapida, parcheggiai in retromarcia vicino all'ingresso. Sollevai il lembo sinistro dei pantaloni, controllai la fondina e la ricoprii. Afferrai un'altra pistola dal cassetto portaoggetti e la infilai nella cintura, dietro, all'altezza della fossetta lombare.

Feci un respiro profondo, presi lo zaino dal vano piedi del passeggero, scesi dall'auto e andai verso la porta.

Mi scostai mentre un uomo barcollava fuori dal locale. Borbottava in russo. Entrando, mi fermai un istante e misi a fuoco la sala. Quattro giovani, tutti con la testa rasata e tatuaggi, stavano attorno a un tavolo con al centro una bottiglia di vodka. Due gruppi di uomini più anziani, tra cui alcuni che avevo incontrato alla mia prima visita, erano seduti al bancone.

Il posto si zittì e tutti gli sguardi si puntarono su di me mentre avanzavo.

Avvicinandomi al barista, l'unico suono era il ronzio di un'insegna al neon sopra il bancone.

«Sono qui per vedere Igor.»

«Non è qui.»

«Ho un appuntamento con lui.»

«Come le ho detto, Igor non è qui.»

«Avanti. Gli dica che sono qui.»

Poggiando entrambe le mani sul bancone, il barista disse: «Non si è visto per tutto il giorno.»

«Dovrebbe incontrarmi.»

Disse qualcosa in spagnolo all'altro barista, e l'altro uomo aggiunse: «Tutto quello che sappiamo è che non c'è. Torni domani, magari ci sarà.»

«Senta» alzai lo zaino «ho qualcosa per lui. Lo chiami, gli dica che Beck è qui.»

Si avvicinarono due dei rasati. «Che cosa vuole?»

«Non sono qui a cercare guai. Igor ha detto che mi avrebbe incontrato stasera per prendere questo.»

«Che cos'è?»

«Lo chiami e gli dica che Beck è qui.»

«Che c'è nello zaino?»

Feci un passo indietro. «Soldi. Sono di Igor. Adesso lo chiami prima che me ne vada e gli dica che non voleva i contanti.»

I rasati parlarono tra loro in russo. Uno tirò fuori il telefono e fece una chiamata. Parlò in russo.

Si coprì il microfono con la mano. «Come si chiama?»

«Beck. Gli dica che sono qui.»

Tornò a parlare in russo e chiuse la chiamata.

«Igor è a Tampa. Ha detto di tornare domani.»

Gli altri rasati seduti al tavolo si alzarono e se ne andarono.

Dissi: «Mi state prendendo per il culo?»

«È quello che ha detto.»

«Ha detto qualcosa di Bev?»

«Torni domani.»

«Lo richiami. Devo parlargli.»

«Igor è occupato.»

«Dov'è, a Tampa?»

«Non lo so.» Fece un cenno verso la porta. «Vada. Vada a casa, adesso.»

Mi rimisi in spalla lo zaino e spostai la pistola dalla fossetta lombare alla destra dell'ombelico. Feci due passi indietro prima di voltarmi.

Spalancai la porta, estrassi la pistola e feci un passo a destra. Mentre la porta si richiudeva, apparvero i due rasati che erano usciti.

Puntando l'arma, dissi: «Indietro, o vi ammazzo tutti e due.»

«Dacci i soldi.»

Mi scostai. «Rientrate.»

«Igor ha detto di prendere i soldi. Fuori i soldi.»

La porta si aprì e comparvero gli altri rasati.

Appoggiai una mano sulla mia auto e trovai la maniglia. «Non voglio casini, ma se *voi* li cercate, vi ammazzo. Quindi, non muovetevi.»

Aprii la portiera. «Dentro! Oppure vi sparo alle maledette rotule!»

Quando puntai l'arma alle loro gambe, fecero un passo

indietro. Balzai in macchina e sgommai fuori dal parcheggio.

Guidando verso casa, mi chiesi dov'era Bev. Igor era davvero impegnato o aveva provato a fregarmi?

Prima di imboccare l'autostrada, chiamai Mario e lo misi al corrente.

Lui disse: «Maledizione!»

«Non so se Igor avesse intenzione di presentarsi.»

«Non è uno stinco di santo, ma con lui abbiamo sempre saputo lavorare.»

Imboccando la rampa, dissi: «Sì, però questa sembrava una trappola.»

«Sarebbe folle per lui bruciare un rapporto come il nostro. Parlo con un paio di persone e vedo cosa riesco a scoprire.»

«Va bene. Chiamo l'Oasis Recovery per avvisarli che stasera non arriva.»

«D'accordo. Ci sentiamo dopo.»

Chiamai Laura. Rispose al primo squillo.

Dissi: «Ehi, come va?»

«Che è successo?»

«Non c'era.»

«Che è successo?»

Le dissi che Igor non si era presentato e tralasciai la parte in cui avevano provato a fregarmi i quarantamila che portavo addosso.

«Mi dispiace.»

«Va bene. Cercheremo di organizzare un'altra consegna.»

«Quando?»

«Speriamo domani.»

«Devi chiamare l'Oasis Recovery...»

«L'ho già fatto.»

«Come ti senti a riguardo?»

«Riguardo a cosa?»

«Al fatto di non aver preso Bev. So che ci speravi.»

«Sto bene.»

«È normale essere delusi.»

«Non sono deluso.»

«Si sente dalla voce, però se vuoi fare il macho…»

«Sono un po' giù, ma vediamo che succede domani.»

«Fa bene esprimere le emozioni. Tirarle fuori ti fa stare meglio.»

«Le emozioni non sistemano le cose: lo fa l'azione. Non è finita, la riprenderemo.»

36

IL MIO CELLULARE SQUILLÒ. ERA UNO DEI TIPI CHE USAVAMO per lavoretti semplici, non riservati.

«Ehi, Beck. Sono qui. È un delirio. È appena arrivato un furgone della TV.»

«WINK News?»

«Sì, sono qui.»

«Perfetto. Chiamami su FaceTime. Ma non usare il mio nome quando parli.»

«Certo. Resta in linea.»

Spensi la videocamera e la diretta dalla scena davanti a casa di Atlas Crane apparve sul mio iPad.

Fece una panoramica sulla folla. Ci saranno state trenta o quaranta persone radunate in strada. Una dozzina di loro teneva dei cartelli. Feci uno screenshot e dissi: «Cosa dicono i cartelli?»

L'inquadratura tremolante si fermò su una donna dai capelli grigi che teneva un cartellone bianco. Il messaggio scritto a mano diceva: *Sei malato, Atlas Crane. Vattene dal nostro quartiere.*

«Fammi vedere un altro.»

Il mio uomo disse a un manifestante: «Ehi, signore. Le dispiace se mostro il suo cartello al mio amico?»

L'uomo aveva un fisico da culturista e disse: «Vai pure.»

Ti prenderemo, Atlas, pervertito.

«Guarda questo.»

Due donne dall'aria da nonne tenevano le estremità di un cartello con scritto: *Tenete al sicuro i nostri bambini. Rinchiudete per sempre tutti i criminali sessuali!*

Feci un altro screenshot e chiesi: «Sta succedendo qualcosa in casa?»

«Aspetta un attimo. Devi vedere questo.»

Girò la ripresa su due bambine bionde in piedi davanti a quelle che dovevano essere le loro madri. Le piccole tenevano un cartello scritto con i pastelli. C'era scritto: *Per favore, proteggeteci dalle persone come Atlas Crane.*

«Assicurati che quelli del telegiornale riprendano queste bambine. E la casa?»

L'inquadratura, tremolante, si avvicinò alla casa di Crane. «Tutte le tapparelle sono abbassate, ma guarda cosa c'è sul garage.»

«Non riesco a leggere. Puoi ingrandire?»

«Qualcuno ha spruzzato la parola 'pedofilo' sulla porta del garage.»

Stava andando meglio di quanto sperassi. «Ok. Chiudiamo la chiamata e assicurati di non parlare con nessuno, soprattutto con i giornalisti.»

Dopo la fine della chiamata FaceTime, telefonai al mio contatto di WINK News. Avrebbero mandato in onda il servizio non oltre le cinque del pomeriggio e lei disse che sarebbe stato trasmesso in ognuna delle edizioni serali.

Le dissi di tenere qualcuno davanti a casa dei Crane in permanenza. Chiese perché e le risposi che doveva fidarsi di me.

Era il momento di chiamare il figlio di Atlas, Tyler. Prima di farlo, gli inviai un messaggio con gli screenshot dei manifestanti e dei loro cartelli. Rispose al primo squillo.

«Chi sono queste persone?»

«Vicini e cittadini preoccupati.»

«È peggio di quanto pensassi, non possiamo...»

«Devi andare da tuo padre. È sotto molta pressione. Potrebbe essere disposto a confessare di aver ucciso tua madre.»

«È surreale, non avrei mai dovuto coinvolgerti.»

«Andrà tutto bene.»

«Come fai a dirlo? La sua reputazione, il nome della mia famiglia, sono finiti nel fango. Lo stigma non se ne andrà mai. Dovrò trasferirmi, forse cambiare nome, è un casino. Io...»

«Tyler, vai da tuo padre prima che la situazione peggiori.»

«Come può peggiorare?»

«È probabile che la polizia perquisisca casa sua.»

«E troveranno altra roba? Io non...»

«Vai da tuo padre! Se confessa adesso, smonteremo tutto questo.»

————

Suonò il campanello. Dalla finestra vidi che era Mario.

«Ehi, entra.»

Ci abbracciammo e Mario disse: «Sono riuscito a sapere

che Igor sarà a Fort Myers oggi. Mi hanno detto che dovrebbe essere lì per le quattro.»

«Sei sicuro?»

«Sì, me l'hanno detto due persone diverse.»

«E Bev? Ci sarà?»

Scosse la testa. «Quello non sono riuscito a confermarlo. Potrebbe, ehm, lavorare lassù.»

«E sul tentativo di rapinarmi? Hai notizie sul fatto che Igor c'entrasse?»

«Non lo so. Nessuno sembrava sapere cosa fosse successo, ma hanno tutti la bocca cucita. Igor non la prende alla leggera.»

«Se è stato Igor, le regole del gioco sono cambiate. Non possiamo più lavorare con i russi.»

«Potrebbe essere stato lui. Ricordi quando ha fregato i cubani alle spalle?»

«Quella era una ritorsione perché uno degli uomini di Santos aveva fatto la spia sulle auto rubate che Igor faceva passare per Miami.»

«Davvero? Chi te l'ha detto?»

«Dovresti venire con me a prendere Bev.»

«Certo.»

«Se Igor sta giocando pulito con noi, Bev deve essere in zona.»

«Hai ragione. A che ora vuoi andare?»

«Partiamo verso le sette. Se va tutto bene, la portiamo alla clinica di riabilitazione prima delle otto.»

———

ASPETTAI in un parcheggio per visitatori, in diagonale dall'altra parte della strada rispetto alla casa a schiera di

Tyler Crane. Misi su il podcast *Practical Stoicism*. Mentre riflettevo su un brano delle *Meditazioni* di Marco Aurelio sulla pace interiore, la porta del garage dell'unità di Tyler si sollevò.

Mentre entrava in garage, spensi il podcast e gli mandai un messaggio. Chiuse la porta del garage e attraversò la strada.

Aprii la portiera del passeggero. Tyler salì e chiesi: «Com'è andata con tuo padre?»

«È stato un casino. Tutti i suoi vicini erano in strada. Mi urlavano contro quando sono entrato in casa. Penso davvero che qualcuno proverà a fargli del male.»

«Che cosa ha detto? Ha intenzione di confessare?»

«Non vuole.»

«Certo che no. Ma se vuole che questo incubo finisca, dovrà farlo.»

«Mi dispiace per lui.»

«Ha ucciso tua madre. Continua a ricordartelo.»

«Lo so, ma questa storia della pedofilia è...»

«Che cosa gli hai detto?»

«Gli ho detto di dire la verità, che sapevo che aveva ucciso la mamma e che, se lo avesse fatto, questa storia della pornografia infantile sarebbe sparita.»

«Gliel'hai detto proprio così?»

«Sì, ma continuava a rifiutarsi di confessare.»

«Va bene così. Presto ci arriverà.»

«Che cosa te lo fa credere?»

«Le cose stanno per scaldarsi.»

«Stai scherzando?»

«Devo fare un salto a Fort Myers, ma resta in contatto con tuo padre. Vedi se cambia idea e decide di confessare.»

«Non sembra che lo farà.»

«Lo farà. Devo andare. Ci sentiamo.»

Per come la vedevo io, Atlas sapeva di essere nei guai fino al collo. Alla sua speranza che tutto si chiarisse mancava solo un'ultima spinta per svanire.

37

MARIO SCESE DI CORSA DAL VIALETTO DEL SUO CONDOMINIO E saltò sulla mia BMW.

«Accidenti, che umidità.»

«Ci vorrebbe un po' di pioggia.»

Mario allacciò la cintura. «È fantastico. Non riesco a credere che salveremo Bev.»

«Tirarla fuori dalle mani di questi bastardi è una cosa. È il salvarla che mi preoccupa.»

«Fidati, so che disintossicarsi non sarà facile per lei.»

«Avrà bisogno di terapia per molto tempo.»

«È quello che ha detto Susan. Ha detto che la droga è un conto, ma aver abbandonato sua figlia ed essersi venduta saranno cose dure da affrontare.»

Susan e Laura ne avevano parlato o le donne erano semplicemente più in sintonia con i traumi psicologici?

«Per ora, la facciamo entrare in un percorso di recupero e da lì vediamo. Un giorno alla volta.»

«Finché Igor non ci prende in giro, dovrebbe filare tutto liscio.»

Con più sicurezza di quanta ne provassi, dissi: «Dobbiamo essere preparati, ma non mi aspetto altri guai.»

«Neanch'io. Allora, è tutto a posto con Atlas?»

«La macchina si è messa in moto. Te lo dico, se si fosse trattato di qualcos'altro che andare a prendere Bev, avrei annullato.»

«Non posso credere che ci perderemo una delle parti migliori di questo lavoro.»

«Lo so, ma ho appena finito di parlare con Katherine. Manderà il video.»

«Quindi ci manderà un montaggio dei momenti salienti?»

«Di più: le ho chiesto di mandarmi tutto quello che hanno girato.»

«Forte. Almeno avremo qualcosa da guardarci con gusto.»

Aspettai un attimo prima di dire: «Comincio a preoccuparmi del ragazzo, Tyler.»

«Che succede?»

«Non ha gradito l'incentivo per far venire allo scoperto suo padre.»

«Fa parte del gioco.»

«Lo sappiamo, ma Tyler sta facendo storie.»

«Che cosa farà? Andrà dalla polizia?»

Gli ricordai: «Non possiamo finire sotto i riflettori.»

«Vuoi che ne parli io con lui?»

«No. Ci penso io. Se la cosa si mette male, ho un asso nella manica.»

«Sempre pronto, eh?»

«Sì, e a proposito di essere pronti, ripassiamo il piano per quando arriviamo da Igor.»

Passammo in rassegna diversi scenari e ci dirigemmo verso il Royal Silk Bar and Grill di Igor.

Mi infilai in retromarcia in un posto vicino all'ingresso.

«C'è una porta sul retro nella stanza dove ho incontrato Igor la prima volta.»

«Me l'hai già detto.»

«Okay. Ricorda: tieni la porta d'ingresso aperta e resta di lato.»

«Capito.»

«E assicurati che la tua pistola sia ben visibile.»

«Sì, papà.»

Allungandomi verso il sedile posteriore, afferrai lo zaino pieno di soldi. «Va bene, andiamo a prendere Bev.»

L'umidità era alta quanto la tensione mentre ci avvicinavamo. Spalancai la porta. Mario infilò un pezzo di legno tra il telaio e l'anta, impedendole di chiudersi.

C'erano solo tre uomini appoggiati al bancone. I soliti quattro teste rasate che avevano provato a derubarmi erano seduti a un tavolo a giocare a carte. Tenendoli d'occhio, andai dal barista.

«Dica a Igor che Beck è qui.»

Il barista si chinò sotto il bancone e bussò alla porta della stanza sul retro. Socchiuse la porta e infilò la testa dentro. Un secondo dopo mi fece cenno. «Venga di qua. È pronto a riceverla.»

Annuii a Mario ed entrai nella stanza dove Igor teneva corte. Il russo era seduto dietro una scrivania e, alla sua sinistra, stava in piedi un tipo con gli occhiali da sole che tirava le cuciture della tuta che indossava.

Gli occhi di Igor si piantarono sullo zaino. Sogghignò. «Beck, ora noi ci vediamo dopo tanto tempo.»

«Ero qui un giorno fa.»

«È stato un malinteso. Ma adesso tu sei qui con Igor.»

Fissando l'energumeno, dissi: «Dov'è Bev?»

«Tu sei tutto affari.» Allungò una mano dietro di sé verso una bottiglia di vodka su una credenza. «Bevi prima.»

«No, grazie.»

«Siedi. Igor ne beve uno.»

Si versò un bicchierino di vodka e se lo buttò giù.

«Non ho gradito che i suoi scagnozzi cercassero di fregarmi l'altra notte.»

Inclinò la testa. «Igor non capisce, tu dici a Igor.»

«Quel gruppetto di teste lucide che sta giocando a carte ha provato a rapinarmi.»

La sua espressione era difficile da decifrare. Disse qualcosa in russo e l'armadio uscì. Misi la mano sulla pistola in tasca e l'energumeno uscì dalla stanza.

«Abbiamo lavorato insieme a lungo, Igor, e pensavo che ci rispettassimo a vicenda.»

«Sì, Igor rispetta Beck.»

La porta si aprì. Balzai in piedi quando entrò il capo del gruppetto di teste rasate.

«Calma, Beck. Igor vuole sapere la verità.»

Igor si alzò, e l'armadio posò una mano sulla spalla del rasato, costringendolo a sedersi. Igor aggirò la scrivania e si sedette sul bordo. Parlò in russo. L'uomo calvo scosse la testa e borbottò.

Igor gli urlò contro, e il rasato si voltò verso di me e disse: «Mi dispiace. Abbiamo passato il segno.»

Annuii mentre Igor afferrava la bottiglia di vodka dalla scrivania. Gliela spaccò in testa. Il sangue gli colò sulla fronte.

Igor disse qualcosa in russo e il suo uomo di fatica afferrò il ferito da sotto l'ascella e lo accompagnò fuori.

Scuotendo la testa, Igor disse: «È difficile trovare buoni uomini di questi tempi.»

«Ho i soldi. Dov'è Bev?»

«Bene. Lei lavora qui vicino.»

«Dove?»

Fece cenno con la mano. «Tu paghi, tu prendi lei.»

«Meglio che non sia una fregatura.»

«Igor mantiene sempre parola. Senza parola, noi non abbiamo niente. No, Beck?»

Misi la mano nello zaino e tirai fuori i soldi. Li impilai sulla sua scrivania. Igor sfogliò quattro mazzette e annuì.

Disse qualcosa in russo al suo scagnozzo e si alzò. «Okay. Boris vi porta da lei.»

38

Uscii dalla stanza e guardai Mario, che era di guardia alla porta d'ingresso. Gli feci il segno del pollice alzato e la sua postura si rilassò.

«Dov'è Bev?»

Indicai Boris, quello muscoloso, con un cenno del pollice e dissi: «Schwarzenegger ci porterà da lei».

«Dove andiamo?»

«Igor ha detto che è qui vicino».

Boris disse: «Seguitemi».

Il russo salì su un'Escalade nera e noi lo seguimmo fuori dal parcheggio.

Respinsi una seconda chiamata di Tyler e dissi a Mario che Igor aveva spaccato una bottiglia in testa al capo dei tizi che avevano provato a rapinarmi.

«Quindi Igor non c'era dietro».

«Non credo».

«Mettersi a fare di testa propria non è la strategia migliore quando si lavora per Igor».

«Lo so, non ha senso».

«Ma alla stupidità non si rimedia».

«Amen. Sta svoltando».

Entrammo nel parcheggio di un motel a due piani i cui giorni migliori risalivano a quando Kennedy era presidente.

Il russo si infilò in un posto davanti a una stanza. Seduto su una sedia pieghevole davanti alla stanza c'era un uomo grasso che si asciugava il viso con uno straccio.

Mentre parcheggiavo, Mario disse: «Non ci posso credere. L'abbiamo davvero trovata».

Lo stomaco mi si strinse in un nodo. «È pazzesco. Andiamo».

Il russo ci indicò e l'uomo sovrappeso bussò alla porta della stanza che stava sorvegliando. Scacciai dalla testa l'idea che Bev fosse con un cliente.

Il cicciottello aprì la porta e disse: «Fuori!».

I miei occhi guizzarono tra la porta e i due uomini.

Urlò dentro la stanza: «Forza, non abbiamo tutto il dannato giorno!».

Avanzai di un passo. «Ci penso io».

Sussurrai a Mario: «Resta qui e stai all'erta».

Entrando nella stanza, dissi: «Bev? Siamo Beck e Mario. Adesso sei al sicuro».

I mobili erano graffiati ed erano lì da quando il motel aveva aperto. Un letto occupava quasi tutto lo spazio della stanza buia.

Il copriletto era tirato giù da un lato e un cuscino era affossato. Sul comodino c'era una lattina di Coca-Cola. Sul pavimento, una giacca di pelle bianca. Sulla parte visibile era cucita una toppa ricamata con un paio di scarpette da ballerina. Era la giacca che Bev indossava nella foto che Mario aveva ottenuto dagli albanesi.

La raccolsi. C'era una striatura di sangue sull'orlo in vita. La lasciai cadere.

«Bev, sei in bagno? Va tutto bene?».

Alla destra di una nicchia con un'asta piena di grucce vuote c'era il bagno. La porta era chiusa. Sotto la porta filtrava una striscia di luce gialla.

Bussai. «Bev?».

Nessuna risposta. Un'immagine di lei distesa nella vasca con i polsi tagliati mi piombò in testa. La scacciai e presi a martellare la porta.

«Bev! Siamo Beck e Mario. Torni a casa».

Nessuna risposta. La porta era chiusa a chiave. Ritrassi il braccio contro il petto e sfondai la porta con una spallata. Si scheggiò.

Il bagno sembrava vuoto. Scostai la tenda della doccia. Nient'altro che una vasca vuota con un alone di sporco. Il mio sguardo andò alla finestra aperta.

Afferrai la giacca di Bev e volai fuori dalla stanza. «È uscita dalla finestra». Corsi verso il retro del motel. «Svelti! Dal retro».

Svoltai l'angolo dell'edificio. Passando in rassegna le finestre del piano terra, corsi verso quella aperta. La siepe sotto la finestra era schiacciata. Diversi rami si erano spezzati a metà.

Scrutai il parcheggio mentre arrivavano Mario e il russo. In un angolo del piazzale c'erano due cassonetti. Corsi verso di loro. «Bev! Sono Beck. Sei al sicuro. Voglio solo parlare».

Girando attorno ai bidoni, sollevai entrambi i coperchi e mi ritrassi per il fetore. Il parcheggio dava su una strada. Guardai a destra e a sinistra, ma di lei nessuna traccia.

«Andiamo. Dobbiamo cercarla».

Saltammo sulla BMW e andai dritto alla strada che correva dietro il motel.

Mario disse: «Sei sicuro che fosse lì?».

«Ho trovato la sua giacca, quella nella foto che hai preso dagli albanesi».

«Forse ce l'ha piazzata Igor».

Non ci avevo pensato. «Dici?».

«Non lo so, ma è una possibilità».

«Se ci ha fregati di quarantamila, deve sapere che gli daremo la caccia».

«Già, ma perché sarebbe scappata?».

«È spaventata».

«Di noi?».

«Di tutto quanto. Bev è stata passata di mano in mano, probabilmente ha pensato che stesse succedendo di nuovo».

«Igor non le ha detto che saremmo venuti a prenderla?».

«Non lo so, ma tu ci crederesti?».

«Già, suppongo tu abbia ragione».

«Guarda la sua giacca, c'è del sangue sopra».

«Sangue?». La afferrò dal sedile posteriore e la esaminò.

«Spero proprio che stia bene».

Accostai al marciapiede. «Chiedi a quel tizio se l'ha vista».

Mario balzò giù dall'auto e andò da un uomo seduto sui gradini di una casa. L'uomo scosse la testa e Mario tornò indietro. «Ha detto di non aver visto nessuno, ma secondo me mentiva».

Colpii il volante con il palmo della mano. «Gireremo ancora un po', poi andiamo da Igor».

Mezz'ora dopo eravamo di nuovo al bar. Entrammo e andammo dritti verso il retro. Un barista urlò: «Ehi, non potete andare di là».

Bussai e spalancai la porta. Igor era al telefono.

«Dov'è?».

Igor aggrottò la fronte e chiuse la chiamata. «Che succede?».

«Bev non era nella stanza dove ci ha portati il suo scagnozzo».

«È strano».

«Ci sta prendendo per il culo?».

«Igor fa un accordo, Igor mantiene la sua parte.»

«Be', la Sua parte è rimasta in sospeso.»

Igor fece una telefonata e parlò in russo. Riattaccò.

«Era lì, ma è scappata.» Alzò le spalle. «Cercano sempre di svignarsela.»

«Voglio indietro i miei soldi.»

«Se Igor la trova, pagherà.»

«Non può farle del male!»

«È l'unico modo per darle una lezione.»

«Ha già provato a scappare?»

«Ci provano tutti.»

«La sua giacca aveva del sangue. Cos'è successo?»

«Igor non sa.»

«Chieda ai suoi uomini.»

«Non sanno.»

«E come fa a saperlo senza aver verificato con loro?»

«Igor sa tutto.»

«Ah, sì? E allora dov'è?»

«Igor la troverà, ma Lei pagherà le spese di Igor.»

«Sono stronzate. Non ha rispettato la sua parte dell'accordo.»

«Igor darà un'occhiata in giro.»

«Voglio che la trovi, e in fretta.»

Igor mi lanciò un'occhiataccia e si sedette, ma non disse nulla.

Risalimmo nella mia macchina e Mario disse: «Non mi fido di quel bastardo.»

«La fiducia è una stronzata, ok? Se ti affidi alla fiducia per far andare in porto le cose, ti stai illudendo. Quello che conta è che vantaggio ne ricava uno.»

«Ah, sì? Be', a quel bastardo abbiamo dato quarantamila.»

«È proprio questo il punto.»

«Ma Bev non l'abbiamo recuperata.»

«Potrei sbagliarmi, ma penso che Igor sia stato colto di sorpresa dal fatto che sia scappata.»

«Davvero? Io penso che si stia prendendo gioco di noi.»

«Non gli conviene.»

«I soldi li ha già. Bev ormai sarà probabilmente a Jacksonville o ad Atlanta.»

Non avevo pensato che Igor potesse spostarla in un'altra operazione in un'altra città. «Allora deve ridarci i soldi.»

«Buona fortuna. Ha parecchi uomini, e chissà, magari se ne sta andando fuori dallo Stato o sta tornando in Russia o qualcosa del genere.»

39

ENTRAI IN CASA E TOBY TROTTERELLÒ VERSO DI ME.

Laura chiamò: «Beck?»

Grattai la testa a Toby. «Sì.»

Laura entrò in salotto e mi guardò. «Oh-oh. Che cos'è successo?»

Mi lasciai cadere sul divano e lei mi mise un braccio attorno alle spalle. «Dimmi cos'è successo.»

Dopo che le spiegai che sembrava che Bev fosse scappata, disse: «Mi dispiace tanto.»

«La stiamo cercando.»

«Pensi di riuscire a trovarla?»

Alzai le spalle. «Non riesco proprio a crederci.»

«So che è deludente, e detesto dirlo, ma l'ha già fatto.»

Come se non lo sapessi. «Eravamo così vicini.»

«Non mollare.»

Mi alzai. «È l'ultima cosa che farei.»

«Lo so. Se c'è qualcosa che posso fare per aiutarti a trovarla, dimmelo.»

«Grazie. Ho degli affari da sbrigare.»

«Oh, dimenticavo: al telegiornale hanno fatto un servizio su Atlas Crane. Che tipo viscido.»

«Probabilmente lo replicheranno più tardi. Dopo che avrò sistemato quello che devo, guardiamo un po' di TV.»

«Vuoi che ti versi un bicchiere di bourbon?»

«Questa sì che è un'idea.»

Con il drink in mano, chiusi la porta dello studio e aprii il portatile. Cliccai su Proton Mail e andai alla casella di posta in arrivo. Era arrivato il video dal mio contatto di WINK News.

Aprii il messaggio e premetti play.

Più di cinquanta persone stavano in piedi in strada davanti alla casa di Atlas Crane. La telecamera scorreva sulla folla e sui cartelli che alcuni di loro tenevano in mano. I messaggi erano simili a quelli che avevo visto su FaceTime, ma il numero dei presenti era aumentato.

Lo schermo si riempì con l'immagine di una donna bionda sulla trentina.

«Qui Katherine Rigby, in diretta da Livingston Estates. Come possono vedere i nostri telespettatori, vicini e cittadini preoccupati si sono radunati davanti all'abitazione di Atlas Crane, sospettato di avere legami con la pornografia infantile. WINK News ha già riferito che l'Ufficio dello Sceriffo della Contea di Collier ha effettuato un blitz, sequestrando vari oggetti da un box di deposito affittato dal signor Crane.

«È stata WINK News a rivelare in esclusiva che il box era stato affittato dal signor Crane sotto falso nome.

«Forse i telespettatori ricordano il nome, Atlas Crane: sua moglie fu uccisa quattordici anni fa e il signor Crane venne arrestato per quel delitto, ma poi assolto.»

La reporter disse: «Va bene, tagliamo qui. Prenda un'inquadratura, si assicuri che sia un primo piano, della porta del garage. Poi faremo un paio di interviste.»

Il cameraman disse: «D'accordo. Ricevuto, andiamo avanti.»

La reporter si scostò i capelli biondi dalle orecchie e sorrise in camera. «I vicini del signor Crane si sono infuriati quando le accuse sono diventate pubbliche. Vorremmo farvi sentire alcuni di loro.»

L'inquadratura passò a una donna sulla quarantina con un cartello con su scritto: *Proteggiamo i nostri bambini!*

«Questa è Tracy Mulligan, che abita di fronte. Signora Mulligan, perché è qui a protestare?»

Con il volto contratto dal disgusto, la donna disse: «Non vogliamo pedofili o deviati sessuali nel nostro quartiere. Ho sentito che nel suo box hanno trovato foto malate. I miei figli giocano qui fuori. Hanno il diritto di essere tenuti al sicuro e lontani da tipi schifosi come lui.»

«Ha mai visto il signor Crane tenere comportamenti che la preoccupano?»

La folla radunata alle sue spalle cresceva.

«Sa, non ci avevo mai fatto troppo caso prima, ma stava sempre in giro, a sbirciare i bambini mentre giocavano. Mi fa venire la nausea. Avrebbe dovuto vedere come li guardava. Si vedeva il suo cervello malato all'opera, capisce cosa intendo?»

«Che cosa vorrebbe che accadesse?»

«Dovrebbe stare in galera e buttar via la chiave. Voglio dire, diamine, ha ucciso sua moglie, e adesso questo? Perché diavolo non è già dietro le sbarre?»

La reporter annuì e la telecamera si spostò su un uomo

sui sessant'anni con un berretto da baseball. «Signore, possiamo chiederLe che cosa l'ha portata qui oggi?»

Con un marcato accento di New York, l'uomo disse: «Quando l'hanno fatto uscire pulito dall'omicidio della moglie, ho pensato: magari non è colpevole e merita una seconda possibilità. Ma adesso, con la sporcizia che hanno trovato nel suo box? Bisogna fare qualcosa. Ho tre nipotini, di sette, nove e dieci anni. Io e mia moglie li teniamo tutti i giorni dopo scuola.»

«Che cosa pensa che si dovrebbe fare?»

«Da dove vengo io, se la polizia non se ne occupa, ce ne occupiamo noi.»

La reporter disse: «Come potete vedere, la tensione è alta. Stiamo aspettando che l'ufficio dello sceriffo risponda alla nostra richiesta di... un attimo, pare che ci sia un aggiornamento.»

Mentre l'inquadratura cambiava, si udirono delle sirene. Due volanti stavano percorrendo la strada.

Mentre la folla si apriva, la reporter disse: «La polizia è arrivata. Vediamo se rilasceranno una dichiarazione.»

Il video sobbalzò mentre la reporter si avvicinava agli agenti.

«Mi scusi, agente.»

Un agente in divisa sfiorò la reporter passando oltre e la telecamera seguì lui e altri tre poliziotti fino alla porta d'ingresso della casa di Crane.

La reporter disse: «Non sono qui per disperdere la folla. La polizia sta bussando alla porta di Atlas Crane. Li sento intimargli di aprire. La porta resta chiusa malgrado le richieste degli agenti. Un agente sta mostrando un documento. Dice che sono qui per eseguire un mandato di perquisizione.»

La porta si aprì, mostrarono il mandato a Crane e gli agenti entrarono nell'abitazione. La folla si riversò verso la casa. Un uomo sui trent'anni iniziò a scandire: «In galera! In galera!». Nel giro di dieci secondi la folla si unì al coro.

Misi in pausa il video. Era ora di richiamare Tyler.

Rispose dicendo: «L'ho chiamato dieci volte».

«Mi dispiace, ma ero impegnato a Fort Myers».

«Stanno perquisendo la casa di mio padre».

«Ho sentito. È il momento perfetto per dirgli di confessare».

«L'ho già chiamato. Ha detto che non se ne parla. Ha detto che la polizia non troverà nulla».

«È la decisione sbagliata».

«Non mi importa più, voglio solo chiudere questa storia. Se la farà franca con l'omicidio, dovrò solo farmene una ragione».

«Vediamoci a pranzo da EJ's, a Bayfront. Che ne dice dell'una?»

«Pranzo? Con tutto quello che sta succedendo?»

«Ne possiamo parlare con calma».

«Non vedo il senso di vederci. Dobbiamo porre fine a tutto questo».

«Mi creda, capisco che sia difficile, ma deve resistere ancora un po'. La fine è vicina».

«Non lo so».

«Senta, mi sta pagando un sacco di soldi per aiutarLa, e io Le darò ciò per cui ha pagato. Siamo quasi al traguardo. Domani Le spiegherò l'ultima parte».

«La gente ha iniziato a parlare di me e io non c'entro niente».

«Quando Suo padre confesserà, e lo farà presto, tutto il resto sparirà».

«Come fa a esserne così sicuro? Ha detto che non confesserà mai».

«Perché lo so. Domani vedrà».

40

IL SOLE FACEVA CAPOLINO SOPRA LE CIME DEGLI ALBERI quando Laura entrò in cucina. «Buongiorno. Ti sei alzata presto.»

«Non riuscivo a dormire.»

«Lo so, ti sei rigirata nel letto tutta la notte.»

«Scusa.»

«Non fa niente. So che sei preoccupata per quello che è successo con Bev.»

«Spero solo che stia bene.»

«Spero che ti renda conto che c'è la possibilità che non voglia proprio farsi trovare.»

«Non ha senso. Perché dovrebbe voler continuare a vivere la vita di merda che fa?»

«Dico solo che forse il senso di colpa per aver abbandonato Dawn, e la vergogna per l'uso di droga e, ehm, per lo stile di vita, sono troppo da sopportare.»

«Il passato è passato, deve guardare avanti.»

«Alcune persone non riescono a lasciarsi il passato alle spalle.»

Stava parlando di me? «Non sono uno psicologo, ma se facciamo capire a Bev che ce ne infischiamo di quello che è successo, scommetto che raddrizzerà la sua vita.»

«Ci vorrà parecchio lavoro.»

«Devo andare.»

«Dove vai? È prestissimo.»

«Da Larson.»

———

IL GUARDIANO di Pelican Marsh mi fece passare al cancello, e io girai verso un angolo della comunità chiamato The Arbors. La casa di Larson non era la più grande, ma il mio amico meticoloso e sicuro di sé faceva in modo che fosse impeccabile.

«Entra, Beck.»

«Vai in spiaggia oggi?»

«Non oggi. Con tutta quest'umidità sembra un bagno turco.»

«Deve piovere. È da tre giorni che è lì lì.»

Lo seguii in cucina. «Vuoi una tazza di caffè?»

«No, grazie, ne ho già prese due.»

Ci sedemmo al tavolo della cucina con il piano in vetro. «Mi dispiace davvero per quello che è successo con Bev.»

«Grazie. Immagino fosse troppo facile.»

«Nulla per cui valga la pena lottare arriva mai facilmente.»

«Questo è certo, ma stavolta non so. Non riesco a scrollarmi di dosso la sensazione che Igor mi abbia preso per il naso.»

«Cosa te lo fa pensare?»

«Per cominciare, Igor ha i miei quarantamila dollari.»

Le sopracciglia di Larson scattarono in alto. «Com'è successo?»

Gli raccontai di aver consegnato i soldi prima di andare a prendere Bev.

Disse: «Mi sorprende che tu l'abbia accettato.»

«È un po' che lavoriamo con lui.»

«Svegliati, Beck. È un criminale russo. Quale parte del 'non fidarti mai di loro' non hai capito?»

«Ma...»

Larson si alzò. «A cosa stavi pensando? Dov'era la famosa cautela di cui parli?»

Mi sentii come un alunno di seconda nell'ufficio del preside. «Mi riprenderò i soldi.»

«I soldi sono irrilevanti. Quello che mi preoccupa è che ti sei adagiato o, peggio, hai lasciato che le emozioni offuscassero il tuo giudizio.»

Aveva ragione sulle emozioni? «Non è andata così, Ray. Igor era una fonte. L'abbiamo usato solo per i documenti di Crane...»

«E quando l'hai pagato per quelle carte?»

Mi cadde la mascella.

«L'hai pagato quando te le ha consegnate. Giusto?»

Annuii.

«Non ci credo. E questo dopo che avevano provato a rapinarti. Non ti si è accesa nessuna spia?»

«Immagino di aver abbassato la guardia.»

«Detta così è un eufemismo.»

«O trovo Bev o mi riprendo i soldi.»

«Non sai nemmeno se tua sorella dell'affido sia qui.»

«Lo è. Abbiamo una sua foto di quando gli albanesi la tenevano.»

«Chi lo sa quando è stata scattata? Potrebbe risalire a cinque anni fa.»

«No. So che è qui. Abbiamo la sua giacca, quella che indossava nella foto.»

«Non sono sicuro che signifíchi qualcosa.»

«Perché no?»

«La giacca e la foto possono far parte di una montatura.»

«No, impossibile.»

«Davvero? Quanto sono elaborate le montature che metti in piedi?»

Mi si incurvarono le spalle. I pensieri mi rimbalzavano in testa come in un flipper.

«Anche se Igor è un maestro falsario, non ci hai mai pensato, vero?»

Scostando la sedia, dissi: «Devo andare a pisciare.»

Mi misi davanti allo specchio. Avevo le guance rosse. Ero venuto per chiedere aiuto, non per farmi sgridare. Rispettavo Larson, e quello che aveva detto mi faceva sentire uno schifo. Avevo fatto una cavolata. Grossa. Di brutto.

Tirai lo sciacquone e aprii il rubinetto per prendere tempo.

Gli stoici dicevano che le emozioni sono naturali, ma dicevano anche che non puoi permettere che diventino i tuoi padroni. Devi mettere da parte i sentimenti, indagare e analizzare prima di agire.

Chiusi l'acqua e capii che Larson aveva ragione. Avevo preso le cose per buone. Guardai la finestra del bagno. Per un attimo pensai di sgattaiolare fuori di lì. Feci un bel respiro e uscii dal bagno.

Quando rientrai in cucina, Larson disse: «Tutto bene?»

Annuii. «Avevi ragione. Il cuore si è messo di traverso.»

«Normalmente direi che è naturale, ma nel gioco in cui sei, errori del genere possono essere mortali.»

«Lo so.»

«Impara la lezione e vai avanti.»

«Credimi, lo farò. Non voglio più mettermi in ridicolo.»

«La vergogna è un'altra emozione che manda la gente fuori strada.»

«Intendo che non lascerò più che le emozioni si mettano in mezzo e affronterò tutto con estrema cautela.»

Larson fece scorrere la punta di un dito lungo il bordo della tazza di caffè. «Ti rendi conto che Bev potrebbe non voler essere trovata?»

«Sì, ma è perché è spaventata o si vergogna di quello che ha fatto. Però le daremo l'aiuto di cui ha bisogno.»

«E capisci che vincere una dipendenza, una che sembra trascinarsi da anni, non è facile?»

«Sarà dura, ma devo darle la possibilità che merita.»

«È lodevole, ma assicurati di non cadere in altre trappole emotive.»

«So bene quanto sia facile raccontarsela e, dopo tutto questo, starò doppiamente in guardia.»

Larson annuì. «Lasciami parlare con alcuni dei miei contatti. È fondamentale che capiamo se Igor sta giocando pulito oppure no.»

«Lo apprezzo davvero.»

Larson si alzò. «Spero che tu la trovi.»

«Grazie.»

«Oggi dovrebbe essere una giornata importante nel caso Crane. Dovresti andare.»

Lo seguii fino alla porta d'ingresso. Invece di allungare la mano verso la maniglia, si voltò e disse: «So di essere stato duro con te, ma dovevo farti passare il messaggio.»

Il plotone d'esecuzione di un uomo solo aveva colpito nel segno.

«Va bene. Il richiamo era necessario.»

Con l'ego ammaccato, uscii al sole. Un geco nel vialetto si mise sulle zampe posteriori e sgattaiolò tra i cespugli.

Ripensando alla ramanzina di Larson, mi si strinse lo stomaco. Mi giurai di non finire mai più in quella situazione.

Salii in macchina e tirai fuori il cellulare usa e getta che usavo per scrivere ad Atlas Crane. Digitai un altro messaggio: *Il tempo Le sta per scadere. Questo è il Suo ultimo avvertimento, confessi subito!*

41

Svoltai da Crayon Road e premetti il telecomando del garage. Mentre la porta si alzava, squillò il telefono. Era il detective Moreno.

«Ehi, Moe. Che succede?»

«Solo una chiamata veloce per farti sapere che sono in arrivo.»

«Ottimo. Buona giornata.»

«Anche a te.»

Entrai in casa. Sospirai e lasciai cadere le chiavi nella ciotola sul tavolo. Toby abbaiò. Era sul retro.

Laura alzò lo sguardo dal portatile. «Che c'è?»

«Niente.»

«Che ti ha detto Larson?»

«Non molto.»

«Allora perché ci sei andato?»

Aprii la porta scorrevole e Toby si fiondò dentro. «Solo qualche affare, tutto qui.»

«Gli hai raccontato cos'è successo con Bev?»

Reprimendo l'impulso di dirle di no, dissi: «Sì. Farà qualche telefonata per vedere se può dare una mano.»

«Che ne pensa di quello che è successo?»

La amavo, ma quella raffica di domande era un problema. «Ha detto di fare attenzione.»

«Tutto qui?»

«Sì. Perché continui a insistere?»

«Perché hai l'aria di un cagnolino appena sgridato perché ha fatto la pipì sul pavimento.»

«Ma che stai dicendo?»

«Che cosa ha detto dei soldi?»

«Quali soldi?»

«I soldi che hai pagato per riprenderti Bev.»

Esitai. «Non so di cosa stai parlando.»

«Mi avevi detto che stavi pagando per riprenderla da quelli che la stavano sfruttando.»

«E allora?»

«Che fine hanno fatto i soldi?»

Invece di mentire, andai in cucina e presi una bottiglia d'acqua dal frigo.

«Non può averla presa bene sapendo che non ti sei ripreso i soldi.»

«Di che stai parlando?»

Si alzò e andò in cucina.

«Hai preso i soldi che erano sotto il lavello e nel tuo zaino. Quando sei tornato a casa quella notte, hai lasciato lo zaino in giro. È rimasto lì tutta la notte. Se fosse stato pieno di soldi, l'avresti nascosto.»

Ed ecco l'inconveniente di averla fatta trasferire in pianta stabile. «Non è come pensi. I soldi non sono spariti.»

«Non ho detto questo, ma non hai ottenuto quello per cui hai pagato, giusto?»

«Senti, non ne ho bisogno adesso, okay? Prima Larson, e adesso anche tu?»

«Oh. Adesso capisco. Non l'ha presa bene.»

Mi squillò il telefono. Lo tirai fuori. Era Tyler Crane. Rifiutai la chiamata.

«Per tua informazione, non abbiamo parlato dei soldi.»

«Allora di che cosa era arrabbiato?»

«Non era arrabbiato. Voleva solo assicurarsi che non lasciassi che le emozioni si mettessero di mezzo nel gestire tutta questa storia di Bev.»

«Che cosa ha detto?»

«Senti, non ho voglia di rivangare, okay?»

Il telefono squillò di nuovo. Era di nuovo Tyler. Rifiutai la chiamata.

Uscii dalla stanza. «Devo occuparmene.»

Seduto alla scrivania, scrissi un messaggio a Tyler: *So tutto. Ne parliamo a pranzo.*

Un secondo dopo, il telefono squillò. Era Tyler. Rifiutai la chiamata e mandai un altro messaggio: *Sono dal dottore e non posso parlare. Ci vediamo dopo.*

Chiamami quando hai finito.

Meglio non rispondere.

Sentii Laura chiamare: «Vado da Publix. Ti serve qualcosa?»

«No. Niente di speciale.»

«Okay.»

Aspettai cinque minuti prima di lasciare lo studio per il soggiorno. Accesi la TV e feci zapping tra i canali cercando i telegiornali.

Solo una sfilza di talk show diurni e soap recitate male. Presi il guinzaglio di Toby. «Andiamo, bello.»

Mi corse incontro e si sedette. Gli misi il guinzaglio e uscimmo a fare una passeggiata.

Toby annusava in giro come se fosse la prima volta nel quartiere. Ci dirigemmo a sinistra e, vedendo la riserva, tornai con la mente alla notte in cui lui trovò Dawn e il suo bambino.

Era difficile credere alla piega che aveva preso la mia vita: Laura praticamente viveva con me, Dawn e suo figlio erano a mio carico, rivedere Bev era diventato qualcosa di reale, e avevo consegnato quarantamila dollari senza averne ricavato nulla.

A parte i soldi, tutto era positivo, ma un velo di malinconia offuscava il resto.

Tirai via Toby da una rana schiacciata da una macchina, sapendo bene quale fosse il vero motivo del malumore. In sostanza, era stata la tirata d'orecchi di Larson.

Sapevo che aveva ragione, ma deludere Larson sembrava qualcosa di più grande, quasi un tradimento. Il rispetto che provavo per lui non c'entrava con il successo che aveva raggiunto. Era autentico. Aveva avuto un buon matrimonio, prima di perdere la moglie a causa di un tumore, e aveva cresciuto un figlio che era un brav'uomo e di successo a sua volta.

Facevo affidamento sul confrontarmi con Larson su tutto, personale e professionale. Gli dicevo cose che non avrei detto a Mario. Era più di una figura paterna. Se Larson avesse cominciato a stimarmi di meno, il nostro rapporto ne sarebbe uscito rovinato.

———

M<small>I INFILAI</small> in un parcheggio sul viale principale di Bayfront. Tyler stava camminando su e giù sul marciapiede davanti all'EJ's Café. Venne verso di me.

«Hanno arrestato mio padre!»

Portai un dito alle labbra. «Piano.»

Tyler guardò in entrambe le direzioni, posando lo sguardo su una donna che spingeva un passeggino. La signora fece inversione e attraversò la strada.

Dandogli una pacca sulla spalla, dissi: «Facciamo un pranzo veloce.»

«Come fai a mangiare in un momento del genere?»

«Dai, devi mangiare.»

«Non voglio mangiare.»

Mi avviai verso il locale e lui mi seguì.

Scelsi un tavolino in fondo alla zona esterna e lo feci accomodare.

«Dove l'hanno portato?»

«Probabilmente nel carcere della contea.»

«Gli serve un avvocato.»

«Sì. Hai in mente qualcuno?»

«Non conosco avvocati. E tu?»

«Non preoccuparti, ci penso io. Conosco un sacco di avvocati.»

«Gli serve uno bravo, il migliore.»

Alzai una mano quando il cameriere si avvicinò.

Dissi: «Prendo un jalapeño burger. Cottura media, tendente al ben cotto.»

Tyler disse: «Non voglio niente.»

«Portagli un panino al tacchino. Se non lo mangi, puoi portarlo a casa.»

Il cameriere se ne andò e Tyler disse: «Ti avevo detto che

tutta questa storia era un errore, e tu continuavi a dire che si sarebbe sistemata, e adesso lui è in carcere.»

«Senti, sei venuto da me perché tuo padre l'ha fatta franca dopo aver ucciso tua madre. Non c'è dubbio che l'abbia fatto. È un assassino.»

«Lo so, ma adesso queste accuse folli di pedopornografia che gli hai cucito addosso sono anche peggio. Hanno provato a bruciargli la casa. In carcere lo aggrediranno. Potrebbe non arrivare a domattina.»

Sporgendomi in avanti, dissi: «Ha la leva perfetta per confessare.»

«Se lo fa, farai sparire tutta questa storia del porno?»

«Sì. Starà dove deve stare.»

«D'accordo.»

«Domattina comparirà davanti al giudice. A quel punto dovrebbero rimetterlo in libertà su cauzione, e al resto penseremo noi.»

«Come fai a esserne sicuro?»

«Ho parlato con un paio di avvocati. La casa è sua e, anche se è già stato processato, non ha precedenti. Dovrebbero lasciarlo uscire.»

«E se non lo lasciano uscire?»

«Lo faranno. Potrebbe dover portare un braccialetto elettronico alla caviglia. Ma ce ne occuperemo, se necessario.»

42

TOBY MI STAVA ASPETTANDO ACCANTO ALLA PORTA INTERNA E mi è saltato addosso quando sono rientrato dal garage. Gli ho massaggiato la testa e lui si è rotolato a terra mostrando la pancia.

In ginocchio, gli ho strofinato la pancia. Laura picchiettava sulla tastiera del portatile. Il tavolo da pranzo era ricoperto di carte.

Ho detto: «Non ti sei occupato di lui?»

«Sono stata incasinatissima. La sede ci ha girato una marea di casi. Dovrei farci dei bei soldi.»

Erano bruscolini rispetto a quello che avevo girato a Igor. «Bene.»

Si è alzata. «Oh, non ci crederai.»

«Cosa?»

«Ho visto su Facebook che hanno arrestato Atlas Crane. I gruppi di Naples stanno impazzendo di post sull'argomento.»

«Per quella storia della pornografia infantile?»

«Sì. Vieni, te lo apro. È incredibile.»

Ho trascinato una sedia vicino a Laura e mi sono seduto.

«Ecco, guarda questo. Pubblicato nel gruppo Naples Community.»

Pubblicato da ImaNeopolitan

NOTIZIA RIPUGNANTE:

Atlas Crane, residente a Livingston Estates, è stato arrestato questa mattina con più capi d'accusa per possesso e diffusione di pornografia infantile. L'Ufficio dello Sceriffo della Contea di Collier ha confermato l'arresto dopo un'indagine che ha incluso perquisizioni nella sua abitazione e in un box che aveva in affitto.

Circa quattordici anni fa, Crane era stato processato per l'omicidio di sua moglie. Fu assolto, ma la morte di un testimone chiave durante il processo potrebbe aver contribuito al verdetto. Il caso rimane irrisolto.

Ricordatevi di mantenere un tono rispettoso nei commenti.

Commenti:

- **Susan Miner:** *Non riesco a crederci. Sembrava sempre così gentile. È disgustoso.*
- **Mike The OG:** *Sapevo che c'era qualcosa che non andava in quel pezzo di merda. Sempre troppo amichevole coi ragazzini ai campi da baseball a North Collier. Sbattetelo dentro!*
- **Jennifer B1962:** *Gente, calma finché non si conoscono tutti i fatti. Innocente fino a prova contraria, giusto?*
- **Robert Kline:** *@Jennifer B1962, i fatti sono usciti. Hanno trovato una valanga di prove contro di lui. È un malato.*
- **Tina the Dog Lover:** *Mi si spezza il cuore per le vittime. I nostri figli vanno protetti. A quanto pare Naples non è così sicura come crediamo.*

- *Sea Shells 99:* Oh no! Lavoro al Mel's Diner e lui veniva continuamente. Cercava sempre di metterci le mani addosso.

[I commenti continuano . . .]

Laura ha detto: «Stanno arrivando commenti a raffica. Vediamo cosa dice il gruppo Naples Vibe.»

Laura ha picchiettato sulla tastiera e Naples Vibe, un altro popolare gruppo Facebook, ha riempito lo schermo. Ha detto: «Oddio, ci sono già mille commenti.»

Ho letto il primo post.

Pubblicato da Sunny Daze

AGGIORNAMENTO IMPORTANTE: Atlas Crane, lo schifoso che l'ha fatta franca dopo l'omicidio della moglie, è stato arrestato per possesso di pornografia infantile. Mio marito lavora per il dipartimento di polizia di Naples e dice che lo sceriffo della Contea di Collier ha prove solide ricavate dal computer e dal telefono di Crane.

Questo lurido ha vissuto qui tutta la vita. Come hanno potuto permettergli di stare vicino ai nostri figli?

Sono sotto shock. Che cosa sta succedendo nella nostra città?

Commenti:

- *FerrariRules:* È da pazzi. Bruciatelo sul rogo.
- *RachelE.:* Non ho mai creduto che fosse innocente nel caso della moglie. E adesso questo? È un predatore. Buttatelo dentro.
- *DanaZ1969:* @RachelE., è stato ASSOLTO. Non riesumiamo quella storia. Però sì, questa nuova faccenda è agghiacciante, se è vera.
- *CarlosBuildsSandcastles:* Com'è possibile che uno così continui a scivolare tra le maglie del sistema?

Prima la faccenda della moglie, ora QUESTO? I poliziotti devono darsi una mossa.

- **SophiaZ:** *Il mio pensiero va ai bambini che sono stati sfruttati. È così triste e insensato.*

- *[I commenti continuano . . .]*

Laura ha detto: «C'entri qualcosa col fatto che sia venuto fuori per quello che è?»

Mi sono alzato. «A volte ci vuole un po', ma la verità viene sempre a galla.»

«Questo è un sì o un no?»

«Torna a lavorare. Porto fuori Toby prima di farmi un giro.»

«Dove vai?»

Non appena ho aperto il cassetto dove tenevo il guinzaglio di Toby, lui si è alzato. «Fort Myers.»

———

AVEVAMO PERCORSO un isolato quando Larson ha chiamato.

«Pronto, Ray.»

«Ciao, Beck, puoi parlare?»

«Certo. Che c'è?»

«Ho ricevuto alcune informazioni su Igor.»

Mi sono fermato di colpo. «Che cosa hai scoperto?»

Toby tirava il guinzaglio mentre Larson diceva: «Mi risulta che si sia esposto troppo.»

Ho ripreso a camminare, lasciando che fosse Toby a guidare. «In che senso?»

«Igor si è espanso troppo in fretta, ha aperto troppe case di prostituzione, in troppi posti, troppo rapidamente, e ha avviato anche un giro di gioco d'azzardo. Non ha pianificato come si deve, non ha costruito la struttura gestionale necessaria e non aveva capitale operativo. È l'errore tipico di chi non ha capacità manageriali, qualunque sia il settore in cui opera.»

«È a corto di liquidità?»

«Sì. Tre delle sue più grandi case di prostituzione sono state chiuse e il suo braccio destro, Vladimir, è andato per conto suo.»

«Ha parecchia carne al fuoco. È il momento giusto per mettergli il fiato sul collo.»

«Forse. Procedi con cautela. Igor è sotto pressione, il che lo rende imprevedibile e pericoloso.»

43

PAGARE QUALCOSA E NON OTTENERLA MANDA IN BESTIA LA maggior parte della gente, me compreso. A peggiorare le cose c'era il fatto che mi avevano impedito di riunirmi con Bev.

Non avrei dovuto dare i soldi a Igor ma, come Larson mi ha fatto dolorosamente notare, mi ero lasciato distrarre dall'emozione. Poiché ero in inferiorità numerica, non era chiaro come avrei potuto costringerlo a restituirmeli.

Una cosa la sapevo: i delinquenti fiutano la debolezza. Igor sapeva che ero smanioso. Troppo smanioso. E l'avevo lasciato trasparire fin dall'inizio non solo inseguendo Bev, ma accettando di pagare più del dovuto per riaverla.

Dopo che Larson mi aveva strigliato per bene, pensai a lungo alla situazione. Il mio errore più grande era stato far sapere a Igor quanto desiderassi trovare e salvare Bev.

Io e Mario facemmo qualche verifica, e le informazioni di Larson erano giuste: Igor era sotto attacco. Era stato indebolito dalla defezione di Vladimir e delle persone che Vladimir si era portato con sé.

Un animale ferito è pericoloso. Con il consiglio di Larson di procedere con cautela che mi risuonava nelle orecchie, non potevo fare a meno di sentire che Igor fosse anche vulnerabile.

Quando accettò in fretta di incontrarmi, lo presi come un buon segno.

———

Il traffico sulla Interstate 75 era pesante, e mi diede tutto il tempo per rimuginare sulla decisione di non farmi accompagnare da Mario. Igor doveva essere con i nervi a fior di pelle, ma da solo rappresentavo una minaccia minore. Era territorio suo, ma una sparatoria o una sparizione avrebbero attirato pressioni dalle forze dell'ordine. E il fiato sul collo era l'ultima cosa di cui le operazioni di Igor avessero bisogno in quel momento.

Insegne di birra che sfarfallavano e teste rasate erano l'unica costante al Royal Silk Bar and Grill. Ma invece delle solite quattro teste lucide, ce n'erano solo due. Metà della sua squadra di pelati era forse passata con Vladimir?

Il locale sapeva di fumo di sigaretta. I baristi erano gli stessi, e uno di loro annuì mentre mi avvicinavo.

«Sono qui per vedere Igor.»

«Un attimo.»

Andò alla porta, bussò e infilò la testa dentro. Un secondo dopo, mi fece cenno di avvicinarmi. Il pavimento davanti al bancone era appiccicoso mentre avanzavo.

Entrai nel retro. Igor faceva scorrere un dito su un libro mastro, parlando in russo con un tizio che portava occhiali a specchio per compensare il fatto che era troppo giovane per radersi.

Alzarono la testa e Igor disse: «Beck, amico mio. Vuole da bere?»

«No, grazie.»

Igor infilò una matita nel fermo del libro e lo chiuse. Congedò lo scagnozzo e disse: «Igor non l'ha ancora trovata, ma ci siamo vicini.»

«Ho sentito che ha grossi problemi.»

«Tutti hanno grossi problemi. Ma sa, Igor si tiene i suoi problemi invece di prendersi quelli degli altri.»

«Come vanno gli affari?»

«Bene, ma può sempre andare meglio, no?»

«Non è quello che sento dire.»

Igor si schioccò una nocca, ma non disse niente.

Mi sporsi in avanti. «Non deve fingere con me. Ci conosciamo da una vita.»

«D'accordo, gli affari sono un po' giù. Ma tornano sempre.»

«Questa volta è diverso.»

«Forse sì, forse no. Nessuno lo sa.»

«Le ho dato quarantamila per Bev. O mi restituisce i soldi, oppure mi consegna Bev.»

«Igor rispetta sempre un accordo.»

«Mi restituisca i soldi, e la pagherò quando mi consegnerà Bev.»

Igor scosse la testa. «Non succederà.»

«Questo perché non ha i contanti. E non dica il contrario, perché so che ha problemi di soldi.»

«Ogni attività ha quelli che voi americani chiamate problemi di flusso di cassa.»

«Questa storia non può trascinarsi. Se non riesce a consegnarmi Bev entro un paio di giorni, rivoglio indietro i miei soldi.»

«A Igor non piacciono le scadenze.»

«Sa che ho ottimi agganci con la polizia e con le procure sia di Lee che di Collier. Sarebbe un peccato se aumentassero la pressione sulle sue operazioni.»

Batté un pugno sul tavolo. «Non minacci Igor.»

Mi alzai. «Non è una minaccia, amico mio. È una promessa.»

———

APPENA ARRIVAI A CASA, chiamai Mario.

«Ehi, Beck. Com'è andata con Igor?»

Lo misi al corrente e lui disse: «Gli hai detto che avresti denunciato i suoi traffici?»

«Sapevo che non poteva permettersi altre chiusure.»

«Ma potrebbe spifferare dei documenti falsi a nome Crane che abbiamo usato per affittare il box.»

«Lo so, ma penso che sia troppo distratto per aprire un altro fronte con noi.»

«Probabilmente hai ragione.»

«Ho bisogno che scavi un po' su Vladimir. Prova a vedere chi si è portato dietro. Da quello che ho visto, ho la sensazione che Igor abbia perso più di un paio di uomini.»

«Gli albanesi potrebbero avere qualche informazione in merito.»

«Dovrebbero.»

Stava arrivando un'altra chiamata. Era Tyler.

«Mario, ti lascio, Tyler sta cercando di passare.»

«Suo padre sta confessando?»

«Ti faccio sapere.»

Sono passato all'altra chiamata.

Dopo aver ascoltato con attenzione, ho fatto del mio meglio per invertire mentalmente ciò che avevo sentito.

Chiusa la chiamata, ho buttato il telefono sul divano. Proprio l'unica cosa di cui ero certo che non sarebbe successa stava succedendo. Avevo previsto ogni evenienza e questa non l'avevo vista arrivare.

E adesso?

Ho afferrato il telefono e, scorrendo, sono arrivato al numero di Larson. Invece di comporre, l'ho rimesso sul divano. Andare da lui per chiedere un consiglio sarebbe stato percepito come un segno di debolezza.

Laura è entrata in casa come una ventata, con le braccia cariche di borse della spesa. Le ho preso due sacchetti e li ho appoggiati sul bancone.

«Sono passata da Whole Foods tornando da casa di Dawn» ha detto.

«Come sta?»

«Abbastanza bene, ma sembra che Abby abbia un'otite o qualcosa del genere. Ha una leggera febbre.»

«Deve andare dal medico.»

«Dawn aspetterà un paio d'ore per vedere come va. Se la febbre peggiora, la porteremo dalla pediatra.»

«Per favore, insisti con Dawn.»

«Lo farò. Che stai facendo?»

«Sto cercando di risolvere un problema.»

«Che tipo di problema?»

«Di lavoro.»

Si è messa le mani sui fianchi. «Dimmi che succede.»

Volevo dirle che era una cosa riservata, ma l'avrebbe fatta infuriare. «Tranquilla, è una cosa delicata.»

«Perché non parli con Larson?»

Ho alzato le spalle. «Dovrei riuscire a venirne a capo da solo.»

«Pensi che ti stimerà di meno se chiedi aiuto?»

Mi conosceva fin troppo bene. Non ero sicuro che fosse un bene. «No.»

Ha sorriso e si è avviata lungo il corridoio.

Quando la porta del bagno si è chiusa, ho preso il telefono e ho detto a Toby: «Dai, bello, andiamo a fare una passeggiata.»

Non ho lasciato che Toby annusasse finché non siamo arrivati vicino all'area della riserva. Era il momento di fare la telefonata.

«Ehi, Ray. Ha un minuto?»

«Certo, Beck. Che cosa ha in mente?»

«È saltata fuori una situazione sul caso Crane.»

«Mi dica.»

«Tyler è andato a trovare suo padre al carcere della contea. Nonostante tutto, Atlas si rifiuta di confessare.»

«Ha istruito il ragazzo su cosa dirgli?»

«Sì.»

«Allora è il momento che parli Lei stesso con Atlas. È bravo a convincere la gente» ridacchiò.

Il complimento mi ha fatto piacere. «Cercavo di restare sotto traccia.»

«È il momento giusto.»

«Lo crede?»

«Sì» ha detto Larson. «Mi dicono che Crane sta per essere rilasciato su cauzione.»

«Anche a me. Il suo avvocato ha detto che uscirà domani.»

«Aspetti che sia a casa. Lo chiami per vedere come sta, da amico. In questo momento gli serve un alleato.»

«Questo è poco ma sicuro.»

«Faccia un po' della sua famosa magia su di lui.»

Ho riso. «Grazie. Le farò sapere come va.»

Dopo aver riattaccato, mi sono sentito pronto per le due sfide che mi aspettavano.

Larson mi aveva caricato.

Poi la carica è scesa parecchio quando mi sono reso conto che forse Larson mi stava facendo i complimenti per farsi perdonare di essere stato duro con me.

44

«QUI KATHERINE RIGBY, IN DIRETTA DAL TRIBUNALE DELLA Contea di Collier.»

La telecamera fece una panoramica sulla folla di manifestanti radunati davanti al palazzo di giustizia.

«I cittadini preoccupati sono scesi in massa per farsi sentire in vista dell'imminente scarcerazione di Atlas Crane. Stamattina si è tenuta un'udienza sulla cauzione e il giudice Whitmore ha acconsentito a rilasciare il signor Crane dietro una cauzione di 300.000 dollari.

«WINK News ha appreso che il signor Crane ha dato la sua casa in garanzia. Come condizione per la sua scarcerazione, il signor Crane dovrà indossare un braccialetto elettronico alla caviglia e restare all'interno della Contea di Collier.

«La difesa ha anche presentato un'istanza per rinviare il processo di nove mesi. L'accusa si è opposta e il giudice Whitmore ha mostrato comprensione per le loro argomentazioni. Ha concesso alla difesa due mesi in più per prepararsi e il processo è stato fissato per il quindici gennaio.»

La cronista fu distratta da un urlo: «Eccolo!»

La telecamera inquadrò l'ingresso dell'edificio. A testa bassa, Crane era circondato da quattro uomini. La folla si accalcò verso l'imputato. Gli agenti in uniforme trattennero i manifestanti.

«Atlas Crane ha lasciato il tribunale. Lo stanno accompagnando verso un SUV nero. Sembra che né lui né il suo legale rilasceranno dichiarazioni.»

La telecamera seguì Crane mentre si infilava nell'auto in attesa insieme al suo avvocato. Quando il veicolo partì, la cronista disse: «WINK News continuerà a seguire questa storia e ad aggiornare i telespettatori su ogni sviluppo.»

Spensi la TV, sollevato dal fatto che Crane fosse stato rilasciato. Adesso arrivava la parte difficile.

Mentre ripassavo quello che avrei detto a Crane quando gli avrei parlato, il telefono squillò.

«Ehi, Mario, Crane è uscito stamattina.»

«Forte. Senti, ho appena saputo una cosa.»

«Cosa?»

«Non sono sicuro che sia al cento per cento vera.»

Perché la gente rimanda di dirti quello che sa? È una questione di potere?

«Sputa il rospo, fratello.»

«Ho sentito che Bev è andata con Vladimir quando ha rotto con Igor.»

«Chi te l'ha detto?»

«Qualcuno che lavorava con Igor.»

«E chi sarebbe questo tizio?»

«Ti ricordi di Yenta Eddie?»

«Non ha avuto un ictus un paio d'anni fa?»

«Già, ormai sono quasi due anni.»

«E lui che ne sa?»

«Resta in contatto con la vecchia banda. Ho incontrato sua moglie all'autolavaggio su Pine Ridge. Ho chiesto di Eddie e lei ha detto che si tiene impegnato. Mi sono fatto dare il numero e ho pensato: al diavolo, vediamo se sa qualcosa. Nel peggiore dei casi, vedo come sta.»

«Hai fatto bene. Però pensi davvero che sappia cosa sta succedendo?»

«Ha detto che tutti stanno a guardare per vedere da che parte andrà questa rottura.»

«E ha detto che Bev è andata con Vladimir?»

«Ha detto che Bev era molto legata a Vlad e che si era disaffezionata a Igor perché provava sempre a spingere le ragazze verso l'eroina.»

«Ha detto qualcosa su come stava Bev? Si faceva?»

«Ha detto che stava abbastanza bene. Faceva tipo la manager, o qualcosa del genere.»

«Pensi che dica la verità? Non lo conosco bene. Ricordo solo che non stava mai zitto.»

«Sembrava credibile. Ma non ci punterei tutto.»

«D'accordo. Ottima pensata da parte tua.»

«Pensi che sia un bene se è andata con Vlad?»

«Difficile dirlo. Igor lo conosciamo. Vladimir era un uomo di mano. Dovrà dimostrare di saper fare il capo.»

«È vero. Questo lo rende pericoloso.»

«Potrebbe esserlo. Spero solo che Bev stia bene.»

«Immagino che stia davvero aiutando a mandare avanti le cose, sai, con le altre ragazze.»

«Sta facendo quello che deve per sopravvivere.»

«A cosa stai pensando?»

«Ho intenzione di vedere di nuovo Igor.»

«Vuoi che venga?»

«No, tranquillo. Ci penso io.»

Riattaccai e riflettei sulla situazione con Bev e i russi. Igor e Vlad se la stavano vedendo fra loro. Di solito questo lasciava uno spiraglio, ma Bev era uno dei pezzi per cui si stavano battendo. Era salita di livello ed era più di una che portava soldi.

Chiunque l'avesse avuta non avrebbe solo avuto qualcuno che aiutava a gestire i loro affari illeciti, ma avrebbe anche mandato un segnale alla strada su chi avesse il potere.

45

L'AROMA DI AGLIO E CIPOLLE IMPREGNAVA L'ARIA. MI DIRESSI in cucina. Sul piano c'era una friggitrice ad aria e Laura, davanti ai fornelli, stava saltando qualcosa in padella.

«Che buon profumo. Che cosa stai preparando?»

«Fagiolini.»

Le sbirciai oltre la spalla. «Sei sicura di sapere quello che stai facendo?»

«Non sei l'unico qui dentro a saper cucinare.»

«Che c'è nella friggitrice ad aria?»

«Polpette di pollo. Apparecchia, è tutto pronto tra cinque minuti.»

«Mangiamo presto come i vecchietti.»

«Hai detto che volevi mangiare per le cinque.»

«Scherzavo.»

Dopo cena, mi ritirai nello studio e chiamai Atlas Crane.

A bassa voce disse: «Beck?»

«Sì, sono io. So che per te è stata dura e volevo sapere come stai.»

Sbuffò. «Un casino, altro che dura.»

«Come te la cavi, amico?»

«Male. L'ultima notte in galera, se non fosse stato per una guardia, mi avrebbero spaccato il culo. Hanno dovuto mettermi in una cella a parte.»

«Cavolo. Mi dispiace un sacco.»

«È un casino di merda. Te lo dico, fratello, è un incubo, come se dovessi svegliarmi e puff, finito. Ma non lo è.»

«Cazzo, è tosta. Non so come fai a reggere tutto questo.»

«Non ce la faccio. Cerco di essere positivo, ma sono a terra, amico.»

«Hai parlato con qualcuno, famiglia o amici?»

«Scherzi? La gente mi sta alla larga.»

«Stronzate. Non erano amici, a conti fatti.»

«Non riesco a credere a tutta questa storia.»

«Stasera non posso: sarò a Fort Myers, ma domattina posso passare a tirarti su.»

«Mi farebbe bene.»

«Ci vediamo domani.»

————

GOCCE DI PIOGGIA grandi come uova picchiavano sul parabrezza mentre superavo la Hertz Arena. Il traffico rallentò mentre i tergicristalli faticavano a tenere il passo con l'acqua.

Il diluvio si allentò mentre oltrepassavo l'uscita per l'aeroporto.

Uscii dall'interstatale e scossi la testa quando svoltai su Colonial Boulevard. Era asciutto come il deserto. Questa è la Florida: un monsone da una parte e, mezzo miglio più in là, neanche una goccia.

Il parcheggio del bar di Igor era vuoto. Contai cinque auto, chiedendomi se qualcuna appartenesse ai baristi.

Stavo per aprire la porta quando uno sportello sbatté. Aspettandomi una possibile imboscata, mi voltai di scatto. Un uomo, con una cinquantina di chili di troppo, barcollava verso l'ingresso. Diede un sorso alla birra che teneva in mano. L'ubriaco lasciò cadere la lattina sull'asfalto e la schiacciò con il piede.

Mi ricacciai in gola la ramanzina. Non era il momento di fare il vigile dell'immondizia, così lasciai correre ed entrai dietro a quello zoticone.

Il maiale fece un cenno al barista e filò dritto al bagno.

Le stesse due teste rasate erano al solito tavolo. Se ne andavano mai da quel posto?

Un barista solo alzò gli occhi dal telefono e disse: «Cosa le porto?»

Passandogli accanto senza fermarmi, dissi: «Sono qui per vedere Igor.»

Bussai alla porta sul retro, annunciandomi prima di aprirla. Dietro la scrivania, Igor era al telefono. Un giovane picchiatore, con la mano dentro la giacca, fece un passo avanti.

«Mi sta aspettando.»

Tra due registri aperti, poggiata, c'era una pistola in acciaio inox. Sembrava la SIG Sauer P229 che avevo avuto. Era una potente pistola da 9 mm con caricatore da quindici colpi. La sua presenza e l'assenza di bicchierini da cicchetto sulla scrivania tradivano il casino in cui si trovava Igor.

Igor terminò la chiamata, lanciando il telefono sulla scrivania. Rise. «Beck, forse dovrebbe trasferirsi a Fort Myers.»

«Non è un brutto tragitto fin qui, tranne che in stagione.»

«Allora, dica a Igor cosa ha in mente.»

Guardai la sua guardia del corpo. «Penso sia meglio che parliamo in privato.»

Igor disse qualcosa in russo. Lo scagnozzo sogghignò prima di uscire dalla stanza.

Avvicinai una sedia alla scrivania e mi sedetti.

«Immagino che non abbia ancora una pista su Bev.»

«La voce gira. Igor la prenderà. Deve avere pazienza.»

«Forse lo sarei, se non avesse i miei soldi.»

«Non si preoccupi, Igor è un uomo d'onore.»

«Non è il Suo onore a preoccuparmi, ma i guai che ha adesso.»

Sbuffò. «I guai fanno parte della vita, non è cambiato niente.»

Abbassai la voce. «Questa volta è diverso. Vladimir L'ha tradita.»

Gli occhi gli si strinsero. «Quel cane, un bastardo ingrato. Igor ha fatto tanto per lui. Meglio che si guardi le spalle.»

«Vlad si è portato via molta della Sua gente. Ha perso un sacco di uomini.»

Raddrizzò le spalle. «Igor ha ancora potere. Vedrà.»

«Non è quello che sento in giro.»

«Quindi perdiamo un paio di inutili...»

«Quelli che se ne sono andati erano importanti. Vladimir era la Sua mano destra.»

Prese in mano una matita, dicendo: «Igor se la caverà.»

«E quel picchiatore di Boris, che stava sempre con Lei, è andato con Vlad anche lui.»

«Era solo muscoli, niente di più.»

«Era più di così. È stata Lei a farci accompagnare al motel. E ora è con Vladimir. Questa deve far male.»

Cominciò a tamburellare la matita sulla scrivania. «Igor ha visto molti tradimenti, ma è ancora qui.»

«Pensa che Bev lavori per Vlad?»

«Forse è solo scappata.»

«Sa cosa penso? Che Le abbiano teso una trappola. Penso che Boris ci abbia portati al motel sapendo che lei non c'era.»

«Come poteva saperlo?»

«Perché lui e Vladimir si sono messi d'accordo per farla prelevare prima.»

Igor borbottò in russo e spezzò la matita in due.

Dissi: «Avanti, Igor, Lei sa che è andata con loro. Lo ammetta, e magari posso aiutarLa con Vladimir».

«Mi dica, come pensa di aiutare? Lei non gioca allo stesso gioco che giochiamo noi.»

«È vero, ma se riusciamo a indebolire Vladimir, per Lei sarà un vantaggio.»

«E come lo fa?»

«Gli togliamo Bev. E Bev convince anche qualcuna delle donne della sua scuderia ad andarsene.»

«È solo una donna; anche se altre cinque se ne vanno, non è chissà che.»

«Certo che lo è. Pensi a come sembrerà: chiunque stia pensando di lasciarLa per Vladimir ci penserà due volte.»

Si grattò la mascella.

«In più, Lei mi procura informazioni su dove si trovano le operazioni di Vladimir, e io mi assicuro che gli sbirri gli mettano il fiato sul collo, sul serio.»

Igor sorrise.

«Prendiamo Bev e diamo il via. Vladimir deve sapere che Lei sta venendo a riprendersi ciò che, di diritto, è suo.»

Si sporse in avanti, appoggiando entrambi i gomiti sulla

scrivania. «A Vladimir serve una lezione. Una bella lezione.»

«Può scoprire dove si trova Bev?»

«A Igor serve un giorno o due.»

46

UNA MANCIATA DI MANIFESTANTI BIGHELLONAVA SUL marciapiede davanti alla casa di Atlas Crane. Parcheggiai cinque case più in là e, usando il telefono usa e getta, mandai un messaggio a Crane: *Guarda questo. Sappiamo che l'hai fatto.* Allegai il video che il figlio di Larson, Tommy, aveva migliorato per me.

Un minuto dopo, Crane rispose: *Sono stato completamente assolto.*

Confessa e faremo sparire le accuse di pornografia.

Lasciatemi in pace!

Comunque finirai in galera. Almeno, con la coscienza pulita, riuscirai a dormire.

Trenta secondi dopo, rispose: *Vai all'inferno!*

Prima di scendere dall'auto, digitai un messaggio dicendogli che sarebbe stato lui a incontrare Satana. Attraversai la strada con un sacchetto di bagel in mano.

Non aveva senso esasperare i vicini. Mandai un messaggio a Crane, dal mio telefono normale, dicendogli che ero lì e di aspettarmi alla porta.

Non appena misi piede sul vialetto, cominciarono le urla: «Che ci fai qui?», «Sei anche tu un pedofilo?», «Lascia in pace i nostri figli».

Crane aprì la porta e io sgusciai dentro.

«Accidenti, ma questi sono fuori di sé, o no?»

«È stato molto peggio. Avresti dovuto vedere com'era quando sono tornato a casa ieri. Sono riuscito a entrare a malapena.»

Indicai una finestra mandata in frantumi. «Cos'è successo lì?»

«Un fottuto idiota ha tirato un mattone o qualcosa del genere. Per fortuna è un vetro antiuragano.»

«Là fuori non mancano i fuori di testa.»

«Su questo hai ragione.»

Gli porsi il sacchetto. «Ho portato dei bagel. Sono quasi buoni come quelli di New York.»

Prese un piatto e rovesciò il sacchetto.

Ne presi uno al sesamo, ne strappai un pezzo e lo mangiai. «Posso avere un po' d'acqua?»

«Sì, certo. Vuoi un caffè?»

«No, solo acqua.»

Riempì un bicchiere con il meglio che offre Naples e me lo porse.

«Non ne mangi uno?»

«Non ho fame.»

«Devi mangiare.»

«Magari più tardi.»

«Che dice il tuo avvocato?»

«Ha detto che se qualcuno di loro mette piede sulla proprietà devo chiamare la polizia.»

«No, dico, che cosa dice del caso?»

Aggrottò la fronte. «Ha detto che sarà dura, ma pensa

che possiamo vincere.»

«Pensa?»

«Lo so. Io con la pornografia non c'entro niente. Non ho mai, dico mai, guardato quella roba, e con i bambini piccoli? Andiamo, sono un padre.»

Era anche un marito. Uno che aveva pugnalato a morte la moglie.

«Fa schifo.» Alzai il pollice verso l'ingresso di casa. «È per questo che sono là fuori.»

«Sta cercando di far spostare il processo in un'altra contea, magari su nella zona di Sarasota.»

«Per la pubblicità?»

«Sì.»

«Hai avuto notizie di quel tizio che ti minacciava?»

«Quello che vuole che confessi di aver ucciso Ana?»

«Sì.»

Prese in mano il telefono. «Quel bastardo mi ha mandato un altro messaggio proprio prima che arrivassi.»

«Che cosa diceva?»

«Hanno un cazzo di video. Dicono che sono io a casa la notte in cui Ana è stata uccisa. Hanno detto che se confesso faranno sparire le accuse sessuali.»

«Caspita. Possono farlo?»

Scrollò le spalle. «Non so più a cosa credere.»

«Hai mai pensato di confessare?»

«E perché mai?»

Non disse di non essere colpevole. «Perché chiunque lo stia facendo sembra averti incastrato con quella roba di pornografia infantile.»

«Maledetti pezzi di merda.»

«Potrebbe essere il male minore.»

«Cosa?»

«Confessare l'omicidio.»

«In che senso sarebbe il male minore?»

«Vedi tutta quella gente là fuori? In carcere sarà un miliardo di volte peggio. Quello che fanno ai pedofili dentro... sai, è più o meno il peggio che ci sia.»

Sbatté il pugno sul tavolo. «Non sono un maledetto pedofilo!»

«Non importa, conta che la gente pensi che tu lo sia.»

«Dobbiamo riuscire a far cadere queste accuse. Non hanno niente contro di me.»

«Stando ai notiziari, ne hanno fin troppo. E poi non sai con cos'altro potrebbero sorprenderti al processo.»

«Qui i media sono di parte. Sono contro di me fin dall'inizio. Ecco perché stiamo cercando di spostarlo fuori dalla Contea di Collier.»

«Mi dispiace dirlo, ma non credo che importerà dove sarà il processo. Con i social, queste cose corrono più veloci della luce.»

«Non è giusto.»

«Sai, anche se te la cavi, queste accuse ti resteranno appiccicate addosso. Un processo del genere sarà pubblicizzato da impazzire. La gente che non ne sa nulla lo verrà a sapere, e la tua reputazione ne uscirà danneggiata.»

«Pensi?»

«Senz'altro, e se ti condannano per questi reati sessuali finirai dietro le sbarre per almeno trent'anni e, una volta dentro, gli altri detenuti te la renderanno un inferno.»

«È quello che ha detto Tyler.»

«Tuo figlio ha ragione. Lo so che non vuoi sentirlo, ma tua moglie è stata uccisa a coltellate, il che è molto meglio che essere uccisa a colpi d'arma da fuoco. Che tu ci creda o no, la pena massima per quello è di quindici anni. È molto meno di quella per la pornografia infantile, che è di cinque anni per capo d'imputazione. In più, dovrai registrarti come autore di reati sessuali per il resto della vita. Ovunque tu vada, ogni volta che cambi indirizzo, dovrai registrarti e, ehm, ti daranno la caccia.»

Si prese la testa tra le mani. «Com'è possibile?»

Gli diedi una pacca sulla spalla. «Lo so, è una follia, ma adesso devi mettere da parte tutto questo caos e pensare alle conseguenze e alle opzioni senza farti prendere dall'emotività. È in gioco il resto della tua vita.»

«In ogni caso sono fregato.»

«Hai delle opzioni. Magari non sono quello che vuoi, ma se sei onesto con te stesso, una è di gran lunga meglio dell'altra.»

«Non riesco a credere di star anche solo pensando di farlo. È una follia. Voglio dire, sono uscito pulito da un'accusa di omicidio.»

«Lo so, ma capisci come confessare, alla fine, sia meglio per te?»

«Sì, ho capito, ho capito. Devo parlarne con il mio avvocato.»

«Se vuoi, conosco il miglior penalista di tutta la Florida. Ha seguito un sacco di casi di omicidio. Posso parlargli di tutto questo.»

«Sarebbe fantastico, amico.»

«Nessun problema. Sarà interessante sentire che cosa ne dice.»

«Sono contrario a confessare, ma non fa male sentire cosa ha da dire.»

47

ASPETTAI FINO A MEZZOGIORNO PRIMA DI ANDARE DA CRANE.

C'erano circa una dozzina di manifestanti radunati in strada davanti a casa sua.

A testa bassa, mandai un messaggio a Crane e raggiunsi a passo svelto la porta.

Crane la socchiuse: «Entri. Che succede?»

Sgattaiolai dentro. «Ho pensato che fosse meglio parlarne di persona.»

«Di che cosa?»

«Ho appena finito di parlare con Joe Bruno, il penalista di cui Le ho parlato.»

«Bruno? Sì, l'ho sentito nominare.»

«Dovrebbe: è lui che ottenne quell'accordo per la donna che ha freddato l'amante del marito.»

«Ah, già. Se ricordo bene, se l'è cavata con una condanna leggera.»

«Già. Glielo dico, Bruno è il migliore.»

«Che cosa ha detto della mia situazione?»

«Secondo lui sarebbe facile chiudere un accordo. Si

ricordava dell'omicidio e ha detto che, visto che è ancora irrisolto e risale a quattordici anni fa, i PM sarebbero affamati di una chiusura del caso. Farebbero bella figura, capisce?, dimostrerebbero di non aver mollato. Sarebbe un'occasione per guadagnare punti con la comunità.»

«D'accordo, ma per quanto riguarda l'eventuale carcere?»

«Bruno ha detto che un patteggiamento per dieci anni sarebbe un buon risultato, e che lui potrebbe ottenerlo.»

«Dieci anni? Cavolo, è un sacco di tempo.»

«In apparenza sì, ma io lo conosco e mi fido. Così gli ho sottoposto anche i capi d'accusa per pornografia minorile.»

«Che cosa ha detto?»

«Che rischia un minimo di vent'anni. Ha detto che nei casi di pornografia minorile raramente fanno accordi e, quando li fanno, l'imputato deve accettare la castrazione chimica per ridurre la pena detentiva.»

Alzò le mani: «Castrazione chimica? Col cazzo, non lo farei mai.»

«Bruno ha detto che la contea di Collier è molto dura con i delinquenti sessuali.»

«Non sono un dannato maniaco sessuale! Non ho fatto niente. Non mi conosce da molto, ma pensa davvero che potrei fare una cosa del genere?»

«No. Non lo penso. Ma, come Le ho detto, non è una questione di ciò che ha fatto o non ha fatto: l'opinione pubblica La crede colpevole.»

«Sono stronzate, e io combatterò. La spunterò in tribunale, proprio come ho fatto con l'accusa di omicidio.»

Chiesi di usare il bagno e, quando tornai, discutemmo per un po' sulla questione della confessione. Divenne evidente che Crane non avrebbe confessato. Un'altra posizione che non avevo previsto. Stavo perdendo la mano con la vendetta?

Scacciai i dubbi e mi alzai. Restava un'ultima carta da giocare.

———

L'OPERAZIONE RICHIEDEVA un cellulare usa e getta nuovo di zecca. Andai dritto al deposito che tenevamo nella contea di Lee. Ce ne rimanevano tre ancora imballati. Ne presi uno, segnandomi mentalmente di farlo rifornire a Mario.

Parcheggiato al Walmart lì vicino, attivai il telefono. Entrai nel negozio e comprai un tablet a buon mercato.

Una giovane coppia mi lanciò delle occhiatacce quando spostai l'auto vicino all'ingresso del negozio. Accesi il nuovo tablet e mi collegai al Wi-Fi gratuito del rivenditore.

Usando un profilo Facebook falso, pubblicai in quattro gruppi di Naples:

Pubblicato da The Justice Warrior

Mi è arrivato quanto segue da un amico con ottimi contatti nelle forze dell'ordine.

Che ci crediate o no, è la prova che il deviato Atlas Crane traffica ancora in pornografia minorile. Viene da un sito del dark web, li chiamano forum, dove i pedofili si ritrovano. Perché esistono ancora posti del genere?

————

SeXplicit4Sale: Hai visto il nuovo hard disk?

CraneBuys12: Preso ieri.

SeXplicit4Sale: Che te ne sono sembrate le nuove foto?

CraneBuys12: Anche meglio del primo lotto.

SeXplicit4Sale: Bene. Ne ho in arrivo un sacco, inclusa roba pazzesca dalla Thailandia.

CraneBuys12: Quanto?

SeXplicit4Sale: Duemila.

CraneBuys12: Nessun problema, fammi vendere prima un po' di questa roba nuova.

SeXplicit4Sale: DM quando sei pronto.

––––––––

Crane è un individuo malato. Perché la polizia l'ha rimesso in libertà?

Dobbiamo fare in modo che la polizia trovi la porcheria che quello schifoso sta nascondendo e lo sbatta dietro le sbarre.

Forza, Naples, facciamoci sentire!!! È in gioco la sicurezza dei nostri figli!!

Tornai nel primo gruppo in cui avevo pubblicato e i commenti stavano già arrivando a raffica.

SunAlwaysShines1962: Un verme con la V maiuscola!

NaplesGal1955: Sto per vomitare! Dobbiamo pretendere che la polizia faccia qualcosa contro questo pedofilo!

Il numero di condivisioni stava salendo pian piano. Feci il logout e mi allontanai dall'ingresso, parcheggiando dietro il negozio. Con l'usa e getta chiamai l'Ufficio dello Sceriffo della Contea di Collier, chiedendo dell'Unità Crimini Sessuali.

«SCU, sono il detective Grimes.»

«Ehm, vorrei segnalare una cosa.»

«Il suo nome?»

«Devo farlo in forma anonima.»

«Va bene. Di che si tratta?»

«Conosce quell'uomo, Atlas Crane, lo avete arrestato per pornografia minorile?»

«Sì. Che c'è?»

«Ci ricasca. Ci sono post su di lui su Facebook, nei

gruppi di Naples. Guardi, i post sono veri. So che ha altra roba porno in casa.»

«E come fa a saperlo?»

«Si fidi, me l'ha detto lui. Ha detto che si è appena procurato roba nuova. È un uomo molto cattivo.»

Chiusi la chiamata e ripartii. Uscito allo svincolo di Immokalee Road, mi fermai a fare benzina in una stazione vicino allo Strand. Dopo aver infilato la pistola della pompa, chiamai il detective Moreno.

«Ehi, Moe.»

«Beck, come va?»

«Ho sentito che Atlas Crane ci è ricascato.»

«Il telefono non smette di squillare, chiamate a raffica dalla gente.»

«Me lo immaginavo. C'erano un paio di post su Facebook.»

«È arrivata anche una segnalazione. Stiamo per chiedere un secondo mandato di perquisizione.»

«Davvero? Pensi che vi sia sfuggito qualcosa?»

«Ci dicono che potrebbe trattarsi di qualcosa di nuovo.»

«È appena uscito. Tutti hanno gli occhi puntati su di lui. Dovrebbe essere fuori di testa.»

«Nessuno ha mai detto che Crane fosse una cima. E poi, questi pedofili non riescono a trattenersi, è un'ossessione per loro.»

48

IL PARCHEGGIO DEL BAR DI IGOR ERA PIENO PER PIÙ DI METÀ. Stava facendo una promozione per l'happy hour?

Il brusio del locale calò sensibilmente quando entrai. Tutte le teste si voltarono verso di me.

Il posto pullulava di scagnozzi. La Florida era soleggiata ma piena di gente losca. La domanda era: erano clienti, o Igor aveva rimpinguato le sue file?

Feci un cenno alla dozzina di uomini dal collo taurino appoggiati al bancone e mi avviai deciso verso la porta che portava nella stanza sul retro. Notai che il tavolo delle teste rasate era di nuovo al completo, mentre uno di loro si alzava per intercettarmi.

«Che cosa vuole?»

«Igor mi sta aspettando.»

«Che cosa vuole?»

«Gli dica che Beck è qui.»

Bussò alla porta ed entrò per un attimo. La porta si spalancò. «Entri.»

Due uomini, con teste di cui un bulldog andrebbe fiero,

stavano ai lati della scrivania di Igor. Sul lato destro della scrivania c'erano una bottiglia di vodka e diversi bicchierini. La coppia era di nuova leva. Igor era tornato a pieno organico?

«Beck, si sieda. Vuole da bere?»

«No. Sono venuto per parlare.»

Igor schioccò le dita e i picchiatori uscirono dalla stanza.

«Si è informato in giro per Bev?»

«Sì.»

«Dov'è?»

«Igor ha una buona idea di dove sia.»

«Una buona idea? Niente di specifico?»

«Vladimir ha quattro, forse cinque posti al massimo.»

«E dove sono?»

«Tutti a Fort Myers, con uno a Cape Coral.»

«Che tipo di posti sono?»

«Bar, strip club, sa, posti che chiamiamo centri massaggi.»

Diede una manata alla scrivania e scoppiò a ridere di gusto.

«In quale si trova Bev?»

«A Igor è arrivata voce che si sposta tra due posti, lo strip club e il bordello a Fort Myers.»

Le parole punsero. Bev poteva liberarsi da un passato così infangato?

«Come si chiamano?»

«Non servono dettagli, Igor la prenderà.»

«Andiamo, ha i miei soldi. Il minimo che possa fare è dirmi dov'è.»

Igor scosse la testa. «Di questo si occupa Igor. Avrà la sua ragazza.»

«Quando?»

«Tre giorni. A Igor serve il tempo per mettere insieme altri muscoli.»

«Come pensa di toglierla a Vladimir?»

Sorrise. «Sarà un casino ma divertente. Forse lo leggerà sui giornali.»

«Perché non mi lascia aiutare? Mi dica dove fa affari, e posso farlo tartassare dalla polizia.»

«No, deve occuparsene Igor. Igor non deve lasciare alcun dubbio su chi comanda.»

Era inutile cercare di convincere Igor a dirmi dov'era Bev. Dopo un ultimo tentativo, conclusi con: «Ha detto che mi darà Bev tra tre giorni, giusto?»

«Sì.»

«D'accordo, tre giorni sia. Ci vediamo allora.»

Saltai in macchina e guidai fino a una stazione di servizio. Ma non ero lì per fare benzina. Feci una telefonata. «Ehi, Mario.»

«Beck, com'è andata con Igor?»

«Pare che abbia arruolato un sacco di gente nuova. Ha detto che ha una mezza pista su dove si trovi Bev.»

«Ottimo. Dov'è?»

«Non me lo voleva dire. Penso stia preparando qualcosa. Ha detto che l'avrà tra tre giorni.»

«Va bene, immagino.»

«No. Per niente. Non so cosa abbia in serbo, ma mi è sembrato che volesse dare una lezione a Vlad, sai, fare una mossa con una dimostrazione di forza.»

«Una bella vecchia guerra tra mafiosi russi?»

«Non voglio rischiare. Bev finirebbe in mezzo.»

«Che vuoi fare?»

«Igor ha detto che lavorava o in uno strip club di Fort

Myers o, ehm, in un bordello gestito da Vlad. Ci servono informazioni su dove si trovano.»

«Vuoi tentare un salvataggio prima che arrivi Igor?»

«Non tentarlo, farlo. Se questa cosa tra Igor e Vlad si mette male, voglio essere sicuro che Bev ne stia alla larga.»

«Fammi vedere cosa riesco a trovare. A Fort Myers ci saranno quindici strip club, ma i centri massaggi si sprecano. Mi ci metto subito.»

«Se Bev è lì, dev'essere una delle attività più affollate che ha Vlad. La vorrebbe vicina per tenere d'occhio le ragazze.»

«Hai ragione, amico.»

«Non abbiamo tempo da perdere.»

«QUI KATHERINE RIGBY DI WINK NEWS, IN DIRETTA DA Livingston Estates.»

La telecamera zoomò sulla casa di Atlas Crane. Due agenti in uniforme stavano in piedi davanti alla porta d'ingresso spalancata.

«Circa due ore fa, l'Ufficio dello Sceriffo della Contea di Collier ha eseguito un mandato di perquisizione in una casa di proprietà di Atlas Crane. Questa è la seconda perquisizione nell'abitazione del signor Crane. I telespettatori ricorderanno la perquisizione iniziale che portò all'arresto del signor Crane con l'accusa di pedopornografia.

«Il signor Crane è stato rilasciato su cauzione due giorni fa e si stava preparando al processo. Le nostre fonti ci dicono che l'Unità Crimini Sessuali dell'Ufficio dello Sceriffo ha ricevuto una soffiata anonima che l'ha spinta a richiedere una seconda perquisizione.

«Non si sa che cosa la polizia ritenga possa esserci in casa, né se sia sfuggito alla prima perquisizione o se il signor Crane se lo sia procurato di recente.»

La reporter indicò in direzione dell'operatore, che si girò, facendo una panoramica sulla folla numerosa.

«I residenti di questo quartiere di Livingston Estates stanno protestando attivamente da quando abbiamo dato la notizia di questa vicenda in evoluzione. Come potete vedere, sono tornati in massa per esprimere l'indignazione che provano verso uno dei loro vicini.

«Abbiamo parlato con un paio di vicini prima di andare in onda, e una lamentela ricorrente riguardava i tempi così lunghi per mettere il signor Crane dietro le sbarre. Alcuni hanno anche ricordato che Atlas Crane era stato processato per l'omicidio di sua moglie e ritenevano che la giuria avesse sbagliato ad assolvere Crane da quell'accusa di omicidio.

«WINK News continuerà a seguire questa importante vicenda e vi aggiornerà non appena avremo novità da riferire.»

Spensi il televisore col telecomando mentre Laura usciva dal bagno. Aveva i capelli avvolti in un asciugamano.

«Che stai guardando?»

«Il telegiornale. La polizia sta perquisendo la casa di Atlas.»

«Di nuovo?»

Sorrisi. «Già.»

Fece una smorfia, poi si tolse l'asciugamano dalla testa e disse: «Vado da Dawn. Vuoi venire?»

«No, non posso, ho un paio di cose da fare.»

«Non la vedi da giorni.»

«È stato un periodo frenetico.»

«Ha bisogno di sapere che ci tieni a lei.»

«Sto cercando di trovare sua madre, no?»

«Lo so, però puoi comunque trovare il tempo per...»

«Quanto pensi di restare lì?»

«Non lo so, perché?»

«Vengo, ma devo essere di nuovo qui non più tardi dell'una.»

———

DAWN APRÌ LA PORTA, portandosi un dito alle labbra. «Abby si è finalmente addormentata.»

L'appartamento era disordinato come l'ultima volta che c'ero stato.

Laura disse: «Abby ha dormito stanotte?»

Lei scosse la testa. «Un incubo. È rimasta sveglia a piangere tutta la notte.»

Dissi: «Allora qualcosa la disturba. Deve andare dal dottore.»

Laura sorrise. «Sta mettendo i dentini, tutto qui. Hai usato quell'anello da dentizione che le ho preso?»

«Ah, già. Me n'ero completamente dimenticata. Lo cerco.»

Laura andò al frigo. «L'ho messo qui dentro. Il freddo intorpidisce il dolore alle gengive.»

Dawn disse: «Non lo sapevo.»

«Me l'ha insegnato mia madre quando badavamo al bimbo di mia cugina.»

Il viso di Dawn si increspò. «Sto facendo del mio meglio. Non ho avuto una madre né nessuno che mi dicesse cosa fare.»

Laura le passò un braccio attorno alle spalle. «Lo sappiamo, tesoro. Te la stai cavando benissimo.»

Intervenni: «È vero, Dawn. Abby è perfetta.»

Lei alzò le spalle. «È così difficile capire cosa fare. A volte proprio non lo so.»

Ci fu un momento di silenzio imbarazzato, che colmai dicendo: «Sarà più facile quando troverò tua madre. Vedrai, saprà cosa fare.»

Dawn scoppiò a piangere e Laura scosse la testa mentre stringeva più forte l'abbraccio attorno a lei. Mi fece, senza parlare, cenno di uscire e io, un po' in imbarazzo, mi diressi verso la porta.

Mi riparai all'ombra di un parcheggio coperto dall'altra parte. Laura uscì facendomi cenno di tornare.

Mi affrettai ad avvicinarmi. «Sta bene?»

«Sì, però devi stare attento a quello che dici davanti a lei. Lo sai che è stata abbandonata.»

«Senti, se c'è qualcuno che sa quanto sia un argomento delicato, quello sono io. Sto solo cercando di aiutare.»

«Be', non stai aiutando.»

«Come fai a dirlo? Sto rischiando il culo e quarantamila dollari per riportarle Bev.»

«Ah, sì?»

«Che cosa?»

Stai facendo tutto questo per Dawn?»

«Sì.»

«Dai, Beck. Lo fai per te stesso. Stai cercando di salvare Bev per senso di colpa. Ma ti comporti come un cavaliere senza macchia e senza paura in missione di salvataggio.»

Rimasi a bocca aperta. «Io... No. Non è così.»

«Eccome se lo è.»

C'era fin troppa verità in quello che aveva detto. «Allora come spieghi il fatto che non abbia cominciato a cercare Bev finché non ho trovato Dawn?»

«Le vecchie ferite sono riaffiorate quando hai trovato Dawn. Somiglia a Bev, e poi renderti conto che aveva lo stesso cognome ha fatto riaffiorare tutto il senso di colpa.»

Perché è così appagante far notare l'ovvio a qualcuno, ma fa schifo quando tocca a te stare dall'altra parte?

«Non è andata così. E poi, se non fosse stato per Dawn, non avrei idea di dove sia Bev, e nemmeno se sia viva.»

«Dai, non capisco perché non riesci semplicemente ad ammetterlo.»

«Possiamo dire che è una situazione complicata e smetterla di litigare?»

«Io non sto litigando. Voglio solo...»

La suoneria del mio telefono la fermò. Anche se fosse stato spam, avrei comunque risposto. Controllai lo schermo.

«Devo rispondere, è Larson.»

Lei si voltò e io risposi.

«Salve, Ray.»

«Ciao, Beck. Mi è appena arrivata la notizia che l'ufficio dello sceriffo sta andando in diretta su X con una dichiarazione sulla perquisizione a casa di Crane.»

«Lo fanno sui social?»

«È da un anno che hanno un responsabile dei social. Usare una piattaforma social dà più visibilità che tenere una conferenza stampa. È un buon modo per contrastare il fuoco incrociato dei gruppi Facebook da queste parti.»

Aprii l'app di X e dissi: «Si risparmia tempo a non doverci andare e non dobbiamo aspettare che i notiziari lo mandino in onda.»

«Il tempo è l'unica risorsa che non si può reintegrare. Buona fortuna.»

Aveva ragione sul tempo. Era come il sonno: non lo si può recuperare.

Digitai Collier County Sheriff's Office nella barra di ricerca di X. Una diretta mostrava un'agente salire sul podio.

«Mi chiamo Katy Washburn. Sono un'addetta ai rapporti con i media presso l'ufficio dello sceriffo. Vorrei ringraziare tutti i presenti, nonché chi ci segue online.»

«Nelle ultime quarantotto ore sono giunte all'attenzione del dipartimento alcune informazioni ed è stata ricevuta una chiamata anonima. La combinazione di questi elementi ha spinto il dipartimento a richiedere l'autorizzazione giudiziaria a effettuare una perquisizione, che è stata concessa.»

Scrutò il pubblico prima di proseguire: «Stamattina abbiamo eseguito una seconda perquisizione nell'abitazione di Atlas Crane.»

«Il signor Crane è stato rilasciato su cauzione in attesa di processo per diversi capi d'imputazione relativi a pornografia infantile.»

«La nuova perquisizione ha rinvenuto una chiavetta USB nascosta nella cassetta del water, nonché un kit usato per evitare di lasciare impronte digitali. La perquisizione iniziale aveva incluso un'accurata ispezione del bagno, compresa la cassetta del water.»

«Ciò porta il dipartimento a concludere che il materiale sequestrato oggi sia stato occultato nel breve periodo in cui il signor Crane è stato in libertà.»

«Il contenuto della USB è in esame per stabilire se il signor Crane possa essersi reso responsabile di ulteriori attività illegali.»

«Vi aggiorneremo non appena avremo informazioni concrete. Grazie.»

Mentre scendeva dal podio, i giornalisti presenti gridarono domande: «Il signor Crane verrà nuovamente arrestato?» «Che tipo di informazioni avete ricevuto?»

Il video terminò. Il riquadro si oscurò e apparve un pulsante per rivederlo.

ALZAI IL PUGNO, GRATO CHE QUALCOSA SEMBRASSE
funzionare. Quella distrazione mi diede la carica necessaria
per affrontare Laura.

Mentre allungavo la mano verso la maniglia, squillò il
telefono. Era Tyler.

«Ehi, Tyler, come va...»

«Hanno perquisito di nuovo la casa di mio padre. La
polizia ha detto di aver trovato una chiavetta e qualcos'altro.»

«L'ho appena saputo.»

«Sei stato tu a mettercela?»

«Io? Perché pensi che c'entri qualcosa?»

«Dai, Beck. Sei stato tu a far partire tutta questa merda.»

«Frena un attimo. Sei tu che l'hai iniziata, non io. Ma, a
dirla tutta, il tuo vecchio le ha dato il via uccidendo tua
madre.»

«Okay, okay. Mi preoccupano queste accuse a sfondo
sessuale. Sai cosa gli farebbero in carcere.»

«Deve solo confessare e le accuse verranno ritirate.»

«Ne sei sicuro?»

«Sì. Faremo in modo che tutti sappiano che è stato inca-strato. Probabilmente alla fine susciterà anche compassione.»

«Perché deve essere tutto così complicato?»

«La vita, le relazioni, perfino il tuo corpo: è tutto complicato. Non preoccuparti, il piano funzionerà.»

«Sei sicuro?»

«Assolutamente.»

«Non vedo l'ora che tutto questo finisca.»

«Senti, devo scappare. Quindi fai un bel respiro e lascia che il piano faccia il suo corso.»

Laura e Dawn erano in cucina. Il microonde ronzava.

Sussurrando, dissi: «Abby dorme ancora?»

Laura disse: «Si sta muovendo, tra poco sarà sveglia».

Dawn andò verso la camera. «La sento, è sveglia».

Io non sentivo niente.

Il microonde emise un bip e Laura tirò fuori il biberon. Fece colare qualche goccia di latte artificiale sul suo avam-braccio e annuì. «Temperatura perfetta.»

Dissi: «Come hai imparato a farlo?»

«Me l'ha insegnato mia madre quando ho dovuto badare al bambino di un'amica.»

«Le mamme sanno tutto.»

Lei sorrise. «È vero.»

Il telefono trillò per un messaggio mentre Dawn entrava nella stanza con Abby in braccio. Era Mario.

Gli risposi chiedendo di chiamarmi tra venti minuti.

Avvicinandomi a Laura, sussurrai: «Devo andare».

Laura disse: «Va cambiata?»

«Oh, sì.»

Laura sorrise. «Magari può farlo Beck.»

«Ma va'. La piccola ha fame. A me ci vorrebbe un'ora.»

Laura stese una copertina sul tavolo. Dawn adagiò Abby e io feci cenno verso la porta col pollice.

Laura disse: «Il latte è pronto. Adesso dobbiamo andare, Dawn. Ci vediamo tra un giorno o giù di lì».

———

MENTRE ASPETTAVO che la porta del garage si aprisse, squillò il telefono. Era Mario.

Qualcuno disse: «Non rispondi?»

Entrai in garage. «Lo richiamo dopo.»

«Non è per questo che siamo usciti? Così potevi parlare?»

A che servivano gli impianti di IA, quando c'era l'intuito femminile?

«Lo sai che devo andare da qualche parte.»

«Dove?»

«Dai, Laura. Non posso mettermi a parlarne adesso.»

Mi diede un bacetto sulla guancia. «Vai, richiamalo.»

Invece di dirle che non avevo bisogno del suo permesso, dissi: «Grazie. Non chiudere la porta. Ti raggiungo dentro».

«Ehi, Mario. Scusa per prima. Che succede?»

«Ho informazioni sicure su dove potrebbe trovarsi Bev.»

«Dove?»

«Con ogni probabilità lavora o all'Allure Strip Club o all'Oasis Massage.»

«Quanto ne sei sicuro?»

«Al cento per cento.»

«Da chi l'hai saputo?»

«Dagli albanesi. Ho detto loro che volevamo mettere la

polizia alle calcagna di Vlad perché ci stava prendendo per il culo su un accordo che avevamo fatto con lui.»

«Ottima mossa.»

«L'ho pensato anch'io. Allora, qual è il piano?»

«Scusa, mi sta chiamando Larson. Prendo questa chiamata e ti richiamo.»

«Certo, fratello.»

Passai all'altra chiamata.

«Salve, Ray.»

«Salve, Beck. Ho appena ricevuto la notizia. Succederà entro un'ora.»

Mɪ ᴀꜰꜰʀᴇᴛᴛᴀɪ ᴀ ᴇɴᴛʀᴀʀᴇ ɪɴ ᴄᴀsᴀ, Tᴏʙʏ ᴍɪ sᴇɢᴜì ᴍᴇɴᴛʀᴇ accendevo la TV.

Aprii la porta scorrevole sul retro. «Vieni qui, bello. Fai i bisogni sul retro. Dopo facciamo una passeggiata».

Con un orecchio alla TV e gli occhi su Toby, lo osservai scegliere il posto perfetto per fare i bisogni. Quando ebbe finito, rientrò di corsa e gli diedi un premio.

Mi sedetti sul bordo del divano e mi misi a scorrere i gruppi Facebook di Naples. Continuai ad aggiornare il feed, ma нe compariva nulla.

Il meteorologo di WINK News andava avanti, monotono, sulla possibilità di pioggia. Il tempo era quasi perfetto ogni giorno, ma dovevano infilarci la possibilità di acquazzoni per tenere gli spettatori incollati.

Gli occhi mi si stavano velando, quando una banda rossa che annunciava notizie dell'ultima ora scorse nella parte bassa dello schermo. La mappa del meteo lasciò il posto a un anchorman in giacca sportiva blu cobalto.

Seduto dietro una consolle, disse: «Torneremo al meteo dopo questo speciale. A lei la linea, Katherine Rigby».

La giornalista era in piedi davanti alla casa di Crane.

«Grazie, Jake. Vi parlo da Livingston Estates dove, pochi istanti fa, l'Ufficio dello Sceriffo della Contea di Collier ha arrestato un uomo di Naples.

«Atlas Crane è stato posto in custodia per quelle che, da quanto apprendiamo, sono diverse nuove imputazioni di pedopornografia. Il signor Crane era in libertà su cauzione in attesa di processo quando una seconda perquisizione dell'abitazione che vedete alle mie spalle ha fatto emergere ulteriori prove.

«Atlas Crane è stato coinvolto in un altro caso penale di grande risonanza. Circa quattordici anni fa, il signor Crane fu processato per l'omicidio della moglie, Ana. Il signor Crane fu assolto e quel caso resta irrisolto».

Il mio telefono iniziò a trillare con le notifiche di Facebook mentre la reporter diceva: «Il nostro esperto legale ha confermato che il signor Crane comparirà in udienza domani e ritiene che il tribunale gli negherà la cauzione».

La corrispondente si portò un dito all'orecchio, esitò un istante e poi disse: «Ci colleghiamo in diretta con l'Ufficio dello Sceriffo per una dichiarazione».

A tutto schermo apparve il flusso video di un agente in uniforme in piedi dietro un podio.

Il poliziotto disse: «Atlas Crane è stato nuovamente arrestato ed è in fase di registrazione presso il carcere di contea. Nel corso di una seconda perquisizione della sua abitazione, i nostri agenti hanno rinvenuto ulteriori elementi probatori che non solo corroborano, ma ampliano le efferate imputazioni a carico di Crane.

«I nostri procuratori depositeranno capi d'imputazione

modificati entro le prossime ventiquattro ore. Siamo fiduciosi che le prove in nostro possesso porteranno a una condanna. I residenti e i visitatori della Contea di Collier possono stare tranquilli: l'Ufficio dello Sceriffo resta vigile nel proteggere la nostra comunità da predatori e criminali. Grazie».

Il conduttore con il blazer blu tornò in onda. «WINK News è orgogliosa di avervi portato questa notizia d'ultima ora e di grande rilievo. Vi aggiorneremo man mano che arriveranno novità».

Spensi la TV e presi il telefono. Tre post consecutivi sull'arresto stavano attirando commenti e condivisioni come mosche su una rana morta.

Mi appoggiai allo schienale, mi rilassai e poi mi irrigidii. Nel giorno o due successivi avremmo visto se il piano su Crane aveva funzionato e se Bev sarebbe stata liberata.

Rovistai in tasca, tirai fuori il portafogli e ne estrassi la vecchia foto di Bev. Allora era una ragazzina. Le passai il pollice sul volto.

Chiusi gli occhi, cercando di immaginarla com'è oggi. Un'ondata di paura me li fece riaprire.

Tutti perdono l'innocenza crescendo, ma Bev era sprofondata in un mondo di male.

Scossi la testa e balzai in piedi. Non era il momento di intristirsi, c'era da lavorare. Più tardi avremmo provato a salvare Bev. Se ci fossimo riusciti, avremmo affrontato qualunque condizione in cui l'avessimo trovata.

52

Inspirando lentamente dal naso, contai fino a quattro. Trattenni l'aria per sette secondi, poi la espirai per otto. Mi accorsi di non aver fatto il suono *whoosh* di cui avevo letto e mi assicurai di farlo al ciclo successivo.

Fermo a un semaforo rosso, ripetei il procedimento altre due volte per concludere la serie. Il semaforo diventò verde, ma i serpenti nello stomaco strisciavano ancora.

Controllai lo specchietto retrovisore. Mario era dietro di me. Mi seguì nel parcheggio di un McDonald's e si infilò in uno spazio accanto a me. Scendemmo dalle auto.

Mario disse: «Che succede?»

«Voglio solo essere sicuro di come gestiremo la cosa.»

«Te l'ho detto un milione di volte, so cosa fare.»

Posai una mano sulla sua spalla. «Lo so che lo sai. Sono solo prudente.»

«Non preoccuparti. Troveremo Bev.»

«Lo spero.»

«Ti preoccupi troppo.»

«È pericoloso.»

«Andrà tutto bene.»

«Se la vedi, scrivimi. Non provare a fare nulla da solo. Ho bisogno che mi aspetti.»

«Ho capito: se vedo Bev, ti scrivo e aspetto.»

Aprii le braccia per abbracciarlo.

Mario aggrottò la fronte.

«Che c'è che non va, Beck?»

«Niente. Non vedo l'ora che siamo di nuovo tutti insieme.»

«Sarà bello.»

«È passato troppo tempo.»

«Di sicuro. La porterai dritta in clinica di disintossicazione?»

«Se le servirà. Va bene, muoviamoci. Scrivimi quando arrivi.»

Uscimmo dal parcheggio. All'incrocio successivo, io svoltai a sinistra e Mario a destra.

Gambe tornite su tacchi a spillo formavano una L nell'insegna dell'Allure Strip Club. Un varco nelle siepi alte otto piedi che circondavano il posto fungeva da ingresso carrabile. Infilii il muso della mia BMW.

Con il cuore che martellava come il frangersi dell'Atlantico, mi fermai davanti a una guardia di sicurezza. Impassibile, mi fissò. Abbassai il finestrino, ma mi fece cenno di passare.

Scrutai il parcheggio: sembrava il piazzale di un concessionario di Bentley e Ferrari. Una coppia di Lamborghini era parcheggiata proprio fuori dalla porta principale del club. Più di uno arrivava in Lambo per farsi fare una lap dance?

Scrutando l'edificio a due piani, feci il giro del parcheggio. Feci retromarcia in un posto in ombra con vista su una scala esterna che portava al secondo piano. Due Escalade nere erano parcheggiate lì accanto.

Col telefono, scattai delle foto alle targhe di tre auto di lusso nella fila davanti a me. Non si sa mai chi c'è lì dentro e come quell'informazione possa tornare utile in futuro.

Arrivò una Range Rover bianca e le portiere si spalancarono. Tre uomini sulla quarantina scesero e il SUV ripartì. Si presero a spintoni scherzando mentre andavano verso l'ingresso.

Arrivò un messaggio da Mario: *Sono qui. Sto entrando adesso.*

Stai attento. Se la vedi, scrivimi e aspettami.

Gli angoli del parcheggio erano i più bui, garantivano la copertura migliore. Mentre cercavo di immaginarmi una fuga rapida, entrò una Maserati bianca.

Presi la giacca sportiva dal sedile del passeggero e attesi che il conducente dell'italiana scendesse. Ne uscì un uomo in completo dalle spalle curve.

Balzai fuori anch'io, infilai la giacca e lo seguii dentro. Una hostess, tutta sorrisi e paillettes, ci accolse.

Sopra la musica pulsante, disse: «Benvenuti, signori, volete un salottino con servizio al tavolo?»

L'uomo più anziano disse: «Non siamo insieme.»

«Oh, scusate. A qualcuno di voi va di godersi la nostra area VIP?»

L'uomo dai capelli bianchi scosse la testa e la superò sfiorandola.

Dissi: «Magari dopo.»

«Ricordatevi di divertirvi, signori.»

Chi era il genio che aveva associato la parola "signori" ai locali di striptease?

Due uomini grossi, entrambi in nero e con auricolari, mi

seguirono con lo sguardo mentre svoltavo a destra. La postura gridava ex militari; i tratti del viso, russi.

Avevano linee di visuale pulite sulla sala e sul palco. La musica era alta, spinta dai bassi. Lampi rossi intermittenti mi dissero che c'erano almeno quattro telecamere.

Tre ballerine, due delle quali roteavano attorno ai pali, catalizzavano l'attenzione della sessantina di avventori sbavanti. Il palco era cerchiato da neon rosa e cosparso di banconote lanciate da maschi sbavanti.

Mi arrampicai su uno sgabello e una barista con addosso meno vestiti di una cameriera di casinò scivolò verso di me.

Si sporse e sorrise. «Cosa ti porto?»

Era difficile non fissare il Grand Canyon di quella scollatura. «Mi farei volentieri una vodka, ma sto prendendo degli antibiotici. Fammi solo un seltz, per favore.»

«Un goccetto non ti ammazza.»

«Magari dopo.»

Mise del ghiaccio in un bicchiere e ci infilò il beccuccio del distributore. Posando il bicchiere di seltz sul bancone, disse: «È la tua prima volta qui?»

«Non proprio, è la mia seconda.»

Sorrise. «Un cliente soddisfatto.»

La barista andò a servire un altro cliente e i miei occhi scivolarono verso la fila di finestre del secondo piano.

Il palco era una distrazione rispetto alla vera azione che si svolgeva nella suite di camere al piano di sopra.

Con i bicipiti in rilievo, un buttafuori in T-shirt nera entrò nel mio campo visivo. Schiaffeggiò via la mano di un cliente dal sedere della ragazza che gli stava facendo una lap dance. Se volevi di più, dovevi salire di sopra e pagare.

Una formula collaudata da secoli, che parlava direttamente al più basico dei desideri maschili: stuzzica un uomo fino a eccitarlo e poi fagli pagare lo sfogo.

Mi irrigidii e ruotai lo sgabello di nuovo verso il bancone. Una testa rasata che avevo già visto da Igor la prima volta che c'ero stato era appoggiata alla parete in fondo.

Posai una banconota da venti sul bancone e presi il mio seltz. Dando le spalle a quella testa lucida, mi spostai a un tavolino in un angolo buio.

Al tavolo accanto, due uomini bevevano champagne e parlavano in russo. Si avvicinarono due uomini più giovani. Si chinarono e chiacchierarono per un attimo. Il denaro passò di mano in una stretta di mano. Poi un'altra stretta, durante la quale passò una bustina. Si vendeva droga. Vlad doveva prendersi la sua parte degli incassi, altrimenti questi spacciatori sarebbero finiti a galleggiare in un canale.

Vidi gli acquirenti dirigersi verso il bagno degli uomini e scartai l'idea di seguirli. Se Bev era qui, c'era la possibilità che fosse nell'area VIP.

Un profumo pesante annunciò l'arrivo di una cameriera. Scambiai due parole con lei, chiedendomi se le facesse male la faccia a tenere quel sorriso finto. Nonostante la sua insistenza, rifiutai un drink ma le lasciai venti dollari di mancia.

Mi avviai con nonchalance verso la sezione VIP, divertito dalla corda di velluto rossa e dal cartello che proclamava una spesa minima di 2.000 dollari in bevande. I veri soldi non venivano dalla vendita di borse ai ricchi; si facevano con i vizi.

Il gorilla di guardia all'ingresso della zona dei pezzi grossi mi lanciò uno sguardo tagliente come una lama.

Ad attirare la mia attenzione fu un lampo blu. Una

donna in un vestito corto stava salendo le scale. Il petto mi si strinse.

Sembrava Bev. Feci un passo avanti.

Era lei.

Un uomo in un abito su misura la chiamò dal fondo delle scale. Bev si voltò per rispondere.

Scattai. Serpeggiando tra i tavoli, ero a non più di sei metri.

Bev mi vide, ma continuò a salire le scale.

Alle mie spalle esplosero delle urla. Mi voltai. I vetri andarono in frantumi quando Igor e un gruppo di uomini irruppero nel locale.

La musica si fermò.

Una raffica di proiettili colpì il soffitto. Pezzi del soffitto caddero a terra mentre uno degli uomini di Igor urlava: «Dov'è Vladimir?».

I proiettili volavano. Urlai: «Bev! Bev!».

Mi acquattai dietro un divanetto di velluto. Bev sparì su per le scale.

Un uomo vestito di tutto punto salì le scale a due a due. Era Vlad.

Crack! Vlad fu colpito da un proiettile. Crollò sui gradini.

Gli uomini di Vlad risposero al fuoco. Strisciai verso un'uscita di emergenza. Un corpo rotolò alla mia sinistra. Era Igor. La sua camicia era intrisa di sangue.

Gli spari si incrociavano nella sala. Le pole dancer urlarono. Per un attimo calò un silenzio di tomba.

Alzai la testa. Le pole dancer saltarono giù dal palco, correndo verso le scale. I clienti si urtavano tra loro.

Un'altra raffica di spari. *Thud.* Il corpo del Rasato mi

sbatté contro la spalla. Dal buco nella sua faccia sgorgava sangue.

Strisciando come un leopardo, puntai alla luce rossa di un'uscita. Fermandomi prima di attraversare una zona scoperta, inspirai a fondo e scattai verso la salvezza.

Sfondai la porta e barcollai nel parcheggio. Le sirene che ululavano in lontananza si stavano avvicinando. Le auto facevano a sportellate per uscire dal parcheggio.

Guardai alle mie spalle; due uomini stavano portando Igor verso un SUV in attesa.

Accovacciato, raggiunsi la mia auto. Afferrai la pistola dal cassetto portaoggetti e misi in moto. Seguendo una Ferrari gialla, svoltai fuori dal parcheggio. Le luci delle auto della polizia rimbalzavano lungo la strada. Affondai il piede sull'acceleratore della BMW e partii sgommando.

53

ENTRAI NEL PARCHEGGIO DI UNA CHIESA BATTISTA. DOPO AVER parcheggiato in una zona buia, chiamai Mario.

«Dove sei?»

«Nel parcheggio dell'Oasis. Hai visto Bev?»

«Sì.»

«Arrivo.»

«Aspetta! Igor e i suoi hanno crivellato il locale di colpi.»

«Davvero? Stai bene?»

«Sì. È stata una fottuta follia. Sia Igor che Vlad sono stati colpiti. Volavano proiettili dappertutto.»

«Porca puttana. Quanti, tra morti e feriti, secondo te?»

«Una mezza dozzina, Vlad e Igor compresi.»

«Non capisco. Igor aveva detto che non si sarebbe mosso per tre giorni.»

«Avrà pensato che avremmo cercato di batterlo sul tempo con Bev. E questa cosa mi fa dannatamente preoccupare.»

«Perché mai? Voglio dire, gli hai dato quarantamila.»

«Non so cosa gli passi per la testa. Ma eravamo così vicini a prendere Bev.»

«Dov'è finita?»

Gli spiegai com'era iniziata la sparatoria quando l'avevo vista, e conclusi con: «Meno male che era davanti a Vlad sulle scale.»

«Già. Quanto sono messi male Igor e Vlad?»

«Igor aveva una ferita al torace e Vlad, credo, si è preso un colpo alla coscia.»

«Pensi che Bev sia ancora lì? Cioè, la polizia fermerebbe tutti.»

«Lei e gli altri probabilmente sono usciti dalla scala esterna.»

«Non l'hai vista fuori?»

«No. Ma un paio di SUV vicino alle scale sono sgommati via a tutta birra.»

«Merda.»

«Mi sento malissimo per questa cosa.»

«Perché? Hai fatto tutto il possibile.»

«Non ne sono così sicuro. Avrei dovuto salire le scale dietro di lei.»

«Isolato sulle scale, con una linea di tiro pulita, ti avrebbero fatto secco come un'anatra di legno al tiro a segno.»

«Potevo salire carponi su per le scale e...»

«E anche se fossi arrivato fin lassù, che cosa pensi che avrebbero fatto gli uomini di Vlad? Ti avrebbero fatto una festa?»

«Senti, è meglio che te ne vada di lì. Quando l'ufficio dello sceriffo della contea di Lee comincerà a indagare sulla sparatoria, frugheranno in qualunque cosa abbia a che fare con Vlad.»

«Me ne vado adesso.»

Riattaccai e chiamai Larson.

«Ehi, Ray.»

«Beck, stai bene?»

«Sì.»

«Ho sentito di quello che è successo tra i russi e temevo che ci fossi finito in mezzo.»

«L'ho scampata per un pelo, ma sto bene.»

«Sei sicuro?»

«Assolutamente. Tutto a posto, a parte il fatto che non sono riuscito a prendere Bev.»

Esitò. «Potresti non riuscire mai a beccarla.»

«Lo so.»

«Qualcuno ti ha visto lassù?»

«No. A giudicare dalle auto, c'erano un mucchio di tipi di Naples, ma nessuno che conoscessi.»

«Non si sa mai, però d'altra parte non vorrebbero andare in giro a sbandierare dov'erano.»

«Vero.»

«Sono contento che tu stia bene.»

«Grazie. Volevo tenerti aggiornato.»

«Lo apprezzo.»

«Che si dice di Crane?»

«Ho parlato con il suo avvocato. Sembra che domani vuoterà il sacco.»

———

TOBY ERA ad aspettarmi alla porta quando entrai.

Laura entrò nel corridoio. «Hai preso Bev?»

Scossi la testa. «No, un'altra pista finita male.»

Mi abbracciò. «Mi dispiace.»

«Va bene. La prenderemo.»

«Ero preoccupata per te.»

«Perché?»

«Hai detto che andavi a Fort Myers.»

«E allora?»

«Non hai sentito che cosa è successo lassù?»

«No.»

«Dai, dovevi sapere che c'è stata una grossa sparatoria in un nightclub.»

Per fortuna non avevo mai menzionato i russi, altrimenti avrebbe messo insieme i pezzi. «Ho sentito qualcosa alla radio, ma niente particolari.»

Indicò la TV. «È su tutti i notiziari.»

Un elenco puntato delle notizie che WINK avrebbe trattato nel segmento successivo includeva la sparatoria e l'arresto di Crane.

«Lo guardo dopo aver mangiato. Sto morendo di fame.»

«Ci sono polpette di tacchino e pasta in frigo. Va bene?»

«Perfetto.»

«Vai a lavarti, lo scaldo io.»

Dopo essermi asciugato le mani, tirai fuori il telefono e mandai un messaggio al detective Moreno:

Devo parlarti. Colazione domani?

Certo.

Ci vediamo da EJ's a Bayfront alle 8.

A domani.

L'ARIA SAPEVA di sale mentre camminavo sul marciapiede davanti alla darsena. Una barca stava uscendo dal molo a motore. Moreno parcheggiò di fronte all'EJ's e io mi affrettai verso di lui.

«Buongiorno, Moe.»

«Buongiorno, Beck.» Indicò il cielo senza una nuvola. «Un'altra giornata niente male, eh?»

«Proprio così.»

Ci sedemmo a un tavolo in fondo. Un cameriere ci riempì le tazze di caffè e prese le ordinazioni.

«Che cosa hai sentito su quello che è successo ieri notte a Fort Myers?»

Alzò un sopracciglio. «C'entri qualcosa?»

«Sono solo un tizio che bazzica uno strip club.»

«Eri lì?»

«Solo come osservatore. Avevo una soffiata su Bev, ma è scoppiato l'inferno prima che avessi il tempo di fare qualcosa.»

«Cavolo, Beck. Sai che questi russi pensano che la vita non valga niente. Non puoi essere...»

«Che cosa hai sentito su Igor e Vlad? Gli hanno sparato.»

«Sono al Lee Memorial Hospital. Igor è in condizioni critiche e Vladimir e altri tre sono in gravi condizioni.»

«C'è qualche donna tra le vittime?»

«Non ne sono sicuro. Perché? Pensi che una possa essere Bev?»

«Ne dubito.»

Bevemmo il caffè in silenzio. Il cameriere ci portò la colazione.

Intinsi il toast nel tuorlo delle uova al tegamino e Moreno mangiò una fetta di bacon.

Dissi: «Non ti è arrivata la circolare sul bacon?»

«Se non posso mangiare quello che mi va, che senso ha vivere?»

«Mangiare roba del genere potrebbe accorciare il tempo che ti resta su questo pianeta.»

Prese un'altra fetta e sorrise.

Abbassai la voce. «Mi serve una cosa.»

«Cosa?»

Gli dissi cosa volevo.

Posò la fetta di bacon senza morderla. «È rischioso.»

«Anche mangiare bacon.»

«D'accordo. Fammi vedere che cosa posso fare.»

Feci scivolare dall'altra parte del tavolo un sacchetto di Publix con dentro un nuovo telefono usa e getta. «È pulito. Ci ho caricato un numero nuovo solo per questo.»

54

CONTINUAVO A CONTROLLARE IL CELLULARE USA E GETTA CHE stavo usando per Moreno. Niente.

«Toby!» Feci tintinnare il suo guinzaglio. «Andiamo a fare una passeggiata.»

Uscimmo di casa e camminammo fino in fondo alla strada. Toby alzò una zampa sul palo del segnale di stop.

Il cellulare usa e getta trillò. Era arrivato un messaggio. Lo aprii.

«Andiamo, bello. Torniamo a casa.»

Rientrammo in fretta. Presi un premio, lo lanciai a Toby e andai nello studio. Chiusi la porta e aprii il messaggio. Era difficile da leggere sul cellulare usa e getta, ma inviarlo al mio laptop o a un altro dispositivo avrebbe lasciato una traccia.

Allargai la foto del documento. Era su carta intestata dello Sceriffo della Contea di Collier e recitava:

Io, Atlas Robert Crane, confesso l'omicidio di Ana Margaret Crane nelle prime ore del 1° giugno 2011. Di buon mattino, mi recai al 9943 Hunters Road a Naples, dove avevo abitato con mia moglie e mio figlio.

Ero andato lì per parlare con la mia ex moglie di rimetterci insieme. Ero turbato dal fatto che stesse vedendo qualcuno e speravo che potessimo sistemare le cose.

Ana non voleva aprire la porta, così dovetti usare il codice della porta del garage per entrare.

Appena entrai in casa, cominciò a urlarmi contro. Mi disse di andarmene e iniziò a insultarmi. Provai a parlarle, ma era furiosa e continuava a litigare con me.

Cercai di calmarla, ma non ci fu verso.

All'improvviso afferrò un coltello dal ceppo sul piano della cucina e mi minacciò. Ebbi paura. Sapevo di doverle togliere il coltello, ma prima che potessi fare qualsiasi cosa mi aggredì.

Nella colluttazione per toglierle il coltello, Ana venne pugnalata. Preso dal panico, scappai invece di chiamare aiuto. Non pensavo si fosse ferita così gravemente. Se l'avessi saputo, avrei chiamato il 911.

Il senso di colpa per la sua morte mi perseguita da quattordici anni. Ve lo dico adesso perché sono innocente rispetto alle accuse di pedopornografia a mio carico. Quei file sul mio computer non sono miei—qualcuno li ha piazzati per distruggermi a causa di quello che ho fatto ad Ana.

Dire finalmente la verità dopo tutti questi anni sulla sua morte dimostra che non sono il mostro che la stampa e i miei vicini credono io sia. Ho ucciso Ana in un impeto di gelosia, ma non sono un pedofilo e non sono mai stato coinvolto né ho mai nemmeno guardato materiale pedopornografico.

La presente confessione è resa liberamente e volontariamente, senza alcuna minaccia o coercizione.

Era firmato *Atlas Robert Crane.*

Sotto la sua firma c'erano le attestazioni firmate di due

testimoni che confermavano che la confessione era stata resa volontariamente e che Atlas Robert Crane comprendeva il contenuto della propria confessione.

Toby grattò la porta con la zampa. Non era da lui. Mi alzai e la aprii. Non gli avevo ancora sganciato il guinzaglio.

Lo feci e lui sgattaiolò via. Chiusi la porta e mi rimisi a sedere.

Rileggendo la confessione, sentii il sangue pulsarmi nelle orecchie. Crane stava scaricando la colpa sulla moglie per l'inizio dello scontro. Era oltraggioso.

Era andato lì nel cuore della notte.

Crane pesava circa diciotto chili in più ed era alto una ventina di centimetri più di sua moglie.

Colpii la scrivania con un pugno. Non c'era stata alcuna colluttazione. Aveva diverse coltellate al torace. Non era stata pugnalata per sbaglio. L'aveva accoltellata a morte ed era fuggito. L'unica cosa di cui si pentiva era di essere stato costretto a confessare.

Presi la foto della confessione e la caricai in tre gruppi Facebook di Naples. Tornare su Naples Vibe, il primo gruppo in cui avevo postato, mi fece affiorare un sorriso.

I commenti e le condivisioni salivano più in fretta dei numeri su una pompa di benzina.

DolphinDebbie1964: *Sapevo che era stato lui. Quel pezzo di merda dovrebbe marcire in galera.*

TurtlesRule: *Ottimo lavoro, polizia di Naples!*

NYCEscapee: *La galera è troppo poco per Crane. Fucilatelo o impiccatelo in pubblico, come ai vecchi tempi.*

Era solo questione di tempo prima che l'ufficio dello sceriffo emettesse una dichiarazione sulla confessione.

La solita euforia non durava mai quando finivo un

lavoro, ma con questo non ebbi alcuna spinta. Mi chiesi se fosse perché avevo la testa a Bev.

Chiamai per far sapere a Larson che la confessione era stata resa e poi mi misi in contatto per fissare un incontro con Tyler.

Prima di scendere dall'auto controllai X, ed eccola lì. Lo sceriffo aveva pubblicato una dichiarazione sulla confessione di Crane. La lessi in fretta, concentrandomi sull'ultima frase:

Non c'erano prove a sostegno dell'affermazione del signor Crane secondo cui era stato incastrato per le accuse di pedopornografia.

Tyler era seduto sulla stessa panchina, nei pressi di Seagate Drive, dove ci eravamo incontrati la prima volta. Una famigliola di anatre procedeva svelta lungo il bordo della baia.

Il mio sguardo si posò sul borsone ai piedi di Tyler.

«Ehi, Tyler.»

«Quando farai cadere le accuse di pedopornografia?»

«Quelli sono i miei soldi?»

Prese il borsone e me lo porse.

Aprii la cerniera del borsone. Tyler disse: «C'è tutto.»

«Ne sono sicuro.»

«E allora, che mi dici della storia della pedopornografia?»

Richiusi il borsone e dissi: «Vediamoci domani al Coastland Mall. Dentro, nell'area ristorazione.»

«A che ora?»

Dissi: «Mezzogiorno.» E me ne andai con il contante.

55

Igor era ancora in terapia intensiva, ma le condizioni di Vlad erano state dichiarate stabili. Gli altri feriti si stavano riprendendo, e due di loro sarebbero stati dimessi oggi. La sparatoria era sui notiziari, ma poiché non era morto nessuno, la notizia stava scemando.

Dovunque fosse Bev, speravo che lei e il resto della banda di Vlad stessero tenendo un profilo basso. Non c'era dubbio che gli uomini di Vlad cercassero una ritorsione per l'agguato.

Chiusi gli occhi e rividi Bev sulle scale, prima che iniziasse la sparatoria. Non sembrava farsi, o almeno non con roba pesante. Stava bene, ma quando i nostri sguardi si incrociarono, aveva il viso impassibile, una maschera: non la sorella in affido che ricordavo.

Stavo aspettando una chiamata da Mario. L'avevo mandato da Dren l'Albanese, sperando che avesse informazioni sulle conseguenze. Sarebbe tornato con una pista su dove si trovasse Bev?

———

L'AREA RISTORAZIONE del Coastland Mall ribolliva di chiacchiericcio di pensionati invernali e di adolescenti che facevano gli adolescenti. Gran parte delle conversazioni era in spagnolo.

L'odore di hamburger e patatine aleggiava nell'aria.

Tyler era seduto a un tavolo vicino al negozio Chick-fil-A. Passando davanti al locale giapponese Sarku, Tyler balzò in piedi e mi venne incontro di corsa, dicendo: «Avevi detto che l'avresti sistemata. È un casino.»

Una coppia dai capelli grigi si girò verso di noi.

Sibilai: «Abbassa la voce, ragazzino.»

«Dai, ti ho pagato un sacco di soldi e...»

Gli afferrai il polso e glielo torsi, trascinandolo fino all'ultimo tavolo della zona. «Siediti e abbassa la voce.»

Aggrottò la fronte e si sedette.

Trascinai una sedia accanto a lui e mi sedetti. «Hai pagato per avere giustizia per tuo padre. È dietro le sbarre per aver ucciso tua madre e non uscirà tanto presto, proprio come volevi.»

«Ma le accuse di pornografia, avevi detto che le avresti fatte sparire se avesse confessato.»

«Ho cambiato idea. Tuo padre è un verme e si merita quello che gli sta succedendo.»

«Non puoi farlo. Andrò dalla polizia e dirò loro quello che hai fatto...»

Gli conficcai una nocca nella coscia.

«Se apri bocca, finirai dentro insieme al tuo vecchio.»

«Che stai dicendo? Io non ho fatto niente.»

«Sei stato tu a piazzare il porno sul suo telefono e sul portatile. Ricordi la gara di pesca?»

Esitò prima di dire: «Sì. E allora?»

«Avevo messo delle telecamere sottocoperta. Ti abbiamo in video mentre lo carichi sul telefono di tuo padre.»

«Stronzate!»

Mi sporsi in avanti. «Piano.»

Si prese la testa fra le mani. «Non ci posso credere.»

«Fattene una ragione. Tuo padre è un codardo e un assassino. Non provare pena per lui. È esattamente dove deve stare.»

«Però...»

«Niente ma. Ha assassinato tua madre e ha pure il coraggio di dare la colpa a lei? Ho sentito che con la confessione si è assicurato un accordo. Se la caverà con, che so, quindici anni. Mi dispiace, Tyler, ma non basta, punto.»

«Non è un uomo perbene, ma qui mi sembra che si sia andati troppo oltre.»

Stringendogli una spalla, dissi: «Si merita tutto quello che sta ricevendo. A tua madre non è stata data la possibilità di vedere che figlio incredibile ha cresciuto.»

Lui si strinse nelle spalle.

Dissi: «Lui ti ha privato di tua madre, la persona più importante al mondo. E non dimenticare che ti ha ingannato per anni.»

«Mamma mi manca ancora.»

Eravamo in sintonia sul vuoto che lascia la perdita di una madre. «Capisci perché abbiamo dovuto fare quello che abbiamo fatto?»

Annuì. «Ho capito.»

«Bene. Col tempo farà meno male.»

«E resterò dell'idea di non andarlo a trovare né scrivergli.»

«Sei un ragazzo sveglio.»

Sorrise.

Il telefono vibrò. Era Mario. Mi alzai. «Devo scappare, ma ci sentiamo.»

«Ok. Grazie di tutto.»

Ci stringemmo la mano. Lo guardai negli occhi e sentii che non avrebbe cambiato idea sulla faccenda. Ma avrei detto a Mario di andarlo a trovare per assicurarsi che avesse abbandonato l'idea di far cadere le accuse di pornografia.

Affrettandomi verso l'uscita, risposi alla chiamata. «Ehi, Mario. Com'è andata?»

«Meglio del previsto.»

«Che ha detto l'Albanese?»

«Credo che la soddisfazione di vedere i russi scannarsi tra loro gli abbia sciolto la lingua.»

«Arriva al punto, fratello.»

«Ok, ok. Allora, Igor sta peggio di quanto sembri. È ancora in terapia intensiva.»

«Bene, è confortante sapere che le informazioni per cui sto pagando sono accurate.»

«Stai ancora usando Pedro in ospedale?»

«Sì. Cos'altro?»

«Vlad sta pianificando un attacco alla banda di Igor. Dren ha detto che vogliono approfittare del fatto che Igor è fuori gioco. Pensa che sarà una guerra grossa. Vlad è furibondo per il fatto che Igor abbia avuto le palle di attaccarlo in quel modo.»

«Ci sta.»

«Sì, però i tipi di Igor stanno minacciando di colpire Vlad.»

«Igor è messo peggio di Vlad, quindi una risposta è d'obbligo.»

«Esatto, vogliono fargliela pagare a Vlad.»

«Ha detto qualcosa su Bev?»

«Non nello specifico, ma ha sentito che Vlad sta mettendo al sicuro i suoi uomini chiave.»

«Dove li porta?»

«Dice che potrebbero andare da qualche parte nelle Keys.»

«Le Keys?»

«Così ha detto. Vlad ha quel barcone enorme, e potrebbero usarlo per traghettarli.»

«Dove, nelle Keys?»

«Non l'ha detto.»

«Vedi se riesci a scoprirlo. Quando dovrebbe succedere?»

«Ho avuto l'impressione che potrebbe essere stasera.»

«La barca di Vlad è in quel porticciolo minuscolo su Bay Street?»

«Sì, esatto. È proprio dove la Lucky Strike Fishing Charter tiene le sue barche.»

56

RIATTACCAI IL TELEFONO E LO LANCIAI SUL DIVANO.

Laura disse: «Larson non ha saputo niente di Bev?»

«No. Accendo la griglia.»

«Non sono neanche le sei.»

Non volevo dirle che stavo cercando di non pensare a Bev.

«Ho fame; e poi, il mio stomaco non sa che ore sono.»

Misi su la griglia e tirai fuori dal frigo dei tranci di tonno. Dopo averli passati sotto il rubinetto, li spennellai con olio e spezie.

«Vuoi dei fagiolini come contorno?»

Laura disse: «Va bene, ma affetta anche qualche pomodoro.»

«Agli ordini, signora.»

Presi i fagiolini, e il telefonino usa e getta che avevo in tasca vibrò. Era il mio contatto all'ospedale della contea di Lee.

Uscendo sulla lanai, risposi: «Pedro. Che cosa succede?»

«Vladimir si è fatto dimettere.»

«Cosa? Ne è sicuro?»

«Sì. Sono venuti un paio dei suoi. Si è fatto dimettere ed è andato via.»

«Quando?»

«Proprio adesso.»

«D'accordo. Grazie.»

Rientrai. «Laura, devo scappare.»

«Adesso?»

Aprii la porta del garage, tenendo dentro Toby con la gamba. «Sì.»

«Chiamami.»

Sfrecciando verso sud sulla Route 41, rallentai. Una volante del Naples Police Department era ferma al rosso a Harbor Drive. Non me lo sarei mai perdonato se mi fossi lasciato sfuggire Bev perché mi avessero fermato.

Dopo la curva in cui la Route 41 piegava a est, fu più difficile restare entro i limiti. La strada era larga e deserta, ma rimasi sotto i sessanta.

Svoltai a destra su Bayshore Drive, rallentando per un'auto che non sapeva se entrare a Celebration Park o no. Diedi un colpetto al clacson e l'auto entrò nel parcheggio.

Dov'era la svolta per Santo Domingo Drive? Era così avanti? Avvistandola, rallentai e imboccai Santo Domingo Drive. Girando su Nevis Way, mi feci strada a zig zag fino a Bay Street.

Decisi di parcheggiare nel piazzale di un edificio industriale che ospitava un'attività di manutenzione di barche. Scesi e passai in rassegna la zona. Era tutto tranquillo.

La marina davanti aveva solo una dozzina di posti barca. La barca di Vlad era una delle sei ormeggiate lì. Almeno tre portavano le insegne della Lucky Strike Fishing Charter e un'altra era un piccolo motoscafo parcheggiato accanto all'imbarcazione del russo.

Attraversai la strada, facendomi strada fino a una penisola dove aveva sede Wakeboard Naples. Al di là di uno specchio d'acqua, offriva una visuale chiara per osservare chi arrivava e chi partiva.

Ero solo con le zanzare finché una Mini Cooper bianca non arrivò in fondo a Bay Ave. L'autista parcheggiò sull'erba di fronte alle case che fiancheggiavano un lato della strada.

Mi tolsi dalla vista dell'uomo allampanato in T-shirt e shorts mentre percorreva la passerella verso la piccola marina. Non lo vedevo, ma sentivo i suoi passi.

Sbirciai oltre lo spigolo dell'edificio esagonale e lo vidi salire a bordo di una barca. Era lo yacht di Vlad.

Il buio calava e l'uomo accese le luci interne. Trafficò con qualcosa a poppa. Mi schiacciai una zanzara sulla nuca. Mentre guardavo le dita imbrattate di sangue, si accesero le luci di navigazione della barca di Vlad.

Era il segnale che la barca stava per uscire. L'uomo a bordo si sedette alla plancia e guardò l'orologio. Cinque minuti dopo, mise in moto. Era il capitano.

Mentre il motore borbottava, mi acquattai, spostandomi dall'altro lato dell'edificio. Appostato dietro uno scaffale di paddleboard, comparve un SUV bianco.

Strizzai gli occhi quando si aprirono la portiera del passeggero e quelle posteriori. Tre uomini e una donna scesero e si diressero verso il molo. Il SUV fece un'inversione a U e se ne andò proprio mentre i passeggeri mettevano piede sulla passerella.

Uno degli uomini zoppicava. Era Vlad. La donna indossava una felpa con cappuccio. Era alta e fatta come Bev, ma non le si vedeva il volto.

Dentro di me pregai: *Dai! Guarda di qua.*

Portiere sbatterono. Girai di scatto la testa verso il piazzale dove avevo parcheggiato. Quattro uomini stavano correndo verso la passerella. Erano armati.

Vlad e la sua gente guardarono sopra la spalla e si misero a correre. Il cappuccio della donna le cadde sulle spalle.

Era Bev.

Allungai la mano verso la pistola fissata alla caviglia mentre il capitano della barca di Vlad mollava gli ormeggi e urlava in russo. Scomparve sottocoperta e riemerse con un mitra.

In piedi sul molo, crivellò di colpi gli uomini di Igor. Quelli ripiegarono, cercando riparo. Il capitano tese la mano verso Vlad.

Vlad aveva già un piede sulla barca quando il capitano si beccò un proiettile alla spalla e cadde in acqua.

Vlad urlò in russo. Bev e gli uomini lo seguirono oltre lo yacht. I due uomini spararono un paio di colpi prima di saltare sul motoscafo. Aiutarono Vlad a salire.

Era il momento o mai più. Uscii allo scoperto. «Bev! Sono io, Beck! Buttati in acqua. Ti prendo io.»

Bev guardò dalla mia parte e saltò.

Atterrò sul motoscafo. Uno degli uomini tirò la cordicella d'avviamento.

Gli uomini di Igor stavano sprintando verso di loro. Il motore del motoscafo ruggì e uscì dall'ormeggio, sbandando mentre puntava verso acque sicure.

Bev era di nuovo sparita.

Mi nascosi dietro una rastrelliera di giubbotti di salvataggio mentre gli uomini di Igor si allontanavano. Quando furono saliti in macchina, alzai le mani e mi avvicinai al capitano, che cercava di restare a galla.

Lo tirai su sul molo e controllai la ferita. Dopo aver chiamato il 911, me ne andai.

57

Consegnai le chiavi della mia BMW al parcheggiatore e aiutai le ragazze a scendere dall'auto.

«Benvenuto a La Playa, signore. Posso aiutarLa a orientarsi?»

«Andiamo in spiaggia. Il nostro amico, Ray Larson, è socio qui.»

Indicò. «Eccellente. Il signor Larson è in prima fila, sulla destra. Segua il sentiero e si goda la giornata.»

«Grazie.»

Ci incamminammo verso la spiaggia, trascinandoci dietro tutto l'occorrente che serve quando si ha una bimba al seguito.

Larson sfoggiava un sorriso e un costume con dei pinguini. «Ho fatto sistemare quattro lettini e tre ombrelloni. Va bene?»

«Perfetto, Ray. È un posto piacevole. Alla fine ti sei deciso a diventare socio.»

Sfiorò la guancia di Laura con un bacio e andò dritto da

Dawn, che teneva in braccio Abby. «Oh, cielo. Ma guarda che amore.»

Ray fece quelle facce e quei versetti scemi che gli adulti riservano ai neonati. Si rivolse a Dawn. «In fondo c'è parecchia ombra. Se pensa che per lei faccia troppo caldo, andiamo a prenderci un angolo tranquillo dentro.»

«Grazie. Qui è bellissimo. Non vengo in spiaggia da prima che nascesse Abby.»

«Sono contento che siate venuti. Ah, se qualcuno ha fame, ci sono i menù sui lettini. Ordinate quello che volete.»

Le ragazze portarono Abby fino al Golfo e le misero i piedini in acqua.

Sistemato su un lettino accanto a Larson, indicai: «Vorrei ricordarmi la mia prima volta al mare.»

«La maggior parte della gente era semplicemente troppo giovane.»

«Ehi, grazie ancora per averci invitati.»

«Quando vuoi, Beck. Lo sai.»

«Lo so, e lo apprezzo.»

«Di solito devo tirarti per la giacca per farti fare qualsiasi cosa.»

«Avevo bisogno di una pausa, ne avevamo bisogno tutti.»

«Devi prenderti cura di te e delle tue relazioni, altrimenti non conta nient'altro.»

«È quello che mi spinge a riportare a casa Bev.»

Esitò a lungo prima di dire: «Ho ricevuto alcune informazioni su di lei.»

Scattai a sedere. «Cosa? Dov'è?»

«Ci sto lavorando, ma Vlad è stato visto a Miami. Le prime notizie dicono che ha lasciato le Florida Keys.»

«Miami? Suppongo abbia senso.»

«Pare volesse rimettersi del tutto e, a quanto risulta, c'è riuscito.»

«Dove, a Miami? Bev è con lui?»

«Ci sto lavorando. Non è il momento né il posto per parlarne.»

«Ma...»

«È presto; appena avrò qualcosa, lo saprai. Adesso rilassati, goditela.»

«Come faccio a rilassarmi dopo quello che mi hai appena detto?»

«Devi imparare a compartimentalizzare. C'è sempre qualcosa da fare, c'è sempre qualcuno che soffre, eccetera, eccetera. Impara a stare nel presente e sarai felice.»

Era qualcosa su cui dovevo lavorare molto. «Più facile a dirsi che a farsi.»

Accennò verso l'acqua. «Lascia la lotta a un altro giorno e godiamoci quello che abbiamo.»

Mi alzai dal lettino e mi tolsi la T-shirt dei Nirvana. «È da anni che non entro nel Golfo.»

———

SPERO che ti sia piaciuto leggere **Non è Finita** tanto quanto a me è piaciuto scriverlo. Se così fosse, apprezzerei molto se volessi scrivere una breve recensione su Amazon o sul tuo sito di libri preferito. Le recensioni sono le migliori amiche di un autore e anche solo una o due righe sono d'aiuto. Grazie, Dan

Dan è un autore di bestseller per USA Today e Amazon che ha scritto la sua prima storia all'età di dieci anni e ama raccontare storie o barzellette.

Dan trae le idee per le sue storie esplorando la domanda: e se?

In quasi ogni situazione in cui si trova, Dan si chiede cosa succederebbe se accadesse questo o quello. E se questa persona morisse o facesse qualcosa di insolito o illegale?

Questo suo continuo lavorio mentale fornisce a Dan abbondante materiale da intrecciare in storie interessanti.

Amante di libri e film con colpi di scena e difficili da prevedere, Dan costruisce le sue storie in modo da impedire ai lettori di indovinarne lo svolgimento. Scrive ogni giorno, forzando le parole a uscire quando necessario, e a oggi ha scritto più di venticinque romanzi.

Non è una questione di voler scrivere, per Dan è semplicemente una necessità.

Dan crede fermamente che le persone possano realizzare i propri sogni se si concentrano e agiscono, ed è proprio ciò che incoraggia a fare.

Il suo detto preferito è: «Il prezzo della disciplina è sempre inferiore al costo del rimpianto»

Dan ricorda alle persone di eliminare la negatività dalle proprie vite. Crede che sia contagiosa e consiglia di stare alla larga dalle persone negative. Sa che avere una mentalità autentica e positiva dà la sensazione che la vita sia truccata a proprio favore. Quando si sente giù, si dice: «Non si può avere una bella giornata con un brutto atteggiamento».

Sposato, con due figlie e un Maltese bisognoso di attenzioni, Dan vive nel sud-ovest della Florida. Originario di New York, Dan ha insegnato nei college locali, scrive romanzi e suona il sassofono tenore in diverse jazz band. Beve anche decisamente troppo vino e non si prende mai, e poi mai, troppo sul serio.

Pubblica una newsletter bimensile con articoli, i suoi scritti e offerte speciali e occasioni imperdibili.

Iscriviti su www.danpetrosini.com